A MOTHER'S RECKONING

谜一样的孩子

〔美〕苏珊·克莱伯德 著　〔美〕花一城 译

北京联合出版公司
Beijing United Publishing Co.,Ltd.

图书在版编目（CIP）数据

谜一样的孩子 / (美) 苏珊 · 克莱伯德著；(美) 花一城译. — 北京：北京联合出版公司，2018.9
ISBN 978-7-5596-2319-5

Ⅰ. ①谜… Ⅱ. ①苏… ②花… Ⅲ. ①纪实文学—美国—现代 Ⅳ. ①I712.55

中国版本图书馆CIP数据核字（2018）第155433号

著作权合同登记 图字：01-2018-4484

A MOTHER'S RECKONING: Living in the Aftermath of Tragedy by Sue Klebold
This translation published by arrangement with Crown Business, an imprint of the Crown Publishing Group, a division of Penguin Random House LLC
through Andrew Nurnberg Associates International Ltd.

谜一样的孩子

著　　者：[美]苏珊 · 克莱伯德
译　　者：[美]花一城
责任编辑：郑晓斌　宋延涛
产品经理：康爱爽
特约编辑：王云欢

北京联合出版公司出版
（北京市西城区德外大街83号楼9层　100088）
河北鹏润印刷有限公司印刷　新华书店经销
字数264千字　880毫米×1230毫米　1/32　印张11
2018年9月第1版　2018年9月第1次印刷
ISBN 978-7-5596-2319-5
定价：46.80元

前言

几乎从科伦拜恩枪击案发生后的第一时间，我便开始记录这段经历。写作是我处理悲剧的方法之一，于是我记下了儿子恶魔般的罪行——无辜生命的丧失以及他的自杀。我从未有意识地去创作。写作，对我而言如同呼吸，是生命的一部分。

拿这些文字怎么办，是很久以后才做出的决定。最初，我认为自己内心不会强大到敢于公开发表对迪伦和我们家的看法。我很害怕我分享个人的故事和思绪在某种程度上可能会被视为对受害者的不敬，或是迫使社区成员和亲人重温科伦拜恩枪击案那惨痛的回忆。我不想再收到如山的仇恨邮件和媒体的轰炸，因为任何人都无法经受住第二次打击了。

直到数年后，我才与一家出版商签约，接着完成书稿。距离《谜一样的孩子》一书问世的日子一天天临近，为了推广，我还得在媒体上露面。我觉得自己像一只兔子，即将在众目睽睽之下从空旷的草地上飞蹿过去。

最终，我之所以能跨出这一步，是因为我所希望传达的信息是生死攸关的议题。我深感责任在肩，必须与父母和其他家人分享所发生的事件和缘由。我相信讲述迪伦的经历对他人会有益处，尤其是那些身陷绝望的循环之中，正在苦苦挣扎的人。我特别想让读者知道，任何人都可能遭受痛苦的折磨，他们需要专家的关注、帮助或是治疗，无论他们做了什么、说了什么，或他们是谁。作为一位母亲，当我明白这一点的时候，为时已晚。面对世人，当事人显得安然无恙，他们的成功和成就的背后，可能掩藏着无言的痛楚。

迪伦就是这样，他被爱他的家人和朋友包围着，跟他亲近的人都觉得一切安好，然而真相并非如此。

科伦拜恩案件是一场史诗级的悲剧。隐藏的痛苦也会通过高危的行为表现出来，或是致使受折磨的孩子和成人无法充分发挥自己的潜力。这些不幸司空见惯，然而是可避免的。如果当初迪伦的亲友中，有人能辨识出他正在经历着痛苦，我们是可以介入的，并提供给他所需的救助，帮助他度过危机期。那么之后所发生的一切，他的判断力受损，不由自主地痴迷暴力，被误导以至于失去人性，最终导致他杀害同学和教师，继而自杀身亡，都可以避免。

科伦拜恩枪击案过去多年，世界发生了很多变化，人们更愿意将“行为健康”作为健康的一部分来考量。自从悲剧发生以来，我目睹了一些方面发生的巨大改进，包括心理保健、学校政策、对枪击案的积极应对和预防自杀等等。越来越多的人承认暴力行为，无论是如科伦拜恩案件一样的大规模枪击案，还是较小规模的情况，都是有可能被防范的。一个人迷失了方向，并非本质上是坏人。对死亡和自杀有持续的念头是病态的症状，并非人格上的缺陷。

《谜一样的孩子》出版后，受到了读者和媒体真诚而积极的回应，对此我打心眼儿里又惊又喜，充满感激。我最担忧的是这本书会重新激起愤怒和痛苦的风暴，再次撕开1999年4月的伤口——还好并没发生。我经常从读者那里听到的反馈是：“谢谢你分享自己的故事。”很多家长都说，读后，他们从新的视角去看待自己的孩子，倾听孩子的心声，也更仔细地研究他们的心理。有些人还认为每个家长都应该读读这本书，更有人与我分享他们精神上的挣扎和自杀的念头。这本书使得他们头一次意识到如果真的自杀身亡，亲人将会陷入怎样绝望的境地。我所听到的这些呼声，反映了针对思维混乱、酒精毒品成瘾、行为障碍及其他脑健康问题的患者，在改善护理和治疗方面的需求。这些需求越来越多，也越来越强烈。

这本书的出版还带来另一份意想不到的祝福：科伦拜恩悲剧的几名幸存者主动与我取得了联系。有机会与他们见面，让我感到很荣幸。他们的宽容和大度，令我自愧不如。能与迪伦的受害者或他们的家人真诚地彼此拥抱，这在枪击案发生之初，简直是做梦也不敢想的事情。终于等到了这一天，我感激万分。

自这本书发行以来，我更多着重在参与全国范围的活动，本地的志愿工作大幅减少了。这些活动旨在提高学校、医护者和媒体人员在精神健康方面的水平，我会在其中公开发表演说。让我讶异不已的是这本书还引起了全球读者的关注——我从未想过，美国之外还会有人对如此艰涩的主题感兴趣。到目前为止，本书已被翻译成十多种语言，包括匈牙利语、意大利语、荷兰语、德语、法语、韩语、汉语、葡萄牙语、俄语等等。全球范围感兴趣的程度证明了精神健康是一个人们普遍关注的议题。

我还有幸能够将本书的收入捐献给致力于预防自杀、循证医学项目和大脑健康研究的组织。如果没有本书的出版，这是不可能实现的。这些组织尽心尽力，值得为之加油。

在灵魂不断求索科伦拜恩案件的答案的漫长时光中，有一桩事情始终未曾改变，那就是我对迪伦的感情。对他一如既往的爱是我得以坚持写作和活下来的力量，也是我得以专注于所支持的事业的原因。

无论睡梦还是醒来，他都安息在我的心怀。我想象着他陪伴我一起走过绵绵岁月，一起讲述我们那让人心碎的故事。我多么希望当时能像现在这样明了诸多事实和知识资源，能在迪伦需要我的时候更好地帮助他，那么，许多生命都会因此而安然无恙。这样诚心的祈愿，会一直延续，直到永远。

苏珊·克莱伯德

导言

我们会习以为常地把孩子展现出来的缺点归因于他们的父母。18世纪的“想象主义”甚至认为，先天畸形的孩子都是母亲淫荡的渴求得不到满足的结果。到了20世纪，同性恋被认为是母亲对孩子过度专注和父亲的消极角色而导致的；精神分裂症则反射了父母潜意识里希望孩子并不存在；至于自闭症，归咎于那些“冰箱式母亲”，她们的冷漠使孩子沉默不语。如今我们了解到，这些病况起因复杂，影响它的因素也是各式各样的，不能归咎于父母的态度和行为。尽管如此，我们还是认为，如果进入一个杀人犯的原生家庭看个究竟，就可以一眼看穿其父母的失误之处。“孩子的行为是有迹可寻的”这个观念是社会公正的标志，同时也一直引领着我们为失足少年寻求精神康复，而不是直接惩罚他们。根据这个逻辑，一个成年人作恶，怕是没救了；可一个孩子做了坏事，或许只是受了负面影响的结果，是家庭养育不当的产物，源头不在于无法逆转的天性。

未成年人犯罪是父母没做好教育的缘故，社会对此见解紧抓不放，有两个主要原因：

第一，严重的虐待和忽视确实会激发性格脆弱的人做出某些变态的行为，这是毋庸置疑的。养育不当也会将孩子推向吸毒、结交黑帮、家暴和盗窃等深渊。由于年幼时受到的摧残，他们会对他人有强烈的依赖性，并且他们会不由自主地强迫重复着成长过程中经历的无助和愤怒。有些父母确实毁了孩子，但并不是所有惹麻烦的孩子的父母都是无能的。特别是极端的、毫无理智的犯罪行为往往与父母的行为并无关联。这些行为可以归因于缺乏逻辑原理，其中的深奥远远不止曾经遭受过心灵创伤这么简单。

第二，更有说服力的是，我们“想要”相信是父母“制造”了这些未成年罪犯。如果这个假设成立，我们就能安慰自己，在自家的屋檐下，我们遵纪守法，这样的灾祸就不会发生在自己孩子身上。我现在意识到，这种想法纯属错觉。

2005年2月19日，我第一次与汤姆和苏珊·克莱伯德见面，我想当然地认为自己能迅速发现他们是哪里做错了。彼时，我正在写一本名为《那些与众不同的孩子》（*Far from the Tree*）的书，是关于父母与难对付的孩子的。于是在我想象中，这对父母绝对是个典型，在抚育孩子的过程中一定错误连连，罪责难逃。我也真诚地认为他们的经历能够阐明其他数不清的显而易见的错误。我本不想对克莱伯德夫妇有好感，因为如果我对他们心生好感，那么相应地，就得承认发生的悲剧不是他们的过错。如果不是他们的错，那么我们这些父母，谁也安心不了。出乎意料，我与他们非常投缘，以至于分别时我脑海里有个念头——科伦拜恩枪击案背后的心理因素是有可能发生在任何一个正常的家庭里的。甚至，类似的悲剧好比海啸一般无法预见或察觉。无论如何做到有备无患，都是徒劳。

根据苏珊·克莱伯德的叙述，科伦拜恩惨案发生之前，她只是一个普普通通的住在郊区的母亲。我们那时素不相识。惨案发生后，她最终坚强起来，从绝望中汲取了智慧。在这样的状况下还能坚定不移地去爱，完全是勇气的表现。我很荣幸能够了解到她的慷慨和热情；

她充满活力地爱别人，能对别人施以真挚的关注。这一切，反衬得那起惨案愈加让人伤痛和迷惑。起初我猜想，克莱伯德夫妇肯定是对他们的孩子不闻不问。结果我意识到，孩子处心积虑地策划惨案，远远不是缺乏父母的爱能够诠释的。这本书的每一页都透露出苏珊对儿子深切的爱，同时也证明了这起惨案的复杂性。她认为好人也会做坏事，我们每个人在道德上都会有迷失；并且即使做了坏事，也不能全盘否定他们的其他行为和动机。这本书的终极信息让人心生恐惧：你可能根本不了解你的孩子；更糟糕的是，你的孩子可能对你隐藏了自己。你所害怕的“陌生人”可能会是你的儿女。

“我们给孩子读童话，教导他们这个世界有好人也有坏人。”在我写《那些与众不同的孩子》这本书时，苏珊跟我谈心时说道，“我再也不会这么做了。我会说，我们每一个人都有能力做好事，也有可能做出不好的选择。如果爱一个人，就要去爱他好的一面，也要去爱他坏的一面。”在科伦拜恩时，苏珊的办公室跟假释局在同一幢办公楼里。在电梯里遇到那些有犯罪前科的人时，她总是会感觉距离很远，心里也害怕。惨案发生之后，她的视角转变了。“我感觉他们就像是我的儿子，是和我们一样的人，只是被扔到了一种可怕、无助的境地。从收音机里听到恐怖分子的消息时，我也想，‘那也是某个人的儿子啊！’科伦拜恩惨案使得我与全人类有了前所未有的关联。丧亲之痛，能够使得伤痛中的人对他人产生丰富的同情心。”

两种类型的犯罪行为最让我们痛恨：孩子是受害者，以及孩子是始作俑者。第一种情况下，我们为无辜的孩子哀伤；第二种情况令我们不能理解，因为孩子本来应该是纯真无邪的。校园枪击案是最让人惊心动魄的，因为这种事件同时涉及了以上两类。在校园枪击案中，科伦拜恩事件又一直是被作为典型来看待的，是步其后尘的案件的终极典范。埃里克·哈里斯和迪伦·克莱伯德思想里的极度自我主义与施虐的欲望混杂，枪杀目标的随意性、前期的精心筹备，都使他们在大批年轻的叛逆者心中被当作英雄来看待。大部分人都坚定地认为他们心理不正常，一些宗教群体还认为是典型的撒旦主义在作祟。人们不愿悲剧重演，想保护自己的孩子，于是一遍遍地分析这两个男孩子的动机和目的。最有勇气的父母也在考量，如何才能确保自己的孩子不会犯下这样大的罪行。古话说：“明枪易躲，暗箭难防。”科伦拜恩事件是突如其来的最为严重的一场浩劫，并且事前在光天化日之下，隐藏得密不透风。

要想彻底了解一个凶手是不可能的。我们身处在人人互相指责的社会，有些受害者的家人为了获得“隐藏的答案”而殚精竭虑。凶手的父母真的毫不知情，否则一定会加以制止，这一点是毫无疑问的。杰斐逊县的法官约翰·德维塔就这两个男孩子发声：“让人绞尽脑汁的是他们的欺骗量之大，欺骗手段之容易，而且欺骗之冷静。”大多数父母都认为比孩子自己还要了解他们，殊不知，孩子有意要将内心的自己掩藏得严严实实。受害者家人为此案起诉是基于他们认为，人性是可知的，内心的逻辑是可以监控的，惨案的发生是有迹可寻的。萨特曾经说过：“邪恶并非从外表可见。”又说，“了解缘由不等于能够避免邪恶的发生。”这样看来，在惨案发生的丹佛郊区，没有多少人好好读过萨特。

从两名枪手的表现分析，埃里克是一个具有杀人倾向的精神病患者，迪伦则是一个具有自杀倾向的抑郁症患者，他们的不同之处都是彼此走向极端必不可少的条件。没有埃里克的领导能力，迪伦的抑郁情绪不会上升为谋杀念头。与此同时，如果不是拉着迪伦一起下水的刺激推动着埃里克，或许他内心的动机也会慢慢消亡。埃里克的凶神恶煞让人震惊，同样让人震惊的是迪伦对其的默许。迪伦曾经写道：“想到自杀，能给我带来希望，从而到达一个属于我的地方，不再与自我、与世界、与整个宇宙争战；我的意念和身体会彻底得到平静——我——我的灵魂，”他是这样描绘自己当时状态的，“在没完没了的现实里、无休无止的方向中，经受着永恒的痛苦。”他文字中最常出现的词是“爱”。埃里克却写道：“你凭什么说我们是同一类生物，我们完完全全不同……你不是人，是机器人；假如你以前得罪过我，让我看见你的话，你就活不成了。”他的日记里写了想象中未来的大学生活，他会引诱女孩子到他房间强奸她们。又写道：“我想像拉易拉罐一样撕裂人的喉咙。我想像一只狼一样揪住一个小新生，让他们瞧瞧到底谁是上帝。”埃里克是失败的希特勒；迪伦是没成功的霍尔顿·考尔菲德[1]。

苏珊·克莱伯德强调了儿子迪伦身上的自杀倾向。卡尔·门宁格写了大量关于自杀的文章，他说自杀需要三个方面吻合才能成功：“杀戮的愿望、被杀的愿望，以及死亡的意愿。”其中“杀戮的愿望”不见得总是对外的，却是自杀“拼图”之中不可或缺的一片。埃里克想杀人，迪伦想死，两人都认为他们的体验里含有神圣的意味，因为二人都写过，这场屠杀惨案最终会如何将他们带到上帝面前。他们的行为思想既有炫耀的成分，也显得幼稚，与普通青少年是相似的。在科伦拜恩高中的公共区，在他们屠杀末了，一个躲在学校餐厅的目击者听到他们俩其中一个说：“今天世界即将结束，今天就是我们的末日。”这是一个将自己与他人混为一谈的孩子气的说法。G.K.切斯特顿曾经写道：“一个人杀死了另一个人，只是毁了一个人；一个人如果杀了他自己，就杀死

1《麦田里的守望者》男主角。

了人类。对他自己而言，他毁灭了整个世界。”

精神疾病的维权者指出，大多数罪行不是出自精神病患者之手，大多数精神病患者也不会犯罪。那么，如果认为科伦拜恩惨案不是精神病导致的祸患，这样的说法对于现实有什么意义？人们对犯罪行为之所以抗拒，是因为人们要么知道自己会被抓住，要么已经学会了遵守道德规范。大多数人都见到过自己想偷的东西；大多数人脑子里也瞬间闪过把自己身边最亲密的人给杀了的念头。然而，人一般不会去杀害学校里几乎不认识的孩子，同时将整个地方当作质押，并不是因为畏惧惩罚或是谨守着所接受的道德准则，而是因为正常的思维里一般不会有这个念头。尽管患有抑郁症，但是迪伦没有精神分裂症、创伤后应激障碍、双相障碍，抑或其他符合精神病诊断范畴的状况。他脑海中存有扭曲的想法，但是这不能降低他所作所为的狠毒程度。本书的可贵之处在于，它没有试图为迪伦的行为追究缘由。苏珊拒绝指责学生之间的欺凌，拒绝指责学校，或者归因于儿子的生理化学测验结果。这一切都反映出，她是下定决心要去接受任何无法解释的事情。她也未曾尝试去诠释邪恶和疾病之间那永远混淆不清的界限。

惨案发生之后，一位来自芝加哥的木匠来到利特尔顿，竖起了15根十字架，包括迪伦和埃里克在内。许多人在迪伦和埃里克的十字架前堆满了鲜花，如同对待其他受害者一样。然而，另一位受害者的父亲布莱恩·罗尔博，除去了十字架上“哈里斯”（埃里克的姓）和“克莱伯德”（迪伦的姓）的字样。他说：“如此向凶手致意，贬低了基督为我们死在十字架上的意义。《圣经》里不曾说应该饶恕一个未曾悔改的杀人犯；相反，《圣经》上明明白白地说：‘没有悔改，就没有饶恕。’”当然，对这段《圣经》准则的理解是值得斟酌的，而布莱恩·罗尔博的言辞如此肯定，是基于一个错误的想法，那就是哀悼凶手就等同于饶恕了他们，而饶恕意味着遮盖悲惨程度。而事实上，苏珊·克莱伯德从未寻求，甚至从未想过人们会饶恕她的儿子。她只是解释，她事先毫不知情。同时，她也没有推卸责任，她认为自己的不知情，是对儿子和世界的背叛。罪大恶极的人确实该死，但是任何一个死去的孩子都是父母枯萎的希望。这本充满哀伤的书是苏珊对自己痛悔的表达。仇恨不能抹杀爱。实际上，爱和恨始终是相伴相随的。

我们第一次会面，苏珊就跟我说了她在1999年4月20日那天听到科伦拜恩高中惨案发生的那一刻。“利特尔顿的母亲们都在祈祷自己的孩子安然无恙，我却在祈求我的孩子能够死掉，不要再伤害另一个人。”她说，“我想到，如果这一切是真的，他还能从现场存活，会被追究刑事责任，最后被判死刑。我没办法忍受两次失去儿子，我做了此生最艰难的祷告——祈求他自杀。因为那样起码我知道，他是想死的。假如他是被警察打死，那么我就要面对更多的疑问。也许我是对的，但是我又长时间地为这个祈祷而悔恨：我祈愿儿子自杀——他真的去做了。”

与他们会面的周末即将结束，我问汤姆和苏珊，如果迪伦此刻在屋里与我们坐在一起，他们有什么话想对他说。汤姆说：“我要问他，他到底在想什么，他到底知不知道自己在干什么！”苏珊盯着地板想了一下，低声说：“我要请他原谅我，原谅我作为母亲，不知道他头脑里出了什么问题，原谅我不能帮助他，原谅我不是他能吐露心声的那个人。”5年以后，我再次提起这个对话，她说：“事情刚发生时，我都宁愿从来没生过孩子、从来没有结过婚。如果早在俄亥俄大学，汤姆和我从未相遇，迪伦就不会存在，这件恐怖的事情也不会发生。但是渐渐地，我感到很高兴做了母亲，生了两个孩子。因为，对他们的爱是我一生中最大的喜乐，即使代价是如此深刻的痛。我这么说，是指我自己的痛，不是旁人的。我也接受自己的这份痛，人生充满痛苦，这是我的一份。我知道，对旁人来说，最好迪伦没有存在，可对我而言，没有过迪伦这个儿子，我并不会更好。”

一般来说，我们失去一个人是一次性的，但是苏珊的失去是一波一波的：先是儿子自杀身亡，然后是儿子在她心目中的形象，接着她又放弃了自己对儿子黑暗的一面有所认知的想法。接下来，除去“凶手的母亲”，她失去了本身的其他身份。最后，她放弃了基本信念：生活是有逻辑可循的，假若你做了一些正确的事，是可以避免某些不祥后果的。确实，拿哀伤与哀伤相比，没有什么益处；如果说苏珊的哀伤是利特尔顿最惨的哀伤，也不合适。然而，她困扰在两种痛苦之间缠结不清，无法解开：她发现自己从未了解过儿子的那种痛苦与看到儿子给别人带来的绝望和痛苦。她始终在几种悲伤中挣扎——儿子死去的悲伤，对其他遇害孩子的悲伤，以及未曾养育一个快乐的、对社会有益的孩子的悲伤。

孩子年幼时带来一些问题，我们能够解决这些问题是一种令人兴奋的经验；当他们制造了超出我们能力范围的问题后，我们就会有巨大的挫败感。这本书就强烈地展示了这种常见的挫败和失望。苏珊描绘了自己想取悦别人的本能冲动，同时又清楚地说明，写这本书是需要放弃这个想法的。她的书是献给迪伦的，并不是为他辩解；她的书意在呼吁社会重视精神健康和研究。她把持道义，态度坚定，谨守尊严，因此苏珊到达了一个无法超越的孤独境地。她的经历独一无二，在某种程度上，这让苏珊不可理解，正如迪伦一样。在将自己的体验写出来时，她选择了不被大众理解。

奥维德曾表达过一个著名的教诲：“拥抱这样的痛苦吧，你将从中有所学习。”然而，对于这样的痛苦，我们似乎没有什么选择的余地，也没有不欢迎的选项。痛苦来临时，你可以表示不满，但是你无法叫它离开。苏珊·克莱伯德未把自己当作一个受害者抱怨过；可她的陈述回应着《圣经》里约伯的哭诉：“难道我们从神手里得福，也不受祸吗？”“因我所恐惧的临到我身，我所惧怕的迎我而来。我不得安逸，不得平静，也不得安息，却有患难来到。”苏珊叙述了她如同约伯一样，坠入了深不可测的地狱。她在书中承认，即便站出来发声，哀痛也不得消减。这本书不是一具心脏支架，意在让她感觉舒服点。这本书只是一份记录，叙述她接受现实的过程，与心灵的争战，使得她能安放自己的痛苦，寄予一种希望：再也不要有人遭受她所遭受的痛苦、她儿子的痛苦以及受害者的痛苦。

安德鲁·所罗门

序言

1999年4月20日，埃里克·哈里斯和迪伦·克莱伯德携带着枪支和炸药走进了科伦拜恩高中。随后他们杀害了12名学生和1名教师，致伤24人，最后两人自杀身亡。那是历史上最为惨烈的校园枪击案。

迪伦·克莱伯德是我儿子。

我愿意牺牲我的生命去扭转那天所发生的一切，哪怕能换回一条生命。然而我知道，这样的交易是无法实现的。无论我说什么、做什么，都不可能丝毫弥补那场大屠杀所带来的重创。

那可怕的一天已经过去了16年（按：本书英文版出版时间为2015年），每一天我都在试图理解，一个有前途的男孩的生活是怎么演变成一场灾难的呢？况且一切都发生在我的眼皮子底下，我至今也理解不了。我追问家人、迪伦的朋友，追问专家，最重要的是叩问我自己。我忽视了什么，怎么会错过？我一遍遍翻阅日记，像法医、专家、学者一样穷追不舍地剖析我们的家庭生活，连琐碎小事和交流也不放过，试图找出自己错过的线索。我本应该注意什么？本该有什么不同处理方式？

起初，我寻求答案的过程纯粹是个人使命的驱使。强烈的羞耻感、恐惧和悲伤让我不知所措，同样强烈的是我对这些答案的渴求。然后，还有许多人渴望解决的难题，我看到自己逐渐掌握的碎片能够为之提供些许线索。我希望我所获得的信息或许有所帮助，这个过程一步步引领着我最终将自己的故事公之于众。

回望来路，科伦拜恩事件之前的一切恍如隔世。那时，我们的家庭生活就像一个普普通通的美国郊区家庭。在十多年的探索中，透过废墟，我睁开了眼睛，不仅看到了迪伦曾经隐瞒过的事情，也看到了他一步步铺垫，直到最后悲剧的发生。同时我也意识到，这些见解所包含的意义，远远超出科伦拜恩事件本身的范畴。

我到现在也不知道，我能否阻止迪伦当天在大屠杀中的可怕行径。但是，我逐渐认识到当时可以用不同方式处理一些事。这些都是琐碎的小事。在枪击案发生之前，即使用最先进的变焦镜头聚焦我们的生活，我相信任何人都会觉得再平凡不过了，无异于全国各地无数的普通家庭。

汤姆和我是有爱心的、细心的、积极参与的父母，迪伦也是个热情有爱的孩子。我们不必为他忧虑和祈祷他改邪归正好好生活。我们称他为“阳光男孩”，不只是因为他金色的头发，也是因为一切对他来说，似乎都很自然和积极。身为他的母亲，我全心全意地爱着他，非常感恩。

在枪击案发生之前，我们的生活是正常的。这一点对人们来说，可能是最难理解的事情。对我来说，这也是最重要的。我们的家庭生活并非困难重重、不堪其扰。我们的小儿子也不让人头疼，更别提我们（或其他认识他的人）觉得他会想伤害自己或是他人。我希望很多事情都有所不同，但最紧要的是，我希望当时知道，孩子看上去似乎一切正常的表象之下，一切反常均有可能。

当谈到大脑健康问题时，许多孩子是软弱无助的，正如一百年前的儿童面对传染病。太多情况下，正如我们的案例，他们的脆弱和敏感被忽视了。一个孩子会被什么情景激怒，或是会影响他们的快乐感和潜力，这些情况都可能让人迷惑，令人心碎。如果我们对这些漏洞缺乏辨识能力，将会付出更多、更可怕的代价。这些代价将不仅仅是诸如科伦拜恩、弗吉尼亚理工大学、纽敦、查尔斯顿等校园悲剧背后的伤亡数字，更有无数悲剧在悄无声息地上演，缓慢地吞噬着我们的同事、朋友和亲人的家庭生活的日日夜夜。

仅仅有爱是不够的。对父母来说，也许没有什么比这更难接受的事实了，世上没有哪个父母对此比我体会更深。尽管我对迪伦有着无穷无尽的爱，却连他的命都没保住，还搭上了当天在科伦拜恩高中被杀害的13人，以及其他伤者。我错过了本该注意到表明迪伦心理健康状况恶化的迹象。如果我没有错过这些迹象，迪伦和那些受害者可能都还活在这个世界上。

即使对我本人不利，我还是要如实讲述自己的故事，希望能对其他父母有益，帮助他们看到孩子表面之下的反常迹象，以便在需要的时候，能够为孩子们提供救助。

了解了我们的故事之后，许多朋友和同事改变了对待和养育孩子的方式。在某些案例中，他们的干预已经取得了显著的结果：一位同事注意到她13岁的女儿似乎有点萎靡不振，她想起迪伦的故事，于是在不断追问之下，她的女儿崩溃了，承认有一次从家里溜出去跟朋友玩的时候，被陌生人强奸了。这个姑娘极度沮丧、羞愧和害怕，正在认真考虑结束自己的生命。

我的同事能够帮助到女儿，是因为她注意到了孩子微妙的变化，从而不断地追问。由于读了我们的故事，同事的女儿的事得以有了平安的结局，我感到深深的欣慰。我相信让更多的人了解迪伦的故事，能够使更多的人和家庭受益。

对我来说，挺身而出并不容易，但如果我从科伦拜恩事件这个可怕的火炉里得到了启示和见解，那么我在道义上有责任去分享。尽管公开发声会让人产生恐惧，但这是我该做的事情。我的清单上有诸多条目，当初我若是知道的话，会采取不同的做法。这些都是我的失败之处。我所渐渐了解到的，验证了一个事实——为了防止类似的事件，更为了防止任何孩子可能隐藏内心的痛苦，需要有更大范围的行动和广阔的视野来看待情势。

给读者的说明

多个章节开头的段落是从我的日记中摘录的。

科伦拜恩惨案发生之后，我挥笔填满了一本又一本笔记本，用文字来记录和消化困惑、内疚和悲伤。像大多数的日记一样，它够不上出版的标准，但为此书提供了无价的资料来源。人们常说到战争的迷雾，而我确信我的情况也是如此。如果我没有长年累月地连续记录，迷雾会吞噬故事发生的原貌，无法提供可靠的真相。日记不仅对事件提供了有效的提示和校正，也是我自己一步步成长的见证。

毫不夸张地说，我的心境以及整个人，跟科伦拜恩事件之前的我相比，已是迥然不同。章节中，摘录的日记段落提供了一扇进入记忆的窗口，从中可以窥见事件发生时，我当时的想法和感受。随着时间的流逝，章节本身的内容包含了我所做的大量的研究结果和自我反思。

* * *

为了保护隐私，本书中对涉及的一些人名和身份识别的细节信息做了改动。

* * *

在写这本书的过程中，我采访了许多专家，他们来自各个领域，从法律到威胁评估、媒体道德等，涵括社会学、心理学、精神病学和神经生物学等基础学科。没有他们本着探究精神的无私奉献和慷慨相助，这本书是不可能完成的。

目录

第一章

『科伦拜恩高中发生了枪击案』

1999年4月20日下午，12:05。

那时，我正在位于丹佛市中心的办公室里准备去开会，讨论针对残疾学生的奖学金事宜。无意间，我注意到桌上电话机留言的红灯正闪动着红光。

我以为可能是会议取消了，就查看了一下。然而，是我丈夫汤姆的留言。他的声音绷得很紧，听上去破碎而紧急。

“苏珊，有急事！快给我回电话！”

他别的什么也没说，也不用说了，我从他的声音里就能听出，肯定是其中一个儿子出事了。

我手指颤抖着，仿佛花了好几个小时才拨通家里的电话。恐惧如同海浪拍打着我，我的心跳声好像就在耳边轰鸣。小儿子迪伦在学校，他哥哥拜伦应该在上班。是谁开车出事了吗?

汤姆接了电话，立刻大声叫道：“你听一下我这边的电视！”但我听不清那一头电视里在说什么。不管发生什么事，严重到上了电视，这一点就让我害怕极了。几秒钟前我还觉得可能是一场车祸，相比之下，那显得小菜一碟了。是打仗了，还是国家被袭击了?

“出了什么事？”我对着话筒吼道。那头只传来电视机的噪声，难以分辨。接着，汤姆总算回到了线上。一向坚定从容的丈夫听上去像个疯子，他断断续续地说出混乱的词语，让人费解："持枪……枪手射击……学校……"

我挣扎着试图搞明白汤姆想表达的意思：耐特，是迪伦最好的朋友，他打来电话问在家工作的汤姆迪伦是否在家。大白天的，况且是应该在学校上学的时间，那样一个电话应该已经很让人警觉了。然而，耐特打电话的原因更让每个家长最糟糕的噩梦变成了活生生的现实——有枪手在科伦拜恩高中发动了枪击案。那正是迪伦所在的高中。

耐特还提到，开枪的人穿着黑色风衣，很像我们给迪伦买的那件。

"我不是想让你虚惊一场，"他对汤姆说，"可是我认识所有穿黑色外套的学生，就是没找到迪伦和埃里克。今天早上他们也没来打保龄球。"

汤姆嘶哑的嗓音中夹杂着恐惧，告诉我，他挂了耐特的电话后，把家里翻了个底儿朝天，为了寻找迪伦的风衣。他有点儿盲目地认为，如果能找到，那么就能说明迪伦没事——可是外套不在，汤姆慌了。

"我这就回来。"我说，恐惧让我的脊梁一阵发麻。我们都没相互告别就挂了电话。

我请同事帮忙取消了会议，一边说着一边想尽力保持正常状态，可是无济于事。离开办公室后，我发现手抖得厉害，不得不用右手按住左手按下了电梯按钮。同一趟电梯去吃午餐的人正高高兴兴地聊着天。我解释了这奇怪的举止，说："科伦拜恩高中发生了枪击案，我得回家确认我儿子是否安好。"一位同事提出送我回家，我除了摇头，什么也说不出来。

当我上车后，脑子里各种念头肆意地飞舞着。我没想起来把收音机打开，最多只能勉强不出差错地行驶在路上。一路开回家，还有26英里路的时候，我脑海里不停地猜测着：迪伦遇到危险了。

恐慌骤然袭来，像是抓住了我的胸口，我一遍一遍地筛滤着那些支离破碎的片段。我对自己说：那件外套在哪儿都有可能啊，在迪伦学校的柜子里，或是他车里……一个青少年的外套找不着了说明不了什么。可在电话里，稳当可靠的丈夫听上去几近歇斯底里，我真从来没听过他那个样子说话。

回家的路感觉像有一辈子那么漫长。我仿佛在慢镜头行进着，脑海里的思绪却风驰电掣般涌动，心跳声在耳畔鸣响。我努力把一片片的碎片拼凑在一起，想拼成一幅平安无事的画面。可是我所知道的单薄而又可怜的事实让我很难安心，我也知道，无论迪伦出了什么事，我都没法恢复元气。

我一边开车，一边大声自言自语，然后忍不住哭起来。我天生属于分析型头脑，此时试图给自己减压：没有足够的信息来说明到底出了什么事。科伦拜恩高中规模宏大，有2000多名学生。假设耐特在混乱中没有找到迪伦，并不一定说明我们的儿子受伤或者死了。我不能让汤姆的恐惧影响我，一定不能……即使惊慌如海浪般将我淹没，我也告诉自己，很可能我们只是庸人自扰。若是孩子下落不明，别的父母也一样会心神不宁的。

有一件事是肯定的：迪伦根本不可能有枪支！汤姆和我是坚决反对枪支的。科罗拉多州的法律正在改变，随身携带枪支将会变得更加容易，为此我们正打算搬到别处去。这惊天的新闻肯定是恶意策划的，不管它多么令人匪夷所思，迪伦绝不可能卷进枪击案，即便开个玩笑都不可能。

这26英里[1]的路，我就是这样过来的，脑子里一会儿满是迪伦受

1 1英里=1609米。

伤、哭着求助的画面，一会儿又潮水般闪现着美好的快照：迪伦还是个小男孩，吹灭生日蜡烛的样子，跟哥哥在后院玩水滑梯开怀大笑的样子……有人说，一生的时光都会在临终前闪现。在我开车回家的路上，迪伦的生命在我眼前一点一滴地闪过，如同电影胶片的卷盘滚动。每一帧宝贵的画面既让我心碎，又让我在绝望中充满希望。

回家这段地狱般的路，却只是第一步。谁知道接下来我的一生，都要与不可思议的经历奋战。

* * *

到家后，我的恐慌又上升了一个级别。汤姆断断续续地说了解到的情况：学校有人开枪，迪伦和埃里克还下落不明，总之事情很严重。他已经给大儿子拜伦打了电话。拜伦说他马上从公司回来，大家要守在一起。

汤姆和我在家里走来走去，像精神失常的提线木偶一样，又像被打满了肾上腺素，停不下来，也做不成什么事。家里养的宠物都瞪大了眼睛，蜷缩在角落里，浑身警觉。

汤姆一门心思都在那件失踪的外套上，而我却因为耐特提到迪伦早晨没去上保龄球课而心事重重。因为那天早上，他有足够的时间去上课，出门的时候还说了再见。回过头来看，那一声告别有着什么样的特殊意义吗？我甚至为此而开始胡思乱想了。

那个早晨——4月20日早晨，我的闹铃在天亮之前就响了。我穿衣服准备上班时，看了一下时间。迪伦很不喜欢早起，当初他想申请六点十五分的保龄球课时，我和汤姆就劝他放弃，但迪伦还是坚持去了。“会有意思的。”他说。他喜欢打保龄球，还有几个朋友也一起上这节课。整个学期，他基本上能按时到达保龄球馆，虽然不是每次都分秒不差，但也差不多。不过，我还是要帮他盯着点儿时间的。无论他多么尽职尽责地设好闹铃，有保龄球课的早上，一般还需要我从楼下叫一声，他才爬起来。

可是，4月20日那天清早，我还在穿衣服，就听见迪伦“咚咚”下楼的脚步声，接着路过我们在一楼的主卧室门口。他不用催就这么早起来收拾好了，让我感觉有点儿惊奇。他动作很快，像是急着出门，其实他完全可以再睡一会儿的。

平时，我们都会协调好当天的日程安排。于是，我打开卧室的门，侧身叫道：“迪？”屋子里很暗，我什么也看不清，只听见前门打开的声音。在黑暗中，他的声音显得尖锐而坚决，我听他喊道：“再见！”紧接着，他身后的门砰地关上了。我还没来得及把走廊里的灯打开，他就已经没影了。

这一来一回的对话让我不安，我转过身去，叫醒了汤姆。迪伦那一声道别里有一种紧迫感是我从来没有听过的——就像是冷笑，仿佛卷进了一场打架之类的事件里。

在那个星期里，迪伦已经不是第一次表现出有些压力了。两天之前的周日，汤姆问我：“你最近注意到迪伦说话的声音了吗？声调比平常高而且发紧。”汤姆用手指对着声带部位做着手势，接着说：“他一紧张，声音就会像这样，比往常调子高。我觉得他有什么烦心事了。”汤姆对儿子们的直觉总是很准，于是我们一致同意要跟迪伦坐下来谈谈，看看他是不是有什么心事。高中毕业典礼临近了，迪伦若是感到有些焦虑也是合情合理的。三周前，我们去参观了他首选的大学——亚利桑那大学。尽管迪伦很独立，但是他从未离开过家，所以离家到另一个州上大学是一个很大的变动，需要经历一段时间的调整。

但那天他声音里那股紧张劲儿让我惴惴不安。他没跟我讲当天的日程计划，也让我觉得不对劲儿。我们还没找到机会跟他坐下来谈，因为周末的大部分时间，他都是与朋友在一起。“我想，你星期天说的那个想法是对的——”我转身对睡眼惺忪的丈夫说，“有事情烦扰迪伦了。”

汤姆在床上肯定地说：“他一回来我就跟他谈。”汤姆在家工作，所以迪伦放学回家以后，一般他们能一起聊聊体育运动、吃点东西。我放松了些，照常准备去上班。我相信，等我下班回到家，汤姆就会知道是什么事困扰着迪伦……

耐特的电话让我如梦初醒。我站在厨房里，试图把掌握的碎片信息拼凑起来。想到那天早上迪伦道别的时候声音里透着那股冷酷的劲儿，还有他一早出门，但是并没有去上保龄球课，都让我感到脊背发凉。我当时猜测他可能是跟人约了喝咖啡，顺便聊聊让他烦心的事。但如果他没去上保龄球课，那么他到底上哪儿去了？

电话响了，汤姆一个箭步冲到厨房去接。我的世界瞬间坍塌了——是律师打来的。到目前为止，我的惊慌基本都被一个想法主导着：迪伦可能会有危险，或是身体受伤，或是干了什么蠢事，让他卷进了麻烦里。这会儿我明白了，汤姆担心的事情还包括：那麻烦，有可能到了需要律师介入的程度。

高二那年，迪伦跟埃里克一起遇上过麻烦。那件事让我们感到前所未有的震惊：一向彬彬有礼、有条有理，从来不需要父母操心的儿子，居然撬开了一辆停在路边的面包车，偷了些电子设备。结果，他受到了留校察看的处罚。作为不被起诉的条件，他参加了一个“归改”的指导项目，并且提前完成了课程。这个项目的老师对他赞不绝口，还说提早结业的情况可不多见呢。

大家都说，迪伦是个好孩子，这件事无须小题大做，况且，哪怕是最优秀的青少年也会犯一些无知的错误。也有人警告我们，有时候迈错一小步，哪怕是把剃须泡沫抹在扶梯上，都可能被作为刑事案件处理或坐牢。所以，当汤姆意识到迪伦可能有麻烦的第一时间，就找到了声誉极高的辩护律师。尽管我觉得汤姆对此有点儿过于谨慎，但另一方面我又为此感到很欣慰——尽管汤姆确实有些过虑，但很有先见之明。

有人被害，并且凶手是我的儿子——这个念头离我简直是十万八千里。我还在担心，迪伦是由于参与了什么愚蠢的玩笑，给自己的未来带来了危险。他刚刚顺利完成“归改”项目的课程，却稀里糊涂地将改过自新的机会给毁了。

电话带来的消息远比这些糟糕得多。汤姆找的律师名叫盖瑞·劳佐，他联系了警察局。之后打电话给汤姆，确认发生了匪夷所思的事件。各方报道自相矛盾，但有一点可以肯定——科伦拜恩高中发生了枪击惨案。地区检察官也明确地对盖瑞表示，迪伦是枪杀嫌疑犯之一。警察正在来我们家的路上。

汤姆挂了电话，我们面面相觑，难以相信听到的一切。这不可能是真的，然而却又千真万确。但怎么可能呢？！我在回家的路上想象出来的最糟糕的情况与这样的现实相比，显得苍白无力。我以为迪伦发生了什么危险，或者惹了什么麻烦。现在看来，是他伤害了他人。这件事实实在在地发生了，我却没法接受。

这时，汤姆说要试着去迪伦的学校。

我叫道：“不行！你疯了吗？你会被打死的！”

他一动不动地看着我，说："那又怎么样呢？"

我们互相瞪着对方，身旁那让人头晕目眩的吵闹声刹那间静止了。片刻之后，我将异议咽了下去，转过了身。汤姆说得对，即使他去学校送了命，起码我们也是为制止这场惨案尽力了。

下午一点刚过，我颤抖着拨通了妹妹黛安娜的电话。我的父母过世得早，我有一个妹妹和一个弟弟，都住在另一个州的同一个城市。一直以来，无论何时、是好是坏，妹妹都是我第一个想到的人，她一直都很照顾我。

我一直保持着镇静，可一听到妹妹的声音，我就崩溃了，忍不住放声大哭。"学校里发生了可怕的事情！我也不知道迪伦是受伤了，还是伤了别人……他们说与他有关……"黛安娜劝慰着我，可无论她说什么，也止不住我的眼泪。她承诺着给弟弟和其他亲属打电话。"我们都支持你。"她激动地说道。我不敢占线，赶紧挂了电话，好让别的电话打进来。那时候，我还不知道，接下来的几年我会有多么需要她。

当我们的大儿子拜伦回到家时，我一直努力想做些什么，却又一片茫然。我停下来坐在橱柜前哭泣着，用一块洗碗布擦着脸。拜伦将我抱在怀里，我身体内最后一丝力气瞬间无影无踪。我倒在他臂弯里，他更用力地环抱着我。

"他怎么能干得出……怎么干得出这种事？！"我不停地问，也不知道"这种事"具体指的是什么。拜伦也难以置信地摇着头，依旧环抱着我。我隐约明白：这会儿我是母亲的角色，我该振作起来，为拜伦做个榜样。然而，我除了像个布娃娃一样在儿子的怀中无助地抽泣之外，其他都无能为力。

警察陆续到了，护卫着我们走出屋外，在车道上等着。这天天气很好、很暖和，阳光灿烂，春天总算真正地到来了。若不是眼下的状况，我一定会为又度过了一个科罗拉多的严冬而欢欣鼓舞。可这会儿，美好的天气却仿佛一记耳光抽在脸上。“他们要找什么？想要干什么啊？！”我不停地问着，“我们能帮他们什么忙吗？”终于，一个警官过来告诉我们，他们在搜查我们的房子和租户的公寓，看看有没有炸药。

我们头一次听说涉及了炸药。我们自此再也不能单独回到自己的家里，必须有警察监视才行。他们不让汤姆去任何地方，包括学校。事后我们才知道，学校已经封锁很久了，迪伦和埃里克也已经死了，尸体躺在其他受害者中间。

当我们站在洒满阳光的车道上等待的时候，我注意到，四个警察中有三个身着特种部队的制服，穿着防弹背心。这与其说让我惊恐，倒不如说让我感到迷惑。他们为什么不去学校，却在我们家里呢？他们弯着腰从前门走进屋里，双手握着枪支放在胸前，跟在电影里看到的一模一样。他们是不是在想，我们是知情的，却纵容了迪伦？还是认为我和汤姆也是危险人物？

此情此景完全超出想象，有一点我却异常清楚：哪怕这种事情发生在任何人身上，都不可能发生在我们身上。

我们如同受惊的动物一般在车道上走来走去地持续了好几个小时。那时，拜伦在抽烟，我看着他一支接一支地点着烟，已经顾不上制止他了。我们恳求警察提供一点信息，他们却置之不理。怎么回事？他们怎么知道迪伦是嫌疑犯的？到底有几个枪手？迪伦现在在哪儿？他还好吗？——没人告诉我们一丁点儿消息。

在这样紧急的情况下，时间好像扭曲了。不知何时，媒体和警方的直升机盘旋在头顶发出巨大的响声。我们在房子后面加盖了一间公寓，我们的租户艾莉森为我们拿来了几瓶水和谷麦条，可我们什么也吃不下。去洗手间也有两个警察把着门——他们是防备我们还是保护我们，我说不清。无论是哪种可能，都让我觉得惊惧，我这辈子从没做过违法的事情，也从来没想过会为我儿子感到害怕。

午后的时间越来越难熬，我们还是在车道上数着步子，无法对话。我们家坐落在景色宜人的落基山脚下，汤姆和我总是说都不需要去旅行了，我们就住在世界上最美的地方。但那天下午，高大的岩石峭壁显得冷峻而森严，像监狱的墙壁围困着我们的住所。

我抬头看见有人朝我们这边走过来，是朱蒂·布朗，她的儿子布鲁克斯是迪伦小时候的玩伴。听说了利特尔顿镇里谣传迪伦与学校枪击案有关，她过来看看。

看到她，我吃惊不小。我们的孩子一年级和二年级是同学，高中又同校。但他们并不是太玩得来，孩子们在小学毕业之后我只见过朱蒂一两次。几周前，他们学校有个活动，我们都参加了，并且聊了聊。除了与孩子们有关的事，我们没什么交集，这会儿我不太确定自己能否好好应酬。我顾不上想她来的原因，但这种时候，她的出现有点儿让人不自在。她和艾莉森一人一边在我身旁坐下，催我喝点她们买来的水。汤姆和拜伦神色忧郁地在路上走来走去，此时我们的思绪四分五裂的，挣扎着。

我的脑子一片混乱，根本无法将得到的信息与我熟知的儿子联系起来。这怎么可能是我们的“阳光男孩”迪伦呢？那么好的一个孩子，总是让我自认为这个母亲做得很称职。如果他真的蓄意伤害了他人，那根本原因在哪儿呢？

终于，警察告知我们要跟我们单独谈话。汤姆和我竭力配合，如果我们能提供一点儿线索，那再好不过了。

我的谈话是在警车前座进行的。现在想起来不可思议，但是当时，我真的相信，如果我能解释清楚他们对迪伦的看法都是不对的，一切就能水落石出了。然而，我并没有意识到我已经进入一个人生的新阶段，我仍自以为一切都可以恢复秩序。

我颤抖的双手紧握着。这个警察很严肃，他直接切入主题："你们家藏有枪支之类的武器吗？迪伦对武器和炸药表示过兴趣吗？"我没有多少相关信息可提供。汤姆和我从来没有枪支。在我们这里，玩具枪开始流行的时候，我们就抵制了很久，在答应给孩子们买玩具枪之前，我们还让他们手写了一份安全承诺书并签了字。他们用玩具枪打了一阵子靶。迪伦刚进入青春期的时候，车库的架子上曾出现过气枪，那里还堆着模型飞机、大兵乔的人偶玩具和其他一些孩子遗忘了的童年旧物。

我记得很清楚，一年前，迪伦曾经问能不能给他买把枪作为圣诞礼物。他是随口提的，可还是出乎我们的意料。我吃惊地问他，为何想要枪。他说觉得去射击场打靶挺有意思的——他知道我是强烈反对枪支的。我们虽然地处偏远，跟朋友打猎和打靶是常见的消遣，但这个请求还是让我吃惊不小。虽然枪支对我个人来说遥不可及，但是在科罗拉多州是被广泛接受的，这里的很多邻居、朋友都是枪支爱好者。但无论如何我都不允许枪支出现在我们家，因而迪伦的请求倒没有特别让人警觉。

当时我建议他去找找玩过的玩具枪，迪伦转了转眼珠，打趣地笑道："唉，妈妈们都这样。不是一回事儿啊。"

我还是很坚定地摇摇头。"我不懂你为什么想要枪，但是你知道我和你爸爸都反对拥有枪支。你很快就17岁了，如果真想要就自己买吧。但你得知道，我是永远不会给你买枪的。”

迪伦听话地点了点头，微笑着说：“好吧，我知道你会这么说的，就是想问一下而已。”当时他的情绪并不强烈，因为我拒绝了，他没有发怒。自那以后，他再也没有提过枪的事情。这些年，他也提过其他异想天开的圣诞礼物，我就把买枪这件事当作其中一个来对待，抛到脑后了。

警察下一个问题是：“迪伦对爆炸物感兴趣吗？”我以为他在问烟花爆竹，于是就老实回答道，迪伦确实喜欢玩那些。迪伦刚开始暑期打工时，曾经在卖烟花爆竹的摊子上打过工，并且接受过以烟花爆竹当报酬。在科罗拉多州，这些都是合法的，因此他有很多烟花爆竹，安全地存放在车库的一个大塑料箱里。独立日庆祝时，他就拿出来玩。其他时间，这些烟花爆竹就被遗忘在车库的塑料箱里。迪伦搜集了不少东西，但我从来没听说他涉及丙烷气罐或者雷管之类的，所以警察问到这些时，我茫然不知。

坐在警车前座，我感到恐惧又渺小。但我认认真真地回答着警察的每一个问题。他问到我是否在家里见过有关枪支的目录或杂志时，这让我模糊地记起了一些事。我们每天都会收到垃圾邮件，我曾经在其中见过几本封面上印有枪支的目录，还有卖婴儿衣物和老年人用品的，所以也没有多在意就随手扔了。迪伦曾经从垃圾桶里捡起过一本，当时他想买一双干活儿用的结实点儿的靴子，但是因为他的脚很大，不太容易买到，我们发现目录里没有他的号，后来又给扔了。最后，他是在一家卖军用品的尾货店里买到靴子的。

我感觉警察看我的眼神好像洞晓一切，仿佛在说“被逮着了吧”……突然，我不自觉地开始辩护起来，语无伦次地向这位警察解释，我们每天会收到多少产品目录，为何我没有看看那些枪支目录的收件人是谁……我想只要我说清楚，他就会明白的。我一向仰赖自己能清楚地运用逻辑解决问题的水平，以及高效率沟通的能力。而当时以及在那之后的很长时间，我都没意识到，我对现实的理解已是完全脱节了。

警察就近期的状况又提了些问题，我都如实回答了。几周前，我们去看了亚利桑那大学校园。迪伦已经被那里录取，我们之所以带他去是想让他感受一下他的首选学校。就在三天前，迪伦还身穿晚礼服，跟他的毕业舞会女伴一起摆好姿势，稍带窘迫地笑着，拍了张照片。那样一个男孩，怎么可能跟他们正在责问我们的是同一个人呢？

这一切都没有答案，也看不到希望。谈话就此结束了。当我下了警车后，感觉天旋地转的。

还是不让我们进屋，汤姆和拜伦在门前踱步。有个警察告诉我们说他们在等拆弹小组，这更让我们恐慌和糊涂了。他们在找炸弹？难道是迪伦认识的人在我们家装了炸弹？没人回答我们的问题，我们也分不清是他们没有确切答案呢，还是我们本身也成了嫌疑犯。

我们在门前待了很久，与媒体和新闻完全切断了，这时候我们十有八九比利特尔顿，甚至可以说比全世界任何人都寡闻。手机不像现在这样无处不在，汤姆倒是因工作关系有部手机，但我们家四周都是砂岩峭壁，信号进不来。警察占用了家里的电话。我们心中充满恐惧，困顿异常，唯一能做的就是为儿子祈祷。

我们在艳阳下，在屋外焦灼地等待着，有时在水泥台阶上歇一会儿，有时靠在车旁。朱蒂走过来，以肯定的语调告诉我，埃里克建了一个暴力网站。

我还在为迪伦焦心，没听懂她为何要跟我说这个，然后明白了：

埃里克精神有问题，而且是个危险人物，由来已久了。

“你以前怎么不告诉我？”我实在搞不懂。她说，她报告过警察。

屋里的电话一直在响。警察叫我进去接电话，是我姨妈打来的。姨妈听说我们所在的小镇发生了枪击案（迪伦的名字当时还没有在媒体公布）。她健康状况不佳，我不想告诉她这里的任何事，旋即又意识到，瞒是瞒不住的。

我尽可能温和地说：“可能是最糟糕的情况，请做好心理准备。警察都在这儿，他们判断迪伦与此有关。”她对这个说法表示反对，我又重复了一遍。几个小时前那些难以置信的消息，已经开始具体化成恐怖的现实。好比检查视力的时候，随着医生循序渐进地点击，那些模糊不清的形状形成了字母和数字。这场惨案的规模之大逐渐清晰起来。整个事件还是模糊得难以理解，但是有两件事已经清楚了——事情很快会大白于天下，我的困惑即将变成一个无法承受的真相。

我承诺会和姨妈保持联络，挂了电话，以便让有关学校的信息及时接通。

光影越拉越长，时间也缓慢下来。汤姆和我低声地胡乱猜测着。我们必须接受一个事实：迪伦参与了这场枪击案——这已经没有什么异议。然而，我们无论如何都不能相信他是完全自愿地参与其中。他肯定是跟什么罪犯，或者一群罪犯搅和到一块儿了，他一定是被迫参与的。我们甚至想过有人以家人来威胁他，他是为了保护我们才妥协的。或许他那天去学校，以为是个没什么坏处的玩笑、一场闹剧，到最后一刻才发现用的是真枪实弹?

我就是没法相信，也拒绝相信，迪伦自愿地参与其中并且伤害了他人。如果真的发生了，那个善良的、傻乎乎的孩子，我深爱的儿子，肯定是被骗了、受到了胁迫，甚至是被下药，才会去做这样的事情。

后来，随着事件一点点地揭露，我们发现迪伦的朋友也有类似的困扰。没人认为他会自愿参与，也没人知道他参与到什么程度，或者是他的愤怒、隔绝感以及绝望有多深重——直到好几个月以后。即使我们知道了，也无法将我们所熟悉的迪伦与他的所作所为联系起来。

我们心神不宁地在车道上待着、被监禁着，每分每秒都记录着我们的无助和困惑，在希望和绝望之间来来回回。电话响了又响，然后玻璃门打开了，我听见汤姆没关的电视的声音从卧室传出来，在空荡荡的房间里回响。当地的新闻记者正从科伦拜恩高中校门外发出现场报道。我听见报道里说“最新报告有25人死亡……”

与此刻这个城镇里的所有母亲一样，我一直在为儿子的安全祈祷。然而，当我听到新闻里说有25人死亡，我祷告的内容改变了——如果迪伦参与了这场枪击案，他不能再活着，继续伤人。作为一个母亲，这是我所做的最艰难的祷告。当时我所祈祷的并非希望他安全，而是希望他也死了算了。

第二章

玻璃的碎片

午后渐渐蜕变到黄昏，接着天色黑了下来。我终于放弃了最后一丝希望，不再做梦——盼望迪伦能够坐在那辆与他父亲一起修好的带着撞痕的黑色宝马车里，笑着问晚饭吃什么。

再后来，我拦住了一个特种部队队员，问了他一个问题：

“我儿子死了吗？”

“是的。”他说。

他一开口，我就意识到，我早已了然于心。

“他是怎么死的？”我问他。这点似乎很重要。迪伦到底是被警方击毙的，还是被另一个枪手打死的？他是自杀的吗？但愿如此。如果迪伦是自杀身亡，至少我能知道他确实是不想活了。在以后的日子里，我为这个念头而后悔不已。

特种部队队员摇了摇头：“我不知道。”然后转身离开，剩下我一个人站在那里。

* * *

我的注意力都集中在迪伦身上——我念着他是否平安，又念着他的死亡，这样或许显得冷酷无情。然而现在，我的责任是从有限的记忆中如实地提供真相，即使最后的真相对我有害。但实际上，当时我心心念念的全是我的儿子。

我用了整个下午的时间，逐渐地明白了，迪伦是枪手，是嫌疑犯，但这个事实起初只是一个很抽象的概念，我坚信迪伦不会夺走任何人的生命。我开始接受他确实是身处枪击现场的事实。可迪伦从来没有伤害过任何人、任何东西，我深信他不可能杀人。毫无疑问，我错了。在这点上我错了，在其他很多事上，我也错了。但那时，我对自己深信不疑。

在头几个小时，甚至头几天，我并没有想到受害者，或是深爱他们的亲人、朋友所经历的痛苦。人在经受极度创伤时，会引发身体的震惊反应——我们都听说过战役中士兵们逃命时，断了一条腿，都毫无察觉，还能奔逃很远的距离——经历严重心理创伤时，类似的状况也会发生，让我们保持理智的防御机制会及时启动。这个防御机制慢慢会打开“闸门”，每次放进我们所能承受范围内的信息量。这个防御机制有着巨大的力量，既能保护当事人，也能够扭曲现实，让人惊叹。

即便如此，因不明真相而产生的宽慰转瞬即逝。我至今每天都在煎熬中度过，为儿子摧毁的那些生命，为那些亲朋的伤痛。只要我活着一天，这种煎熬就不会消减。在商店里看到一个母亲带着她的女儿在买早餐麦片的时候，我会情不自禁地想，这个美丽的孩子能否活着长大成人；在星巴克看到一群嬉笑打闹的青少年的时候，我会忍不住想，其中有人是否会尚未体验完整丰富的人生，就英年早逝；看到一家人在一起野餐、看棒球比赛，或者走在去教会的路上，我也会忍不住想，他们会不会是我儿子杀害的某个人的亲人……

在写这本书的时候，我希望对我儿子的受害者致以敬意。我所能做的就是尽最大努力如实地记录。所以，事实就是，我为这件事中的受害者泪流不止，但是出事那一天，我的泪却不曾为他们落下。

* * *

拆弹小组到来的时候，我们仍木然地站在石子车道上。不久，天开始下起了小雨。我跟汤姆、拜伦和租户艾莉森、朱蒂·布朗一起走到门廊下躲雨。逼仄的前门房檐下，我们紧紧挤在一起。

骤然间，天色一下子暗了下来，凉气逼人。天气的变化加剧了我们无能为力的感觉，以及恐惧感。

我下意识地想做祷告，接着——平生第一次——我阻止自己从祷告里寻求安慰。

虽然我的母亲是个基督徒，但是我的父亲是在犹太家庭长大的，因而，我和弟弟妹妹是在双重传统的影响下成长的。这两个宗教信仰之间存在着重大的不同，但有一点却是共通的，那就是两者都将上帝作为一个充满爱和理解的父亲来看待。从童年时代起，我在这样的理解中寻求庇护。然而，在1999年4月20日的夜晚，我却没有从中得到慰藉。我真真切切地体会到了恐惧，我害怕与上帝面对面。

自打我的孩子们出生，我每天晚上都恳请上帝保护和指引他们。我曾经真诚地相信，那些祈祷能看顾着我的孩子们。他们渐渐长大了，晚间祷告时，我又加上了对其他人平安的祈祷。拜伦刚刚进入青春期时，我听说了一个让人担忧的消息：一个青少年偷走了岔路口的一个停车指示牌，因此酿成了一场致命的事故。随即我想到我的儿子们——如果他们因为一时昏了头而伤害了别人，那对我而言简直就是噩梦一场啊。我从来没担忧过他们会故意伤害别人，没有任何理由让我这样担忧，两个孩子任何一个都不会。但是，我还是希望，青春期少年的愚蠢和马虎行为不会导致任何人受伤。尤其是当他们开始学开车，在峡谷窄窄的、弯弯扭扭的山路上穿行的时候，我都会紧紧抓着方向盘。如今，那些我祈祷不要发生的事情活生生地演变成了现实，而且如此恐怖。从道义上，我都缺乏想象力来把握这样残忍的现实。

我并非失去了信仰，只是不敢吸引上帝的注意，那样会让上帝更加愤怒。

我一直凭空认为上帝与我的计划是一致的。我全心全意地相信，如果我是一个有爱心又慷慨的人；如果我努力工作，尽我所能地支持慈善事业；如果我尽力做个好女儿、好朋友、好妻子和好母亲……然后，上帝就会回报给我一个美好的生活。可眼下，我们像是被流放了，门内走廊的灯照在我们脸上投射出一道毫不留情的影子。我突然感到无比羞愧，毕生对上帝的理解此刻却被赤裸裸地揭示为一个天真的虚构故事、一个睡前故事、一个可怜的妄想。我感受到了前所未有的孤独。

很快，连这样思考和感受的时间也失去了。警察不准我们在家里住，我们得另找地方过夜。他们给汤姆、艾莉森和我每个人五分钟的时间，单独回屋里拿几样个人物品。我们三人轮流进屋，同时有两名警察在身边密切看守着。

一个短暂却生动的幻象出现在我脑海里，我身处一群精灵之中，他们形形色色，饱含苦楚，年纪、胖瘦、种族、性别，都无法分辨。他们个个都低着头，身上披着破碎的白色袍子。我知道，我以前的生活结束了，取而代之的是一种新的生活。在这个新生活里，曾经丰富美满的生活，彻底成了记忆。我的痛苦将一直历历在目，承载我的余生。针尖般的雨点如同玻璃碎片一样砸到我的脸上，刺破了这片刻的幻象。在这之后，事态急剧扩散开来。

与我一同回到屋里的两名警察像篮球后卫一样紧盯着我的一举一动。甚至在我收拾东西时，他们的手紧靠着我的手。这让我觉得既困惑又害怕，尤其是当我翻动着抽屉里的内衣和卫生用品时，觉得非常尴尬。多年以后，我跟其中一名警察有过谈话，我描述了自己当时是多么紧张。他解释说，他们之所以盯得那么紧，是为了保护我，确保我不会自杀。之后，我为此又觉得分外感动。

我一边收拾东西，一边自言自语。那是一段气息不匀的独白，我想让自己漫无边际的思绪能稍加集中。我需要有条理地让自己回过神来。“要拿睡觉穿的衣服——睡衣；天气会有变化，要带上暖和的外套；要是下雪，得拿靴子。”我们那只叫罗基的猫病了，我寻找着给它吃的药，同时意识到，在悲剧的背景下，这是多么荒唐。我又担心那两只小鹦鹉待在车里会冻死，于是抓起几条厚毛巾将它们的笼子裹了起来。

我在楼下衣柜里翻找平时旅行用的尼龙圆筒的行李袋，有两个没找到。几个月之后，我才知道，迪伦用那两个行李袋装了炸药，带到了学校餐厅。

我站在衣柜前，两个警官一左一右站在我旁边。我想起来还要挑选去参加迪伦的葬礼的衣服，猛地，我的心脏好像被谁砸了一拳。我还在指望有人能从真相里将我拯救出来。我深深地吸了一口气，然后将一件褐色百褶裙、一件白色上衣和一件黑色毛衣外套一股脑儿地挂在了衣架上。

* * *

汤姆和我胡乱将东西塞进车里。

我们得离开，可是去哪儿呢？我们怎么能将这一切带到别人家里去？周围停满了媒体的采访车和为这件事而来的人。一旦穿过警界区，我们就只能任由他们摆布了。我们能将这些人引到谁家里去呢？现在去任何人家里都不方便，还可能会侵犯主人的隐私，甚至给人家造成危险。如果我们去了，也不知道什么时候能走，还带着几只有病的宠物，会把别人家弄得乱糟糟的。我们急需帮助，可谁能帮我们呢？

朱蒂·布朗提出我们可以去她家——很高兴能有这样一个选择，我们心怀感激地同意了。然后她先离开了，回去准备一下。

拜伦想回他的公寓取几样东西，这着实吓到我了。他能保持头脑足够清醒，好好开车吗？媒体记者包围了我们家，摄影器材和录音设备对着我们的房子搜寻着好角度。如果拜伦到了公寓，是否也会遇到这样的状况？说实话，我不愿意他离开我的视线。拜伦提醒我说，公寓在他室友名下，他只是去拿几件东西，不会引起注意的。我这才缓和下来。他向我保证，很快就跟我们会合。

我们往车里装完东西的时候，有一个邻居走过来，拿来一盘烤牛肉，裹在毛巾里保温，说是另外一个邻居送的——可能是人家自己的晚餐吧。我一整天都在以泪洗面，这位邻居发自心底的大度，让我再次淹没在潮水般的情绪之中。短短几个小时，我们的身份就从充满活力的社区重要成员变成一个凶犯的父母。我们毁了这个社区。我紧紧地抱着温暖的玻璃盘子——人们仍然对我们这么友善，这一点对我真的意义非凡。

该走了，几个邻居精心安排好了撤离：一个邻居打开车道尽头的门，另一个邻居将他的车开到车道那头，滑到路中央，以便堵住那些想围追我们的人。我们尾随着其他人飞速跑过去，分别钻进三辆车里，第一辆车里是拜伦，接着是艾莉森，最后是汤姆和我。我们横冲直撞地冲出社区，疾驰到黑乎乎的弯弯曲曲的路上。恐惧始终在我心里悬着，我担心出车祸，担心被人看见，担心接下来会有什么来临。

当终于能放慢车速时，我发现从中午开始，这是我和汤姆第一次单独待在一起。我们俩在市郊漫无目的地兜转，等着晚上8点半跟约好的律师会面。我不知道汤姆在混乱中是如何联系到律师的，并且安排了在家附近的一个便利店的停车场碰面。这计划显得如此神秘，放在其他任何状态下，我都会笑出声来。我再一次想到，我们在这世上成了孤家寡人，过去的人生，再去多想也只是自我安慰了。因为迪伦所做的一切，无论眼前发生什么，我们都得承受着。

我们仍然无法确切知道学校里到底发生了什么。我们只知道，迪伦所在的高中发生了枪击案，有多人遇难、受伤，并且有人看到迪伦跟埃里克在一起——调查人员认为他参与了这起枪击案。我知道儿子当天送了命，却不清楚他到底干了什么。

我们来回兜着圈，天已经全黑了。汤姆和我对于当晚在哪儿过夜越发拿不定主意了。我们担心，朱蒂在社区里人缘很好，跟人来往多，如果我们在她那里过夜，很有可能会暴露。我还担心可能会把她的家庭置于危险之中。我们需要一个能让自己承受丧子之痛的地方——一个安全之所来躲藏。

作为父母、工作伙伴和生活伴侣，汤姆和我很善于协调复杂而且琐碎的事，彼此配合得一向很好。此刻，我们彼此依赖，思考着该如何对付接下来的几个小时，更有即将要面临的日子。我们精神上还没有开始体验难熬的丧子之痛，或是苦苦思考，到底是什么导致他做出如此可怕的恶行。事实证明，这思考的旅程，我们在一起经历得很辛苦。

那天晚上，我们唯一专注的是人类最基本的需求——栖身之地。

酒店和旅馆是根本不可能了，媒体已经蜂拥进了丹佛市，我们的姓氏一眼就能被认出，不能告诉酒店前台，或是用信用卡登记入住，更不能出城。即便警察让我们走，迪伦的事，谁来善后呢？

一种可能性出现在我的脑海里。我们光想着自己眼下的境况，几乎没有考虑过其他亲友看到事态演变时会经历什么。汤姆同父异母的姐姐路得和她的丈夫唐，住在一个安静的小区，那里离悲剧中心大约25分钟车程。我们是不同姓氏，如果他们愿意收留我们，那里应该是个不错的地方。

我们与唐和路得不经常见面，不过他们对我们一直很好。我们刚搬到丹佛地区时，他们给了我们非常宝贵的帮助。迪伦出生后，因为当时我几乎不认识当地的人，所以来医院看望我的人没几个，路得是其中一个。

他们人特别好。在孩子还小的时候，我们家经常有人生病，互相传染水痘、重感冒等，有时长达几个星期。有一次我生日，门铃响了，我病得连门都开不了。等我挣扎着下楼开门后，看见路得的车正缓缓开走，我在脚边看到路得亲手做的晚餐，甚至没忘加上一个巧克力蛋糕和蜡烛。

没能早点儿想起他们，我自己都很吃惊，只能归结于自己的思维能力已经受损了。汤姆开着车在街头缓缓行驶着，我在他的手机上按下了号码。路两旁的房子里亮着灯，看上去舒适宜人，我可以想象，那里面的家长已经把厨房桌上的汤碗清理好，开始帮孩子们做作业，晚上的所有活动都在正常进行。但是在那天晚上，我知道每一个家庭都在关注发生在科伦拜恩高中的重大惨案，有一些家庭正如我们家一样，一切都不可能再回到正常状态了。

等路得接了电话，说可以住他们那儿，我感激得几乎落下泪来。我给朱蒂打了电话，谢绝了她的收留。汤姆打电话到拜伦的公寓，告诉他新的安排。多年以后，拜伦告诉我，他当时错把父亲的声音当作弟弟的了。那个瞬间，他喜出望外地以为是弟弟打来的报平安电话，那一整天的遭遇只不过是个天大的误会。这不是第一次，也不是最后一次，我们会产生这样的神奇想法，觉得或许能将那天发生的一切都彻底抹去。

到唐和路得家之前，要与约好的律师碰面。晚上8点半，我们到了便利店的停车场，天上下着小雨，等了一会儿后，一辆车开过来，停在我们旁边的车位。盖瑞·劳佐律师四下看了看，确保没人，然后走到我们车的驾驶座那边。我隔着汤姆将手伸出车窗介绍了自己。我们俩的手都是湿的。

我们打开车门，他坐进车里。车后座没有多少地方了，盖瑞小心翼翼地弯着身体，双脚挤在猫砂盒、鸟笼和猫笼之间。他的肩膀一边和驼色外套紧贴着雾蒙蒙的车窗，另一边靠着被毛巾裹着的鸟笼。他让汤姆开到附近的一个小区，说话方便些。停车熄火后，我们转过身与他面对面。往后的日子举步维艰，我们要仰赖他的帮助了。

盖瑞看上去不仅专业经验丰富，而且话语中深藏着一种关切，这让我感到很欣慰。他向我们表达了自己的看法。他是把我们当作一个遭受创伤的家庭来看待的；他也认可，我们需要时间和空间来缓解丧子之痛。接着他追根究底地问了一连串问题，涉及迪伦、我们家，以及我们作为父母的角色。跟之前对警官的态度一样，我们对他和盘托出。

他想确认我们是否事先了解迪伦的计划，当他听完我们的回答后，他表示相信，相信我们是真的毫不知情。我感到如释重负。尽管事情发展到如此地步，我还是渴望有人相信我们。我唯一能够确定的是，对于迪伦所谋划的一切，我们一无所知。

然而，律师神色严肃地告诉我们："你们的儿子要为此负责，可他已经不在了。你们是他最亲的亲人，所以人们会来追究你们的责任。在最后一个受害者入土之后，针对你们全家，将会掀起一场仇恨的风暴。你们会变得很艰难，你们会受到指责、被控诉。同时，接下来的几周，你们必须认真考虑个人安全问题。"

"仇恨的风暴"，许多年来，我会多次回想到这个词语。事实证明，这个词真是有先见之明，虽然有点儿怪异，却准确无误地描绘了随后所发生的一切。

盖瑞就我们的隐私和安全提了一些建议，并告诉我们，他会试着跟官方联系，将迪伦的尸首要回来。他很清晰地告诉我们下一次与我们联系的时间。我们对此表示感谢，之后我们将他送回原来的停车场。路上，我们一言不发，汤姆和我努力消化着盖瑞所说的话。

唐和路得正在等着，我们的车一靠近，他们就打开了车库门，这样我们的车就不会被人看到在街上停留。我永远不会忘记，从那缓缓打开的门缝中，一道窄窄的光变成明亮的长方形，在黑暗中为我们照耀。我也不会忘记，车进了车库，好像一艘宇宙飞船终于停靠了，这让我感觉无比轻松踏实，又像一场科幻电影一样不真切。然而，这不是幻觉，这就是我们全新的境况。

汤姆熄了火，我们在黑暗里坐了一分钟，然后我深吸了一口气，打开右边的车门。给汤姆的亲人带来如此不便，让我很愧疚。我担心会让他们暴露，给他们带来危险，然而，让我最难受的是羞耻感，连从车里走出来都非常困难。

汤姆的父母早在他12岁时就去世了。他是由同父异母的哥哥养育大的，那时的路得已经长大，离开家了。我们与唐和路得的孩子们的年纪倒更接近一点儿，尽管彼此感情深厚，但我更多的是把他们当作叔叔阿姨来看待。在他们面前，我还是有些拘谨，努力表现出自己良好的一面。

唐是农民的儿子，踏踏实实、辛苦劳作的中西部男人，那种你希望与之为邻的好人。路得充满爱心、慷慨大度。他们俩都很温和，为人和善，远近皆知。他们养育了四个漂亮的女儿，每一个在各自的领域都有所建树。可如今，我——一个罪犯的母亲——在黑夜的掩护下，偷偷潜入了他们的家。

唐和路得招待着我们，温暖而平和，帮我们把东西从车里拿出来。几分钟后，拜伦也到了，我松了一口气。我们暂时住在地下室的套间。我拿掉鸟笼上的毛巾，它们明橘色的脸颊从笼子里露出来，警惕地打探着新环境，它们也没事儿。路得是过敏体质，于是我们将两只猫罗基和露西放到了工具室。在陌生的空间里，它们悄悄躲到了烘干机后面。我多么希望自己也能像它们一样隐藏起来。

我们跟着唐和路得上了楼。我发现，到了一个正常的家里比身处外面的混乱当中更加让人恐惧。那在车道上挨过的漫长的几个小时里，我们与世隔绝，看不到新闻。但是唐和路得与所有人一样，一刻不离地关注着电视上关于枪杀的滚动报道。

我们从毫无音信一下子到了信息泛滥的环境中。我的脑子早已乱成一团，难以忍受。电视上充斥的各种猜测和信息更是糟糕透顶。我们在新闻里终于看到了儿子的所作所为以及在那之后的可怕后果：在市郊一座房子的前院草地上开设的急救中心，看上去是那样的不和谐；我们听到得以逃生的孩子们的声音里充满了震惊和恐惧；看到先遣急救人员脸上肃穆的哀容。没有人能逃脱这一切。

亲历者描述得极其恐怖，让我感觉那些话在我头脑里来回弹跳。那可能是我第一次听到受害者的原始描述，可我之后的记忆中却是一片空白。后来我知道，人们骤然遭遇丧亲之痛，在随之而来的动荡期中，“拒绝相信”是很普遍的。此后多年中，我曾经与很多为此感到困惑和羞愧的人交流过，得知他们也有过类似的经历。在那个时刻，大脑只能接受在它承受力范围之内的信息。

在家门外等着的那阵子，我们与新闻消息是隔绝的，当时还能跟悲剧保持一点儿距离。猛然间，这悲剧逼到了眼前，令人窒息。就像是隔岸观火和置身火海的差别，现在我们好比站在火场中央，四周是熊熊烈焰。我开始哭泣：“天啊，这不可能是真的。我不能再看下去了！”路得立刻让唐关上电视。屋里安静下来，我好受了一点儿。然而，那所闻所见的恐怖回声，旋即又从各处反弹回来。

快到半夜了，路得他们要休息了。一整天，我都想要一个隐秘之处，好让我能够尽情地抒发悲伤的情绪；也能让我静静地好好想想这匪夷所思的状况，让我好好想念逝去的儿子。现在，当此刻来临，我却害怕独自面对。这真相，无法言说。

路得给地下室的床换上干净床单后就离开了。拜伦睡在地下室书房的折叠床上，就在汤姆和我的卧室外面。那一夜，我一直开着房门，因为瞥过去就能看见拜伦盖着毯子的双脚形成的鼓包。知道他在那里，好好的——对我太重要了。这一夜，我可能看了那个鼓包不下一百次。

屋里渐渐安静下来，汤姆和我并排躺着，相顾无言。我们握着手，互相抚摩着肩膀，以此安慰对方。我们失去了一个儿子，迪伦不在世了。我们都不知道他的遗体在哪儿，是什么状况；不知道他是自杀身亡，还是被警察击毙，抑或是被他朋友打死的。尽管新闻里的报道令人无比震惊，但我们还是不知道他到底具体干了些什么。

第一个夜晚，我没法接受迪伦参与了这场惨案的事实，并且我拒绝接受。相反，我编造了成千上万个理由，没法想象迪伦是怎么搞到枪支的，或是他为什么想要枪。我不停地臆想着其他可能性：他是被骗参与的吗？他是不是以为那些武器是假的？是不是原本是个恶作剧，结果搞砸了？他是不是被威胁强迫的？我告诉自己，即使迪伦参与其中，也不见得会对人开枪射杀。汤姆和我打心眼里坚信，他不可能杀人。我们持守着这个信念，不是守了几个小时或几天，而是守了好几个月。

在那个漫漫长夜，以及随后的数天里，我的思绪只能偶尔想到，迪伦可能真的伤害了别人。然而，这个残忍的念头转瞬即逝。到现在，这一点都让我羞愧。当时，我只是觉得疯狂。按照任何标准来看，我都是失去了理智的判断。

汤姆睡得很不安稳，我把脸埋在枕头里，低声哭泣。平生第一次，我真正理解了悲恸欲绝为何要用“心碎”来描述。那种痛是千真万确的，是一种身体的痛，仿佛我的心被碾轧成参差不齐的碎片。“心碎”不再是一种表达方式，而是写实的描绘。

我躺在那里无论如何都睡不着，思绪来回翻滚，杂乱无章。我告诉过警察，上周末，迪伦刚和朋友一起参加了毕业舞会。我的思绪又回到了那天晚上和第二天。舞会第二天凌晨他回到家，我还特地起床看了他。他很开心，还对我给他买了舞会的票表示感谢。他还跳舞了哦！那天晚上，我觉得这个小儿子可真是凡事都能干得中规中矩啊！晚上回到自己房里时我还在想，这个儿子我养得不错。可仅仅72个小时之后，我躺在一张陌生而僵硬的床上，暖洋洋的满足感早已无影无踪，取而代之的是极度的困惑与越来越强的恐惧和悲伤。这鲜明的对比交织在一起，真不是滋味。

毕业舞会的头一天，迪伦还跟汤姆坐在一起，讨论大学宿舍平面图，计算和对比着物品和家具的摆放，商讨如何能将使用面积最大化。迪伦身高6英尺4英寸（约1.93米），从来都是自己一个房间，他想确保在宿舍尽可能最大化地利用空间。看着他俩在纸上划拉着数字，我笑了。规划大学宿舍都那么量化分割，还真是迪伦的风格啊！

那些回忆近在眼前，仿佛还带着余温。我回想着这一切，反而更糊涂了。这些举动，难道真的是一个即将大开杀戒的人的行为吗？后来当我渐渐更多了解有自杀念头的人的心理之后，这一切都能说得通了。这些人常常会为未来制订很具体的计划，因而他们的家人往往在事后为他们生前刚买的新车、制订好的游轮度假计划而困惑不已。我后来与自杀幸存者也交流过，所提供的信息对研究者解开这个谜团也有所启迪。在一些案例中，有自杀倾向的人之所以为未来制订计划，是想误导关心自己的朋友和家人，让人想不到他们会自杀。如果你在担心某个亲近的人会伤害他自己，那么如果他制订了游轮旅行计划，你是不是会打消疑虑呢？

还有一些案例中，这样的计划本身就是信号和表征，证明当事人的逻辑思维当真已是四分五裂了。他们的大脑被自杀的念头驱使着，却又有分裂现象。这些举动可能正是其自相矛盾的迹象：有时候，求生的愿望跟求死的愿望同等强烈。意图自杀的人也可以同时相信两种现实：一方面想着去加勒比海度假；另一方面想着还没来得及去，便会自杀身亡。

而当时，我对这些一无所知，一想到迪伦一方面在为大学生活做准备，另一方面又在计划着自杀了断，就觉得荒唐无比——我更加认为很多证据都说明了他不是主动参与的。

接下来的几个月和数年，我多次被迫面对儿子未知的一面。这个潘多拉盒子再也没有空过，我的余生都用来将我所熟悉的儿子和他的恶行，这两个格格不入的现实拼合起来。那晚，是我最后一次在心里紧紧抱着儿子，像他生前一样——我钟爱的儿子、兄弟和朋友。

当拂晓那湖蓝色的晨光从窗户投射进来时，我还在对迪伦、对上帝反复追问。这个问题折磨我、困惑我，延续了我一生："你怎么能这样？怎么能这么做？"

第三章

别人的生活

昨天，我的人生猛然坠入了一个噩梦，一个令人无比憎恶、难以想象的噩梦。我都没法下笔记录昨天是怎么过的。

——*1999*年*4*月*21*日，日记摘选

第二天早上，我好像在毫无预警之下，一下子掉进了另一个人的生活中。

就在上个月，有位老朋友来访。晚餐时我们互通近况，我还告诉她，我对自己目前的生活前所未有地满意。我刚过了50岁生日，丈夫很爱我，我们的婚姻经受了28年大大小小的考验。拜伦终于完全独立了，跟朋友合租了一所公寓。迪伦在高二时出过一次麻烦事，也已经改邪归正，走上了正道。没几天，他就要高中毕业了，正忙着跟高中的朋友们欢度时光，也在为上大学做准备。我甚至有了一点儿自由时间可以画画了。我告诉她，生活中最忧心的算是我们的老猫罗基，它年事已高，健康状况正日趋恶化。

1999年4月20日，我醒来时，还是一个普普通通的妻子和母亲，高高兴兴地招呼着家人去上班、做家务和上学。24小时之后，一转身我就变成了一名枪手的母亲，要为这个疯狂的枪手所犯下的史上最大校园枪击案负责。迪伦，我的宝贝儿子不但身亡，更是沦为了大屠杀的

凶手。

这样的对比太过强烈，我想不通。在唐和路得家的地下室客房熬过的第一个夜晚，我已经接受了迪伦去世的信息，但汤姆和我还是完全不能接受迪伦杀人的事实。

科伦拜恩惨案发生后，印象最为深刻的就是由于真相难以接受，我们曾经以奇怪而顽固的方式紧抠着一个假象。然而，这种与现实的脱节并不能护卫我们多长时间——愤怒布满了我们所热爱的社区，迪伦的真实面目渐渐浮出水面，一切都将无可逃遁。

* * *

唐和路得为人慷慨大度、温暖友善。然而跟大家一样，面对我们的困惑和哀痛，他们同样爱莫能助。

我几乎什么也说不出来。每次我开口想说点什么（其实也说不出什么）都是说了一半就走神了。吃东西简直是件不可思议的事，叉子在手里仿佛是外星人的器具，闻到路得做的可口的饭菜，我的胃里就开始翻江倒海地难受。

我筋疲力尽，体力下降到生命最低点，一分一秒地煎熬着，仿佛被埋在湿水泥里。我记得，我那时迷迷糊糊地躺在沙发上，路得担心地将毛毯盖在我身上。睡着了，的确能得到一时的缓解，但只要一睁眼，我就会想起迪伦所作所为的严重性和残忍程度，情绪铺天盖地地淹没过来，感到自己真的如同行尸走肉。这说起来像是套话，却是对我那几天的状态最贴切的描述。

正常情况下，如果失去一个孩子，我们早就给亲人、朋友打电话，告诉他们这个不幸的消息了。他们肯定也已经纷纷来到我们身边，安慰和支持我们。我们也会忙着接待前来抚慰的访客，朋友们会带来对迪伦生前的各种回忆、诗歌和相片，纪念他。这些方式是经过时间验证的，能够帮助人们渡过哀恸的难关。在很多文化传统中，也是以这些方式给逝者家人难能可贵的稍许安慰。

然而，迪伦刚刚死的那几天，周遭没有一件事跟“正常”这个词有一点儿关联。几乎所有的熟人都在几个小时内得知：迪伦与科伦拜恩惨案有关，却没人能跟我们取得联系。因为我们远远逃开了。那天下午，亲人、朋友惴惴不安地打电话到我们家，结果不是没人接电话，就是警方接电话与他们交谈。

很显然，外州的亲友是不能来到身边的。即使有地方住，也不能保证他们的安全。我们躲在唐和路得的家里，完全不清楚外面是怎样的险象环生。直到在当地报纸上读到汤姆许久不联系的堂兄弟的声明，我们才知道事态多严重。堂兄弟声明说，事发后，他们从来没见过迪伦，恳求人们不要再对他进行死亡威胁和恐吓了。枪击案之后的48个小时内，亲戚们接到了超过2000个来自媒体和社区成员的电话。当然并不是所有的都是恐吓，即便是事件发生后的第一时间，也有人是表示支持我们的，但这么多电话还是没法对付。远在俄亥俄州，一个当地记者曾经尝试着要挤进我85岁的姨妈的家采访（姨妈坚决不让，叫他离开，走时还坚持给他带了一盒曲奇饼干。姨妈说起时，还觉得挺自豪的）。

只要还有点良心，我就不会邀请任何所爱的人过来。社区里一片哀伤的氛围，又对我们充满愤怒。我们选择远离人群，就是选择安全。同时，我们也与那些曾经深爱迪伦的人隔绝了。

根据警方的报告，我们是在第二天被正式通知，迪伦已经身亡。我没印象了，汤姆也不记得了。我倒是记得，警方说迪伦的遗体会被运到验尸官那里接受解剖。这让迪伦死亡的消息毋庸置疑。一想到他孤零零地躺在冰冷的解剖台上，我就无法忍受。他活着时，每一次去看儿科医生，都有我陪伴着；每一次打防疫针，我都握着他的手；连看牙医我都从没错过一次。我多么想在那个验尸房里陪着他，让他不觉得孤单。

同时，汤姆和我对尸检还抱着希望，祈求报告结果出来能显示他的毒品测试是阳性的。如果他吸毒了，那么对于为什么会参与其中，起码还能有一丝解释。

死亡和威胁的气息笼罩着我们，让人窒息。汤姆开始喃喃地说，没有了迪伦，他也活不下去了，儿子们是他的好伙伴。他这话一下子将我从僵冷的状态中惊醒了，如果汤姆也自杀了，我该怎么办？迪伦已经出了事，我再也不确定对家里其他人的精神状态的了解是否准确。说不定，汤姆和拜伦已经在谋划着怎么去死了。这想法让我几近疯狂。

我自己也有自杀的念头。这种时候，想用自杀的方式让哀伤、犯罪感和羞耻感消失，一了百了是再自然不过的反应了。然而，尽管我知道这属于正常反应，还是很恐怖。

虽然听上去不太正常，但当时，我确实过分地担心拜伦。只要他一离开我的视线，我就开始焦虑，觉得被遗弃了。我止不住地去想，他也会出事；或者是因失去弟弟太过伤心，所以会对自己做出非常不利的事情，这些都让我觉得毛骨悚然。在之后的几个月里，我和拜伦之间的这种状态演变得愈加严重。

拜伦没经历过什么生离死别。他只参加过一次葬礼，是少儿棒球队的教练因心脏病突发身亡。汤姆和我的父母都过世了，也送走过其他亲戚，我们知道，对于接下来的几天会怎样，拜伦是没有思想准备的。另一方面，能有什么思想准备呢？他第一次经历的就是如此沉重和难以理解的灾难。不仅是他，我们全家都会用余生苦苦地来理解这场灾难。

* * *

在唐和路得的家，我没法看电视和报纸。我偶尔会从门缝里瞥上一眼，好比从防空洞里往外瞄一眼，察看外面是怎样灰飞烟灭的景象。我不可能完全回避，所有的头版头条都在嘶喊："利特尔顿发生了恐怖事件！已确认两个男孩埃里克·哈里斯和迪伦·克莱伯德是凶手，两人都是科伦拜恩高中的学生……"

我看着电视上一再出现的照片，那是迪伦在学校照得最差的一张照片。他当时一拿回家，我就让他重新去拍。那张照片里的他看上去像个刺儿头，是老师和同学们在餐厅看到就躲开的学生，一点儿也不像他本人。媒体反复播出迪伦这张难看的照片，完全不能代表他的积极形象，这让我觉得非常不舒服。哪怕是在刚出事，脑子不清醒的状态下，我都觉得这个想法着实荒唐。我儿子被指控犯了法，我却还在纠结他的照片不好看。当难以忍受的情绪在脑海中混乱不清时，大脑会有稀奇古怪的想法，貌似在捉弄我们，这就是明显的例子。

电视上所有频道都在播放着这场大屠杀的影像——迪伦和埃里克犯下的滔天罪恶。屏幕上描述着他们所使用的武器及其细节、他们穿的衣服，还有他们在学校行动的路线图。至于动机方面尚未有什么消息，媒体却在进行着无休无止的各种猜测。

这些猜测满含理论依据，却又自相矛盾，一个比一个让人困惑。报纸上说迪伦和埃里克是哥特一族，又是死亡邪教的成员；说他们加入过学校里一个叫作“风衣黑手党”的反社会帮派并且做过宣誓；说他们是被家里宠溺过度的小崽子，是非不分；说他们两人是同性恋，在学校被人欺负，他们也欺负别人；说这场袭击极度冷血，之前经过了长时间的筹划……还有一种说法，说他们是临时突袭，他们俩骤然失去了理智。

接下来几年中，陆续有文章就媒体的报道做过阐述，特别指出，第一时间的错误信息是如何在大脑中固化的，从而最终被人们当作事实而接受了。

我听着这些猜测，好比是在看一个万花筒。与众人一样，我急切地寻求着真相，然而却不知道该相信什么。各种信息出现在我面前，一个比一个丑陋，一个与记忆里的儿子截然不同的样子开始在我的脑海里聚焦。那个丑陋的形象当然对我而言是陌生的。当其中一个信息被证明是谣传，或者被完全否定，迪伦的形象又开始转变，我对他原来的认知也随之动摇。对大众来说，这万花筒一般的状况，很可能是办案人员和媒体在为事情发生的前因后果找一个说得过去的解释。但每个解释，都会将我与所知的儿子之间的距离越拉越远。

起初，我不敢看新闻报道，因为那些都与事实完全不符，或者因为谈论我儿子的内容让我无法忍受。如今，作为一名反暴力活动者和大脑健康倡导者，我认识到，那些报道是多么不负责任，以及制造了多少恐慌。多年后，我们知道，媒体过多报道细节，比如沉迷于凶手的衣着，抑或详细描写凶手行凶时的一举一动，是给后来的模仿者提供了一个蓝图，让他们效仿。

但当时，那些自相矛盾的报道和被扭曲的事实，都让我更加相信一切都是个误会。如果他们都搞错了，那这一切就有可能是个错误。随后的几周、几个月和数年，我渐渐懂得，人的大脑在极度的压力之下会产生错觉。在出事的头几天，我疯狂地分析，执着于抓住任何我所能抓住的或臆想的希望，哪怕它们毫无理智、毫无逻辑可言，甚至与现实差了十万八千里。

最开始的也是流传最广的说法便是将两个男孩描绘成了异类，孤立且被社会所排斥。这点完全背离事实，也让我很吃惊。后来我知道，这没什么奇怪的，对于制造出大规模事件的凶手，这是大众更是媒体津津乐道的一种形象。

迪伦确实比较内向和敏感，他从不喜欢吸引他人的注意力，或者在人群中显得突出。进入青春期之后，他更加腼腆了，但他从来不是媒体所说的那种被排斥或是缺少朋友的不合群的形象。他一直很容易交到朋友，也能维持长期的友谊，男孩女孩都有。他上高中以后，家里的电话总是会响，有朋友邀他去打保龄球、看电影，或者去打橄榄球的电子游戏。我破碎的心仍理性地分析着，如果媒体对他社交模式的报道是错的，那么，有可能所有的都不对。记者和警方都混淆了真相，迪伦只是个暴力的受害者，而不是施暴者。

还有报道说，埃里克是迪伦唯一的朋友，这简直是大错特错！那年，他俩惹了麻烦之后，我们明明白白反对他们继续联系。汤姆和我看到迪伦跟埃里克保持距离的时候还挺高兴的。在迪伦死后，如果要我说，耐特才是迪伦最好的朋友。

同样，媒体指出迪伦和埃里克曾戴着十字记号（纳粹标志）的帽子，很奇怪，我听说后反而有点振作起来——这种报道根本不属实。我是在犹太家庭长大的，两周前还在家里举办了一个非正式的逾越节晚宴。作为家里最小的孩子，迪伦还在庆礼上诵读了犹太教传统关于信仰的“四个疑问”。我的职业一直是老师，是残障人士的维权者，汤姆和我毕生都提倡包容和接纳别人，我们都不允许有仇恨的言论和反犹太的图像出现在家里或迪伦的服饰上。

一次又一次，我着魔似的关注变化的数字：多少人受伤了，又有多少人身亡。如果官方还不能确认伤亡人数，那还有什么其他问题吗？我看着这些数字，还没有——也不能——将这些数字转化为它们真正的意义：数个孩子，连同一位老师，被暴力夺去了生命，夺走了未来，与他们的家人永久地分开了。我希望死者人数少一些，仿佛那就能使迪伦的恶行减轻一些似的。在本书里，我将如实讲述我当时的那些思绪，希望不会冒犯死伤者、精神受创者，以及他们的家人。过了好几周，这个面纱才揭开，我开始为受害者哭泣。我们都是先为自己所爱的人哀恸，迪伦是我的儿子，我那时仍然无法相信他会杀人。

我可能太急切地想回避迪伦参与程度的全部真相。最初几天，我想彻头彻尾地否认，可并没有维持多久。每一次报道、律师打来的每一个电话，都使这场惨案的规模和严重性铺天盖地般向我压来，让我喘不过气。15个人死了，还有24个人在医院里接受抢救和治疗。伤情严重的孩子的状态被不断更新着。即使他们保住了命，可能也会造成终身残疾。在此领域工作多年，我清楚“终身残疾”意味着什么。

我的脑子眩晕起来，怎样才能有一个“重置”的按钮能将迪伦生命的最后两周重来一遍、将后果重新安排、制止这场惨案呢？我为那些失去孩子的父母心痛，为正在抢救的孩子们祷告，又不断提醒自己不可能发生奇迹，时间不能回转。既然已成现实，我没办法改变，束手无策。

我唯一想做的就是抱着我儿子，再给我一次机会去阻止他实施最后的恶行。我的头脑里转着圈，起点和终点都是一个：“他怎么可能这么做？怎么可能？”我们被迫面对迪伦一手制造的灾难，而最能解释这一切的只有他本人，可他却不在了。

* * *

唐和路得非常尽心，饶是这样，他们也有点撑不住了。即使客人多么让人留恋和愉悦，过了一段时间，主人也想喘喘气，这是自然而然的。何况我们远远不是这样的客人。我们倒是尽量不打扰他们的生活，也将混乱和哀伤表现得最小，不让他们感到有负担。我知道唐总是想看电视、跟踪惨案的新闻报道，我也知道自己会受不了，所以大部分时间都待在地下室里。多年以后，拜伦坦言，当时他躲在房子外面的灌木丛后哭泣，不让人看见。

头一天与律师在便利店的停车场分手时，我们安排了第二天再次见面，他希望我们能去他的办公室与同事们认识一下。我们的邻居和好朋友——佩吉和乔治——也再三让我们跟律师会面之后去他们家里住。我答应了，说剪过头发就去。

按我的本性，我宁愿一直穿着男式的法兰绒衬衫和牛仔裤。我做指甲的次数也屈指可数。刚开始工作，我就意识到，如果我剪个好发型，不但看上去清爽、符合职业女性的身份，而且基本上不用早晨起来为头发心烦意乱，有时甚至都用不着梳头。于是，我就决定每个月去修剪、染发一次。我把这当作日常的个人形象维护项目，像洗澡和刷牙一样。那个月，做头发的日子正好在科伦拜恩事件发生的第二天。

我还是决定去做头发。我没有想过外界会怎么看待这件事，我什么也没多想。那天，路得坚持让我吃了一碗麦片，尽管我咽不下去，而且我也没想过去剪头发。然后我推想，如果按约好的去做头发，就会离开一阵子，这样一来让唐和路得能有点时间缓口气，而且做头发时，我只要坐在椅子上就行了，别的什么都不用做，也做不了什么，这个我可能还做得到。

更重要的是，修整之后会让我能看上去不至于太邋遢。我从小就知道，外表整齐是对他人的尊重。尽管我可能觉得穿牛仔裤和旧T恤衫最舒服，但去剧院一定会正装出席，表示对表演者的尊重和敬慕。我做梦也不会穿着运动裤去寺庙和教堂。接下来的几天，我们要给迪伦操办葬礼，我不想跟儿子告别的时候，看上去像个稻草人般随便。

汤姆开车载着我们去了盖瑞·劳佐的事务所，见了他的同事。我们还没有安排儿子的葬礼，就先跟一屋子的律师见了面。现在回想起来，我们应该拒绝讨论法律问题，先筹办葬礼。但当时我们惊慌无助，像这样把法律和私人事宜交织进行的模式，在之后的多年中，我们一直得在两者之间协调。法律方面的问题需要应付，往往会给哀伤笼上一层阴影。幸运的是，我们的律师公正而富有同情心，总是诚心为我们着想。

在会面中，盖瑞总结了法律方面所面临的状况：还没有人起诉，但这是早晚的事。我僵硬而麻木地坐在那里，他的话语仿佛来自遥不可及的所在。我还处在震惊之中，几乎都不懂他的意思，也不想懂。他们搞得好像我的未来危在旦夕，可对我来说，我没有未来，我的生命已经完结了。

会面结束，我问盖瑞我是否该去做头发。不知不觉中，我开始在小事情上都征求他的意见了，我已经不知道该做什么才对，言谈举止该怎样表现，还是处在行尸走肉般的模式中。他温和地说："我认为你该做什么就去做什么，对你会有帮助。"于是我给理发师打了电话，请她将我的预约挪到晚上，等到其他顾客离开之后再去，她同意了。

晚些时候，汤姆开车把我送到理发店，然后去了朋友家等我。尽管理发师对我很客气，但还是能看出她很不自在。我们本来就不太熟悉。这是出事之后，我头一次尝试与亲朋之外的人正常打交道。瞬间，我就察觉到“正常交往”是没有指望的了。我原本想剪个头发而已，又不用干什么，但即便这样微小的社交互动都远远超出了我的能力范围。我祈求自己能让这可怜的理发师不要那么紧张。我也理解，自从迪伦出事之后，她再也不可能以平常心对待我了。

理发店前的大窗户外一片黑暗，我感觉无处藏身。镜子里反射出一个披着有污渍的袍子、头发湿漉漉的，如同鬼魅附身的影像，我都不想去与之对视。我躲在闪亮的荧光灯下，理发师拘谨地说着闲话。谈话中，她提到有位受害者的母亲那天白天也来做了头发。

我呆住了。很有可能我就坐在同一把椅子上，另一个母亲坐过的椅子，也可能披着同一件有污渍的罩衫。想到我们两个母亲都来为亲生骨肉的葬礼修整自己，我惊住了。在那一瞬间，我重温了前一天在屋外的感觉，我还是社区的一部分，我们都在经受着哀恸。

紧接着，我觉得很难受。我的儿子是导致这位母亲痛楚的源头。我想向她靠近一点，也确实靠近了，但我却是最不可能安慰她的那个人。接踵而来的是一种与世隔绝的感觉和罪恶感，让我坠入了深渊。

这时候，没想到佩吉和她女儿詹妮弗出现了，我简直感激涕零。她们让汤姆和佩吉的丈夫乔治单独待会儿可以说说话。她们看到我很狼狈的样子。我可怜巴巴地坐在那里，湿淋淋的头发贴在脸上，虚弱得坐都坐不直。她俩看到我努力想保持正常的样子，于是握住了我的手，帮我继续着与理发师的对话。我徒劳地挣扎着，努力忍住泪水。

终于，头发剪好了，我从椅子上站起来，像往常一样没有吹干头发。付钱时，我记起来我的现金不多。布朗夫妇之前曾借给我们一些现金做零用钱，免得我们因写支票和刷信用卡而暴露身份。但我不愿意用这笔钱，也不知道什么时候才能去银行取钱。于是，我问理发师是否可以不付现金，回头给她寄一张支票。以前我也是这么做的。

理发师的沉默出乎我的意料。她犹豫了一下，我感觉到了其中饱含的不信任。然后，她鼓起勇气，解释店里的规定是服务当天就要付款。这令我羞愧难当，立刻在钱包里胡乱翻起来，取出现金付了账。我现在是一个罪犯的母亲，再也不是惨案发生前人们所认识的那个人了。迪伦的所作所为改变了我在社会中的角色，也改变了我自己。

我还在想口袋里的钱够不够用时，理发师突然问我，是否可以跟别人提起见过我。我没有思想准备，脑海中忽然闪现出那位坐在这里做头发的母亲，想起我们在同一个地方做同一件事的亲近感。那一瞬间，我感到与她在一起。我傻乎乎地告诉理发师“可以”。或许她可以成为桥梁，将我与儿子毁掉的社区再次连接起来。

那早已是起初那段时间的想法了，我压根儿没想到那个理发师会去跟媒体交流。当天晚上，她就参加了一个电视访谈节目。她是出于好意，想帮助我们。在访谈中，她描述了我的震惊和哀伤，以及我坚定不移地表示对惨案的谋划毫不知情。然而，这件事传开了。忽然，我就成了玛丽·安托瓦内特，在其他父母痛失子女的时候，还在放纵地追求享乐。这个访谈受到了全国性的关注，我收到了各地发来的仇恨邮件，最远的来自得克萨斯州。

理发师的叙述被媒体添油加醋地编造了一番：迪伦是个被惯坏了的孩子，父母失职，只顾自己。新闻报道聚焦在他的宝马车上，却从不提那辆车的由来，当初买下它只花了400美元，而且破烂得几乎不能开走，后来汤姆跟迪伦一起把它修好了。航拍的照片里，我们的房子看上去像一座巨大的围场，却只字不提这只是一个杂活工特价售卖的，还闹过老鼠。由于缺乏维护，我们买的时候价钱很合算……

这些误解和其他问题给我平添了烦扰。相比之下，汤姆沉浸在对他深爱的儿子、好伙伴的哀恸之中。他俩曾经在一起谈论棒球比赛比分、修车、装配扬声器、下棋等，常常会一干几个小时。而迪伦连个告别都没有，汤姆心都碎了。没错，他是犯下了如此惨绝人寰的恶行，这是一回事，可他对此却毫无解释，这是另外一回事。哪怕只是只言片语也好过没有啊。

我更多关注着周围社区人们的反应。跟很多女性一样，我习惯性地先想到周围的人，希望他们对我们有个好印象。之前，我积极参与社区活动，受人尊重，是一个好母亲，我常常为此感到高兴。当指责扑面而来的时候，让我觉得痛苦不堪。

媒体对我们肆意揣度，有的说我们毫无用处，稀里糊涂，盲目无知，这恐怕算是最温和的描述了；另一种说法是，我们保护着一个可恶的种族主义者，任由他在我们眼皮子底下拼装武器却视而不见，将整个社区乃至整个社会置于危险之中。

我完全理解人们的反应。如果换个位置，我也会对那个孩子的父母怨气冲天，会对他们恨之入骨。但无论将我们说成什么模样都不是真相，真相让人更为困扰。

* * *

4月22日，也就是枪击案发生的两天后，我们从律师那里得知，迪伦的身亡被正式定性为自杀。验尸官已经完成工作，我们可以去看遗体了。

听到这个消息，一个骇人又棘手的新问题出现了：我们拿他的遗体怎么办呢？可以预见城里没有哪家殡仪馆会接受我们。即使我们没有被拒之门外，可以想象一下这会让那些受害者的家人感觉多么不敬和愤怒啊！没准还会干扰他们的追思仪式[1]。我完全不知道该怎么办了。

倒退几年，我曾经在当地一个委员会担任顾问，为一个殡仪馆学项目提供建议，旨在为有残疾的学生创造一些就业机会，因此与项目负责人联系比较多。我们早已不联系了，然而此刻我无路可走，只好给她打电话寻求建议。

电话里，那个合作过项目的负责人玛莎的声音温和，满满的关切。她告诉我，她一直在惦记着我，在考虑自己可以做些什么，只是联系不上我们。通话结束，她立刻联系了丹佛市口碑最好的一个殡仪馆。接下来的几天，玛莎和殡仪馆馆长约翰为我们付出了非同寻常的包容和同情。

起初，汤姆和我并不想为迪伦举办任何形式的葬礼，否则对受害者太不敬了。但是让我非常感激的是，玛莎和约翰说服我们重新考虑一下。他们承诺，葬礼一定会秘密进行，不让媒体和愤怒的群众得知。我们共同筹办了一个简单的仪式，只有少数几个亲朋好友参加。当然有拜伦、路得和唐，以及迪伦的两个好朋友——耐特和扎克以及他们的父母。迪伦和拜伦小时候受洗礼的教会，那里的牧师答应来主持追思仪式。

我们明白，火葬是唯一的选择。土葬的话，他的坟墓极有可能会被破坏，并且我们可能也得搬离此处。如果把迪伦葬在这里，之后搬走，就不得不把他留在这里。我提出要见儿子最后一面，玛莎和约翰告诉我，修容师会尽最大努力遮盖住他头上的子弹孔，将他尽量复原成我们记忆中的样子。

我已经记不清前前后后是怎么安排的了，倒是记得自己以惊人的

1 美国的殡仪馆里一般是数场追思仪式分别在不同的厅堂里进行。——译者注

冷静讨论着实际事项，同时听见内心的痛苦和抗拒无休无止地发出尖叫：“这是我的儿子啊，我养育的、保护的、用整个身心爱着的孩子。我再也见不到他，听不到他的声音了！”一想到这些，我就无法呼吸，用尽了浑身力气为最后的离别做着准备工作。我对迪伦的养育终结了，我在创造和抚育的这个生命中所倾注的爱和付出也结束了——以一场灭顶之灾彻底结束了。

* * *

在秘密地进行着迪伦的葬礼的同时，我们年迈的老猫罗基的健康状况也迅速恶化了，我开始急着给它看病。

后来路得指出，对这只猫的病情恶化的反应证明，我已经在重压下完全失去了理智。

在他们家已经住了三天，我非常虚弱，坐在桌旁得用胳膊撑着头，这样才不至于倒下去。我几乎没力气洗澡或吃东西，更别说照顾家人了，可竟然还在为一只猫耗费精力。

我自己开车带罗基看兽医显然不可能，我清楚，在这种状态下开车很危险。所以，尽管路得和唐不太赞成，却也不知如何是好，只好开车带着我，将罗基送到家附近的动物诊所。

我对家里的小动物从来都很关心。即便如此，我也意识到除了因为是罗基的主人之外，还另有原因。城里尽是悲痛的景象，我对此无能为力，而看顾这只猫咪，是我力所能及之事。

由于担心被认出来，我从侧门进了动物诊所。在要把罗基递给兽医的瞬间，我发现自己做不到。罗基是迪伦的猫，迪伦小学三年级时从邻居的一群刚出生的小猫中挑的。它长成了一只大白猫，那些年全家聚在一起看《粉红豹》（*Pink Panther*）的夜晚，它都四肢舒展，躺在我们身边。将罗基交出去，仿佛是将迪伦交了出去。我内心挣扎着跟医生交流，尽量不让泪流下来，请他们治疗和看护罗基，一旦情况好转，我们就会把它接回家。末了，才让兽医将受惊的老猫从手里接了过去。

当我慢慢地穿过停车场朝唐和路得的车走过去时，听到有人从后面跑过来，叫着我的名字。我转过身，看到动物诊所的一个女人正朝我跑过来，一时间，我不太确定是该向她迎过去，还是该赶紧跑开。盖瑞律师再三警告我们要注意安全。科罗拉多州，甚至全世界有很多人认为我们应该对枪击案负责，巴不得要我们偿命。就在头一天，有人将一顿热乎乎的丰盛的食物送到了律师事务所，是某个陌生人表示同情和好意的举动，还有很多给我们的信件也转到了律师事务所。然而，盖瑞律师不准我们吃任何别人送的食物，唯恐里面下了毒。多年以后，无论是将姓名和地址告诉店里让人送货，还是在银行办事，我一直保持高度警惕。这种警惕是从停车场的那个瞬间开始的，让我对社交产生了恐惧感。

事实证明，没有什么好担心的。那身材纤细的女人一把抱住了我，告诉我，她也有儿子，明白他们有时候愚蠢得不可思议。在接下来的几年里，许多母亲都跟我分享过这种感情。尽管我比这个女人个子高很多，但那一刻我任由她紧紧抱着我，泪水沾满了我们的衣襟。我甚至从未知道她的名字。

不只是她，有很多人都对我们胸怀大度。在搬出路得和唐的家之前，我们多年的朋友和邻居就已经给了我们莫大的支持和温暖。报纸上刊登了一张照片，是朋友们在我家门前挂的一张海报，上面写着：

苏珊、汤姆：

我们爱你们

我们支持你们

记得打电话给我们

这些熟悉而又亲切的面容，好比在前线听到的自由解放之声。回忆起这些大大小小的善举，至今仍让我感恩不已。纵然亲友们向我们伸出了关切的双手，毫无疑问，他们在心里也会惶惑不止：“你们到底是怎么一手制造了这孩子心中如此的怒火？你们怎么会毫不知情？”

我也在叩问自己同样的问题。

第四章

安息之所

4月24日，星期六，我们火化了儿子。

玛莎开车接我们去殡仪馆，她与丧亲家属打交道的经验丰富，在途中与我们交谈。然而，每前进一里路，我的恐惧就增加一分，几乎不能动弹。尽管如此，我仍保持着基本的社交礼仪，尽管我浑身剧烈颤抖着、忍不住泪水，还是努力坚持着。

玛莎和约翰真心实意地关心我们的隐私和安全。为了确保我们能够顺利进行迪伦的追思仪式，选在了一个没有窗户的厅里，只有一个入口，门外也没有任何标识和来宾册。饶是如此，在我们到达之前，还是有几家新闻媒体给这家殡仪馆打来了电话询问。我们小心翼翼地进了门，像受惊的猎物般回头察看了一番。

没有任何词语能够形容我看到迪伦的遗体静躺在棺木里的情景。他脸上的表情是陌生的。之后拜伦承认，那种陌生感反而让他好受一点儿。否则，第一眼看到尸体的时刻，我们感觉是在做梦。我整理了下迪伦的头发，吻了一下他的额头。我在他脸上寻找着线索，却一无所获。我们带来了一些迪伦儿时的毛绒玩具，将它们挨个儿放在他的脸颊和脖子旁边。我们三个人紧紧地握着迪伦的手。终于，我们来到他身边了，一家人团聚了，跟从前一样。

在那个清冷的春日，我本能地想给迪伦保暖。他的手臂露在病号服外面，我禁不住搓着他冰冷的手臂，恨不得爬到棺木里，用自己的体温去温暖儿子。

玛莎建议我们每个人单独跟迪伦待一会儿。拜伦是第一个。坐在外厅等着的时候，我鼓起勇气为这最后一次与儿子的遗体独处做准备，然后我开始慌了，一种强烈的保护欲升上心头——我怎么能让迪伦彻底消亡，被火焚烧成灰烬？我从椅子上猛地站起来，来回走着，脑子里飞速想着，有没有其他选择，比火化要好的，土葬？不行。我又想是否能将他的遗体偷偷运出停尸房，先放在一个安全的地方。“不能，不能啊！”我翻来覆去地想。休息室里有一个壁炉，那天还下了点儿雪，天气寒冷，温暖的炉火让人很想靠过去。我走到壁炉旁，盯着跳动的火苗，终于恢复了些许冷静。大部分惊慌转换成认命，悲伤再次席卷而来。“就是这么惨了，”我盯着火苗，心想，“只有用火来温暖我的儿子了。”

从那天以后，我常常会做梦：梦到我还有机会保住迪伦的命，又失败；梦见我掀起他的衬衫看见他的伤口；梦见我保护他，又保护别人……但是有一个梦，我只做过一次。

在那个梦里，迪伦血淋淋的骨头散落在森林里。我将它们一根根捡起来抱在怀里，担心一放下，它们就会被偷走或者丢失，可哪里是他的安息之所呢？我站在那里，紧抱着黏糊糊、血淋淋的骨头……

佛教里有一个著名的故事：有个女人名叫吉莎·荀达弥。她的孩子死了令她无法接受，去找医生求救。医生完全明白，孩子是不可能复活了，于是就让她去找佛祖。佛祖让她去挨家挨户地寻找四五粒白芥菜种子，并且要从一个从来没有死过人的家里获得。吉莎挨家挨户地去寻求，说明是为孩子寻药。很多人都给了她芥菜种子，但当她问对方家里是否从未失去过亲人时，答案总是否定的。之后，她回去见了佛祖。

“你要到芥菜种子了吗？”佛祖问道。

“没有。”她回答，“我懂了，世上没有人从未经历过丧失所爱的刻骨铭心。现在，我的孩子在我心中安息了。”

于我而言，多年之后，我同样找到了答案，使自己心中得到了安宁。在那之后又过了许久，迪伦在我心中才彻底地安息。

第五章

不祥的先兆

迪伦，无论你在哪里，我都始终爱你，想念你。我在你留下的混乱之中苦苦挣扎着。如果有什么方法能替你赎罪，请给我们指条明路吧。帮我们寻到答案，让我们心里得到平和安宁，帮帮我们，好让我们继续将这猝不及防的生活继续下去，帮帮我们吧！

——1999年4月，日记摘选

迪伦的葬礼结束的那天晚上，我们清理了床铺，收拾好宠物，离开了路得和唐的地下室，回家。拜伦也开着自己的车回来了。

我们惴惴不安地往家走。媒体蜂拥而至，还包围了朋友们的住所，用名片和留言轰炸着他们。有一个记者因为朋友拒绝交谈便堵住了她，不让她开车出去；之后又尾随着她出去办事，直到她说要报警才罢休。一次又一次，有朋友给我们打电话悄声告诉我们，某位著名的新闻主播正坐在他们家的书房里。

我理解，全世界都关注着同一个问题：究竟为什么会发生这起枪击案。我理解，他们希望我们能给出一个解释，然而我们却没有。我们唯一的愿望就是能够不受干扰地为儿子和受害者悼念。谢天谢地，那天晚上，家门口很平静。媒体在死盯了四天之后，毫无收获，就纷纷离开了。

回家并没有给我们带来多少安慰。我以为回到自己的家里，能触摸到属于迪伦的东西会感觉好一些。

然而不是这样……身后的门关上的一刹那，我感觉比在唐和路得家时还要无助。窗外是科罗拉多壮观的景色，我们从来都没有给这扇窗户装窗帘，因为觉得没必要，也不愿挡住风景。这会儿，这扇窗户让我不自觉地感到缺乏安全感，只要屋里的灯一打开，从外边就一览无余——必须把它们都封上。

家里死气沉沉的，那天临走时汤姆留了一盏灯没关，成了房子里唯一的光源。汤姆找到了一支没有电池的手电筒，更奇怪的是，之前放在厨房抽屉里的储备电池也都不见了。我们只好翻找为停电预备的蜡烛照明。我一直习惯性地将火柴放在小孩子够不到的柜子顶层，其实孩子们早已长大，比我还高了。然而，火柴也不见了。警察没收了家里所有能给制造炸弹提供证据的东西。

我摸黑找出一条旧床单、几张法兰绒毯子、几份报纸，然后又从抽屉里摸索着拿出图钉和胶带。我们从厨房开始封堵窗户，借着冰箱的灯光，挂上了临时简易的窗帘。之后，我们用煤气灶点着了蜡烛。然后抓到什么就用什么，挨个儿将房间的窗户遮上，直到所有窗户都遮上之后，才将里屋的另一盏灯打开。

帮我们安顿下来之后，拜伦又回了他的公寓。看着他离开，我很难过。毫无疑问，兄弟俩身形相像。这意味着，从此以后拜伦的生活也不再正常了。他表现出来的痛苦和惶惑让我对他比对自己还要忧心。我已经失去了一个儿子，如果再失去拜伦，我的人生就真的坠入地狱了。

时至今日，我想我对拜伦的依依不舍，是因为有他在，就是对我自己的重新肯定。无论如何，只要拜伦还在，我就依然拥有一个母亲的身份。

屋里只剩汤姆和我两个人了，我们俩从一间昏暗的屋子走到另一间。在回家的路上，我想象自己如同被追捕的猎物一般要不断地跑。实际上，我感觉更像一只受了伤的动物，爬回了窝，在那儿等死。这里不再像个家的样子，窗户被遮住，连声音都有了回声。家里忽然没有了孩子，仿佛被抽掉了氧气。我总觉得能听见冰箱门打开的声音，感觉迪伦还在，他的身体和灵魂都在。在之后的许多年里，这幻觉依然在。

我们从一层抬眼就看到了二层的走廊，那里迪伦的家具、书本和纸张从屋里到走廊散落了一路。床单已经被人扯掉，床垫靠着栏杆放着，床也被拆散了，靠在一边。在唐和路得家时，我们多想摸摸迪伦的东西啊。然而此刻，我俩都没了走进他房间的力气。

保持意识清醒实在是种折磨，于是汤姆和我上床睡觉了。主卧室窗户对着街道，我们担心关灯会被人注意到屋子有所变化，于是让它继续亮着。灯光刺眼，无法入睡，最终，我们意识到这样太傻了，便关上了灯。

* * *

很难想象回家的第一个晚上能够睡着，但是脑子里的思维意识终于停止了翻腾。之后，年复一年，从梦中醒来的时刻是一天中最残忍的，总觉得这一切都只是梦魇。

在自己家的床上醒来的第一个早晨，我们躺在那里，盯着天花板，手紧紧握在一起。末了，一个先起来，然后我们俩一起走出卧室。我在家里游荡着，日光下，面对孩子们的照片不禁让我震颤——跟爸爸远足、钓鱼，身着棒球队队服，与朋友一家一起去漂流，站在家门口的石子路上……从桌上到书架上，迪伦一张张开心的脸庞在看着我笑。

我们在这儿已经住了十多年，现在已是面目全非。就在这里，夜晚我们一起看过无数经典影片、讨论家庭作业、共进晚餐。眼下我们想活下去，就得把窗户遮上，被封起来之后屋子里显得分外昏暗阴森。曾经暖融融的阳光从窗户洒进来，如今它从报纸透过来带着被窥视的味道。我能听见外面的鸟鸣，可是看不到鸟。

从卧室到厨房短短的一段路已经让我筋疲力尽，需要扶着橱柜才不至于倒下去。站在那儿，我脑中忽然回想起多年前迪伦刚出生时，那个让人不安的时间。

迪伦是1981年9月11日出生的。跟拜伦的名字一样，我们给小儿子起名也用了一位诗人的名字，威尔士剧作家迪伦·托马斯——迪伦。医院产房的床单上印着黄色的小花，迪伦平静而安稳地到来了，分娩的时候，我甚至还能听见走廊里护士的悄声说话。他只哭了一声，就在我的怀里安定下来，眯着眼看着屋顶的灯。

和所有的母亲一样，我满怀喜悦地迎接这个早就感觉亲密无比的小生命。第二天清晨，终于只有我们俩相处时，我激动地亲吻着他光滑的额头，又反复亲着他那完美的小小的手指头和脚指头。就在我怀抱着他时，一股深深的不安突如其来，让我不寒而栗。那感觉，好似一只捕食的鸟儿从头顶掠过，它的阴影整个笼罩了我们俩。低头看着怀中完美的幼小生命，我却被这强烈的预感笼罩着——这个孩子会给我带来无尽的悲伤。

我从来不迷信，这是我第一次，也是最后一次经历这样的感觉。我被惊到了，这是一个母亲的本能直觉吗？还是我看上去健健康康的孩子生病了？然而，所有的检查都达标，随即我和新生宝宝出院回家了。

两周后，迪伦刚吃完奶就开始呕吐，不止一次这样。我吓得不轻，赶紧带他去了急诊室。他住院观察了两天，医生没有发现任何异常；又过了几天，去复诊时，我一再强调迪伦出生才三周，脸色却如此苍白，还有脱水的症状，体重比刚出生的时候还轻。在随后的检查中，在X光上显示了原因：他的胃幽门狭窄。病情很严重，必须立即动手术。

迪伦最终渡过了难关，渐渐长成了一个甜蜜蜜、胖乎乎的小婴儿。他看上去健健康康的，我松了一口气。我更是认为，他的病就是我那不祥预感的来头，这下算是否极泰来了。

他儿时的这场病直到高二之前，都成了我为之忧心忡忡的事。

第六章

少年时代

无法抗拒恐惧感，一切还是那么难以置信。失去儿子的伤痛，对他的所作所为的羞耻，对周遭愤恨的恐惧。无法逃脱这痛苦的刑罚。

——1999年4月，日记摘选

我一直坚持写日记。在小学和初中的时候，我将希望和梦想都倾诉给我的日记本，还将它们一本本锁起来藏好。尽管没人会在意我哪天穿了什么衣服或是什么时候去遛狗，可我每天都会写得满满的。如果同屋的妹妹不耐烦了要关灯，我仍会在黑暗里写完。

高中和大学期间，我更多的是给妹妹、母亲和祖父母写信，也花时间写了一些诗，虽然读起来不怎么样。结婚生子后，我将标志性事件和情绪历程都倾诉在日记本里。我很享受将孩子们有纪念意义的事情记录下来：他们第一次注意到自己的小手，第一次翻身，迈出第一步。孩子们渐渐长大了，照顾他们的生活需要花费很多时间，日记的篇幅也随之越来越短，记录着平凡的点滴：拜伦去看了牙医，得记住用牙线；迪伦的球队赢了！6：3！

科伦拜恩惨案发生后的几天，我以写日记作为抒发情感的方式，写在迪伦作为圣诞礼物送给我的日记本上。汤姆和我一贯跟孩子们说，不用给我们买昂贵的礼物。1997年，在圣诞礼物中发现了这本皮质的日记本，我被深深地感动了。1998年圣诞节，迪伦又送给我一本日记本，封面印着爱德华·蒙克的画《呐喊》（*The Scream*）。我欣喜若狂，连连夸谢迪伦。事后细想起来，这幅画具有一种不祥的象征意义，但是当时我单纯地被这用心的礼物感动了。这本日记本兼有写作和艺术的双重主题，真是太完美了。

出事之后，写日记给我带来的安慰，几乎是能用身体感知到的，哪怕只是一时半会儿。日记成了我思绪泛滥的地方，互相矛盾的想法都围绕着我的儿子以及他的所作所为。起初那些天，写日记使我得以梳理迪伦带来的痛苦和哀伤。在我能够亲自向受害者家属道歉之前，我早已在日记里对他们致以深深的歉意，用我所有的心意，为他们所承受的哀恸而悲伤不已。

日记也帮助我为事实正名。在随后的余波中，我们不仅为失去儿子哀伤，也为他和我们的身份认同而痛苦。要想纠正那些被媒体歪曲的事实是不可能的，但我还是要澄清真相，哪怕只能是自己私下澄清。在日记里，我无声地回应着那些把我们称作禽兽和妖怪的人，纠正着对儿子和家人的诬蔑。素不相识的人对我们横加判断，日记本也见证了我对此的反驳和愤怒。我将这些深藏在日记里，并不以为荣。然而，这些情绪在当时却是自然而然产生的。如今，我看到字里行间所记录的情绪，读到里面对细节的纠缠不休，都证明了我潜意识里的震惊和痛彻心扉。

日记也成了我在尚不能公开为儿子哀悼的时候可以尽情倾诉的地方。律师告诉我，哪怕我去加入精神互助小组，都可能会给其他小组成员带来危险。可我需要一个所在，来怀念和哀悼我的儿子啊。对所有人来说，迪伦是个残忍的怪物，但是，我失去的，却是我的亲生骨肉。

就这样，我的日记里充满了回忆，尤其是在初期。后来我以一种法医的分析方式，重温这些记录，努力想探究到底是哪里出了重大差错。悲伤的过程也是将关于逝者的记忆封藏的过程。多年来，我的悲伤与疑惑纠缠在一起，疑惑迪伦在生命尽头到底脑子里在想什么，试图揭开秘密的面纱是那过后一阵子的事儿。那初期的日子，我所写下的，都是出于爱。

我仔细回想关于迪伦的每一丝可以挖掘的记忆——儿时，少年，青少年。我重温着他的各种喜悦和失望，以及我们共同生活中细微平常的时刻。我害怕自己会忘记，把说了又说的那些故事和彼此的说笑都记录下来，比如那些只有我们四个人言听意会、大笑不止的词句。写日记，让我的心又一次贴近了迪伦。

我明白，在这里讲述这些，会招来更多的非议。尽管在过去的16年里，已经没有什么苛责是我未曾听过的，但此刻下笔，恐惧又充满了我的心。有人说我们对迪伦太过纵容；也有人说我们对他太过严格；还有人告诉我，我们家坚决反对枪支的立场是发生科伦拜恩枪击案的原因：如果枪支对于迪伦是习以为常的事，可能就不会让他如此着迷了。甚至有人问我是不是虐待过迪伦，或是包庇了什么对他施虐的人，我们有没有拥抱过他，告诉过他，我们爱他。

我重新审视曾经做过的那些决定，当然有后悔之处，尤其是被我错过的某些可能暗示迪伦伤害自己和他人的危险线索。正因为我错过了那些线索，才想把迪伦成长的过程写出来。无论汤姆和我做过什么决定，我们都是经过深思熟虑的，也尽了力，无愧于心。我说出这些，不是为了改善迪伦和我们作为父母的形象及声誉，而是，我是真心认为，若是想让其他父母和老师明白迪伦是怎样一个人，这一点是很重要的。

过去15年里，我从事自杀和暴力的防范工作，经历了几百个以悲剧告终的惨案。有时候，父母们告诉我，他们知道孩子有麻烦。他们会讲到，孩子婴儿时期很难安抚，小学期间不合群，直到长成心怀愤怒、有暴力倾向的青少年，甚至连父母都怕他们。在很多案例中，父母会一再尝试给孩子寻求帮助，却往往以失败告终。此书后面我还会谈到类似的案例。当一个孩子明显有问题时，在他会对自己和他人造成危险之前，我们一定要使家长和把关的人员更容易地寻求帮助。我提到这些挣扎的家庭，是为了有一道重要的划分界限。比起早期就让人头疼的且数年对其家人都是重担的孩子，迪伦是迥然不同的。

的确有迹象表明迪伦有点不对劲，我却错过了，为此我担负全部责任。然而，在他身上从来没有发生过振聋发聩的预警，也没有发出危险信号。如果你曾经遇到过迪伦，看到他坐在公园的长椅上，你是不会赶紧将自己的孩子带走的。事实上，跟他聊上几分钟，你还很可能邀请他星期天到家里吃晚饭呢。我想说的是，这正是关键所在。

枪击案发生后，大家迅速做出了判断：迪伦是个可怕的恶魔。这虽然是可以理解的，但是这个结论也具有一定的误导性，因为它太过巧妙地和一个更令人困惑的现实联系在了一起，而现实却错综复杂得多。如同所有的神话一样，人们深信迪伦是个恶魔之外，还有一个更深的目的：人们需要相信，自己有能力分辨出身边的恶魔。恶魔是明目张胆的，你一看到他们就能马上知道，不是吗？如果迪伦本身就是一个恶魔，而他的父母又心不在焉，纵容着这个令人胆寒的孩子在眼皮子底下搜罗枪支，制造了如此恐怖的惨案——这一幕就像与此事无关的普普通通的家庭，父母安稳地坐在屋里，孩子们都在楼上自己的床上安稳地睡着。这些悲剧可能让人痛心，但却与他们无关。迪伦若是个恶魔，那么无疑科伦拜恩枪击案注定是个非比寻常的事件，犹如晴天霹雳。

问题是什么呢？问题是，真相并非如此。他的所作所为如同恶魔，他的本质却更让人费解。迪伦不是我们熟悉的动画片里圆眼怒睁着的恐怖形象。让人不安的是，做出这种暴行的人，在现实里却是一个随和、害羞、招人喜爱的青少年，并且来自一个“正经家庭”。汤姆和我作为父母会限制孩子们看电视的时间，控制他们吃糖分过多的早餐麦片；会注意他们看什么电影；晚上给他们讲睡前故事，跟他们祷告，拥抱说晚安……除了前一年的那个麻烦之外，迪伦是一个标准的好孩子，从不惹祸，跟他相处起来很愉悦，我们一直以他为荣。

假如把迪伦描绘成一个恶魔，从而使普通家庭觉得科伦拜恩枪击案与他们无关，那么，无论这样想让大家觉得多么放心，都是错觉。我希望我所陈述的真相能够让人们多一些警醒，认识到生活中有些脆弱的现象是不易觉察的。指出这点也许会让人心生恐惧，却可能性命攸关。

* * *

从小时候起，我就盼望成为母亲。汤姆的父母在他年幼时就过世了，尽管他被亲戚们养育成人，但他还是倍感遗憾。因此，他下定决心要做一个积极参与孩子生命的父亲。我的童年看上去像是一部以20世纪50年代战后传统家庭为背景的电视剧。年代不同了，那时我的母亲是家庭主妇，抚养了三个孩子；而我却是一周工作四天。尽管如此，那种家人之间关系紧密的郊区家庭模式是我和汤姆所遵循的，也是这样抚养着孩子。

我们有信心做好父母，尤其是在第二个孩子出生之后。我的性格容易焦虑，老担心孩子会被什么东西呛着，也总强调他们要有礼貌。可我从小就开始帮别人看孩子，职业生涯大部分时间也是教书育人。我在读研究生期间主修儿童发展和心理学。我天真地以为，我的理论知识加上作为母亲的直觉和经验，将孩子们培养成才是绰绰有余的。再不济，我认为，遇到问题时完全知道该如何应付。

孩子们的成长验证了我们的信心。大儿子拜伦从小就是个开朗好动的小调皮，他让我想起《我爱露西》（*I Love Lucy*）里的露西尔·鲍尔这个角色。在餐馆里，拜伦总是会从卫生间一下子蹿出来，直接撞到举着托盘的服务生身上；或者会一头栽倒在土豆沙拉里，一边做出跟人抢果派的架势，一边用胳肢窝打着怪响；接着第二天早餐时吃着麦片再演绎一遍。那都是纯粹的调皮捣蛋，毫无恶意的孩子行为。连汤姆都会被拜伦的滑稽举动逗得哈哈大笑，顾不上生气了。

拜伦的精力如此旺盛，反观迪伦则总是安安静静地坐在那里玩耍。两个孩子都很活泼好动，但是迪伦玩的都是需要静下心来做的事，要求有耐心和逻辑思维。接着当他顽皮的哥哥长大一些，不愿意跟我们搂搂抱抱了，迪伦还是能不紧不慢地读着书，或是研究拼图游戏，或是跟我们抱抱。这个小儿子观察力强、充满好奇心、有思想、个性也温和，跟他出去的时候，他对身边的事物总是要寻个究竟，能让所有事情都让人觉得很愉悦。他什么都乐于尝试，爱跟人打交道，友好和蔼，乐于做手工。

此外，迪伦还很聪明，这在很早的时候就显露出来了。他刚会拿东西时，有一段时间他晚上醒来，总是会大哭不止。我们黔驴技穷，最后担心是不是身体出了状况，就带他去看了医生。医生仔细检查并没有发现问题，便建议我们在他睡时，给他的手边放一些布偶和书，好让他夜里醒来有事干。一天夜里，我们听见迪伦半夜醒来，一声不响地自己开始玩玩具，又翻看着书。玩够了以后，他又倒头睡了。原来，之前他闹是因为太无聊了。

作为教育者，我为他的超常表现惊喜不已。或许也没什么大不了的，但他学东西真的太快了。三年级的时候他爱上了折纸（不久他就叠了第一个纸鹤。接着，我们家接收了两个日本的交换生，迪伦发现这两个姑娘对折纸还没有我知道得多，很失望）。这些年来，我们搜集了许多折纸的书，迪伦对最复杂的七八十道的折纸都驾轻就熟。他动作快，胖乎乎的手指虽不能总是把纸折得刀锋般笔直，成品仍然堪称精致的艺术品。直到现在我还在朋友家里见到他的作品。出事后，他小学五年级的老师前来致哀，还带来了一件她珍藏的手工作品给我们看，那是一棵纸折的圣诞树，上面挂满了各种装饰物，是迪伦花了好几个小时才做出的圣诞礼物。

蹒跚学步的年纪，迪伦着迷于拼装玩具；再大一点儿，他可以一连好几个小时搭建乐高积木。他讲究精确和方法，惯于一丝不苟地按照说明书搭出轮船、城堡、空间宇航站；搭好又拆毁重来。迪伦房里是一张双层床，汤姆在下面那层铺上了一大块三合板，好让他可以接连几天搭建结构复杂的乐高，不会额外占空间和挡路。拜伦相对更喜欢随意地搭建乐高，丰富的想象力使他做出许多有创意的搭建成品。迪伦正好相反。我们有时候会顾虑他太过追求完美，也跟他专门谈过，指出在他找不到完全一致的那块乐高板时，也可以用另一块代替，或是改换一下设计。

类似的情况也发生在一家四口玩《大富翁》和冒险游戏的时候。游戏输了对迪伦来说是件很屈辱的事，有时候会因此发脾气。毋庸置疑，知道为何输掉和学会如何取得胜利是同等重要的，所以我们坚持全家一起玩游戏，通过不断磨炼，迪伦终于学会了控制情绪。他也参加过少儿棒球联盟，从中学会了良好的运动员风范和体育精神。正如我们所期望的，他渐渐成熟起来，对输赢的心理也稳定下来。如今回头想想，我不太确定，我们是否无意中强迫迪伦压抑自己的感受，从而导致他的情绪和感受被“输得起”的伪装掩盖了。

我小时候胆子很小，什么都怕，所以看到迪伦天不怕地不怕着实让我感到惊喜。他不像我小时候去看医生或牙医都害怕；第一次理发，他都是在咧着嘴呵呵地笑着；他不怕水，也不怕一个人在黑暗里待着，甚至电闪雷鸣也无所畏惧。后来，带他们去游乐场，他绝对会挑最吓人的游戏去玩。他想玩的游戏其他人都没胆量，他就只好一个人去，我们只有在下面跟他连连挥手的份儿。

迪伦能够经受挫折，为此汤姆和我称他为“小战士”。他遇事好胜心强，从不放弃。一旦有了什么主意，就会坚持到底，并把它做好。他不喜欢向人求助，再说，他也不怎么需要援手。正因为他个儿高，学习上也有天分，得以提前入学一年。基本上，他一直是班上年纪最小，个头却是最高的学生。

在分享玩具这方面，他倒不是太积极。儿时，若是有某个爱抢玩具的玩伴来玩时，他会把自己最心爱的玩具藏起来。两三岁时带他出去买东西，如果时间太长，他累了，偶尔还会大发脾气。还有，他爱炫耀自己的乘法表背得比哥哥熟，尽管他的方式没有那么优雅……但总体来说，他是个再正常不过的孩子，我们爱他。汤姆和我都曾经深信，他会很有出息。

枪击案之后的这些年，我一直在思考关于迪伦总是要证明给自己和其他人看，他已经能够控制自己了。这是自孩童时代就有的一种天性。他幼时，我们为此自豪。如今，我在想，那股傲气是否走向了歧途。因为后来发现在他生命的最后那段时间，他确实需要帮助，却不知道向何处求救。

科伦拜恩事件之后，很多人都主动来找我，诉说他们深藏许久的故事。我发现，让人讶异的是，许多故事都是来自所谓的“完美”家庭：学科的获奖者啦，田径赛明星啦，有音乐专长又年轻有为的孩子，拿了全奖，即将去心仪的学院就读啦，等等。有的孩子表现出明显不正常的迹象：成绩下降、交友混乱或者吸毒、惹上官司等。然而，在许多情况下，有些孩子的表现能够被父母的“雷达”检测到却不被察觉。他们成绩卓著，身上有很多闪光点，能够将自己的痛苦一并其他事情，在父母面前深深地隐藏起来。

无论何时，只要我怀疑写这本书的初衷而将自己再一次置于审判和刻薄之中，我就会以这些父母来激励自己。迪伦没有优秀到当毕业生代表的地步，也不是什么体育明星，但我们当时对他的未来充满信心，相信他有能力面对生活必经的各种挑战。假如我早知道这些孩子的事情，假如我早些知道他在世人面前努力维持着一个正常的面孔，背后却在苦苦挣扎着，我会不会改变教育方式呢？人们都是事后诸葛亮，然而，我若是事先略知一二，起码不会轻易相信，迪伦就那样毫不费劲地长大成人了。

汤姆和我时常开玩笑说，迪伦好比打了自动驾驶挡一样毫不费力。五六岁时，迪伦让我教他洗澡。我教他如何把香皂打在浴花上，身上哪里需要多洗洗，如何彻底冲洗掉香皂。哥哥拜伦比他大3岁，还在浴缸里玩得不亦乐乎，不提醒还会忘记洗耳朵。而迪伦，我只需教他一次，甚至会把毛巾也挂好，之后都不用我再说。

除了省事之外，迪伦还是个很开心的孩子。虽然他比哥哥内向些，倒也很容易交朋友。我们曾经住的街道上孩子很多，迪伦经常会和一群男孩子在小区里骑自行车（他们把自行车停在谁家的草坪上，我们就知道他们在谁家吃点心了）。

儿子们长大些以后，汤姆和我总是会惊讶于迪伦和拜伦以及他们的朋友能打成一片。在写下这些句子的时候，我正看着最喜欢的一张照片：迪伦像只猴子一样，紧紧抱着拜伦的胳膊，两人都绽放着大大的笑容。

我经常想起迪伦小时候的事。大概10岁时，他有一颗牙错位需要拔掉。不巧的是，我们的朋友第二天从外地过来，我本该让迪伦在家里休息，可让迪伦错过跟朋友们一起游览风景，那是不可能的，哪怕是他的腮帮子肿得跟花栗鼠一般。

每当看到他浮肿而且苍白的脸蛋儿，我就不自觉地皱一下眉头。可他一刻也没耽误，玩碰碰车、吃冰激凌、坐火车攀上海拔约14000英尺（4300米）的派克峰，游览世界上最壮观的景色之一。每次换地方时，坐在车里，我都会从后视镜里跟他对视一下，他总是温和地对我微笑，来解除我的担忧。担心归担心，但迪伦还是玩得很开心。

当同行的朋友和我不敢迈出走上横跨皇家峡谷的大桥的第一步时，迪伦边跑边跳，掉头回来，又是逗，又是哄，加油打气，领着我们穿越了这座美国高度最高的大桥。我至今还能感觉到他残留在我手心的温度。

* * *

汤姆和我搬了好几次家，终于找到了这所房子，决定在这里安家，抚养孩子。这所房子有一扇巨大的风景窗和高高的天花板，跟样品房一样气派，但因极度缺乏管理、年久失修，在我们接手的时候，已经破损得很严重了。游泳池不能蓄水，网球场地面的裂缝里满是6英尺高的杂草。黄鼠、田鼠和家鼠大摇大摆地在草丛里钻来钻去，在房子内外占地为王。

从我们的经济收入来说，这所房子性价比很高，而且四周是叹为观止的景色。山麓映射的光线很奇特，早晨将我们屋后的石块染上一层艳丽的橘红色，晚上又披上一层甜美的薰衣草色的光芒。大片的粉色岩石之间，穿插生长着弯弯扭扭的橡树、长着硬刺的杜梨和尖尖长长的丝兰，每一种都是耐寒的沙漠植物。

我和孩子们经常坐在屋里看风景窗外的野生动物，就像其他人家看电视似的。灌丛鸦、金翼啄木鸟、喜鹊和山雀常来光顾我们给它们准备的食物；鹿儿一家、狐狸，还有浣熊吃着撒落到地上的种子；曾经还有一家山猫在后院安过家。一天晚餐后，汤姆正在洗碗，抬头看见一只黑熊正在厨房窗外不到半米的地方看着他。还有一个早晨，他看见另一只熊正躺在游泳池中央，怡然自得，泳池的水正好能供它泡个澡。

有个邻居曾经告诉过我，以前，这里是当地印第安人过冬的地方，有灵气。我希望孩子们在美丽的大自然怀抱里安全地长大，能够自由自在地奔跑，无拘无束地发挥想象力。所以，当发现这座山脚下的房子时，我们就认定它了。

1989年12月初，迪伦三年级时，我们搬进了这个新家。一位友好的邻居送了一辆旧的迷你自行车，汤姆在报纸的分类广告上又看到一辆，买了下来。孩子们和爸爸一起将它们修好了。很快，迪伦和拜伦就在周围留下了车印。一方面，他们的自由活动空间大大扩展了；另一方面，新家很偏远，他们在城里参加的各种活动也得重新安排。我和汤姆协调时间，轮流开车接送。孩子们再也不能随时跳上自行车去朋友家，或者骑车到街角买冰激凌了。这种相对隔绝的状况也意味着，兄弟俩彼此相守，度过很多时光。

随着成长，迪伦为自己的独立性倍感骄傲。他10岁时，让我教他怎么洗衣服，在我看来特别有意思。这种独立性，加上在他年幼时我们就发现的坚强决心，让我们对他小觑不得。我记得有一次带兄弟俩去滑冰。我滑得并不怎么好，只能勉强站稳，看到迪伦摇摇晃晃的，我要去帮他。他却让我背靠栏杆站在那里，眼看着他踉踉跄跄向远处滑去。他趔趄着走了几步没滑起来，然后重重地摔了下去。我赶快过去要拉他起来，他不耐烦地对我挥挥手说："我可以滑冰。你就在那边看着等我吧。别过来！我不需要帮忙。"

我就那样眼睁睁看着他挪到护栏下边，拉着护栏站了起来。接着，他艰难地走了几步，又摔倒了。我看着那小小的身体在宽大的溜冰场挪动着：先是几个犹豫不决的步子，然后毫无意外地摔倒，再辛苦抓着护栏站起来。我都不记得到底过了多久，他终于可以绕场滑上一圈了，感觉花了整整一个小时。

终于，他踉跄地回到了我身旁，满头大汗，金色的鬈发贴在额前，牛仔裤脏兮兮的，沾满了灰尘。我皱了下眉头。他站在我面前，手扶着墙，双腿还在颤抖着努力保持平衡，神色充满自豪地说："看见了吧？告诉你，我自己能滑！"

类似事件让我和汤姆相信，只要迪伦认定了一件事，凭着他的毅力，就一定能做到。这是我们信任他的基础。他总是踌躇满志，我们也是。

从四年级到六年级，迪伦一直都在天才班。这个班几乎是私立学校的设置，班级人数少，课堂上运用不少象棋和数学游戏，老师对每个人关注较多。六年级时，迪伦学得不亦乐乎，又与兴趣相投的孩子朝夕相处，看上去非常快乐。那时，他的自信在一幅画里也有所体现：一个男孩身穿一件格子衬衫，站在由黄色、绿色、紫色交织的山顶，面对镜头开朗地笑着挥着手。他的小学校长将这幅画收入了学校的永久收藏，裱上了画框和金色的名牌，挂在了学校走廊里。

科伦拜恩事件之后，我们担心会有人将这幅画偷走或者毁坏，于是向他最喜欢的老师请求，将这幅画要了回来。

* * *

迪伦生前还有一个很显著的特质，他非常不愿意出洋相，将自己置于难堪的境地。进入青少年阶段，这个特质更为加剧了。我和汤姆都天生爱自嘲，总是第一个拿自己开玩笑。要是让迪伦为自己无伤大雅的小毛病乐一下，可不是那么容易的。要是什么事没做好，他有可能不会原谅自己，不愿意显露洋相。

大概迪伦8岁的时候，一个夏日的下午，我们跟朱蒂·布朗和她家的两个男孩一起出去野餐。孩子们在小溪里抓小龙虾。迪伦没站稳，一头栽进了水里，水花四溅。他站起来，虽然毫发未损，却是怒火冲天，既为自己出洋相而气愤，更为大伙儿大笑而恼怒。我们试着想让他看到其中的幽默和笑点，拜伦当时很可能还夸张地鞠了个躬——迪伦却不领情，回到了车里，直到恢复平静才出来。这个反应是有点强烈了，但让我们更加坚信，对于尴尬的情形，迪伦比别的孩子更为敏感。

他大概10岁的时候，他的一个表姐从外地过来，我和孩子们及他们的表姐一起去骑马。走了一半，迪伦骑的马在路中间停住开始撒尿。我们都觉得有趣，便笑了起来。迪伦因此感到窘迫，脸一下子涨得通红，每过一秒钟，他的羞耻感就增加一分。尽管迪伦比拜伦自我意识更强，但他缺乏安全感这一点，是属于青少年早期的正常范围之内的。

上了初中，学校便不再开设天才班了，迪伦像其他同龄孩子一样，对任何让自己显得与众不同的事情都极其敏感。他告诉我，在初中，脑子聪明不是那么酷了。

尽管如此，他的学习成绩仍很出色。初二时，数学老师推荐他到科伦拜恩高中去上代数课。可迪伦不愿意去，我们跟老师坐下面谈，权衡利弊。对于初三的新生来说，攻读高中的课程就已经很吓人了，更不要说提前一年上高中了。再说要安排来回地接送，我们又增加了一项复杂而艰巨的任务。因此，我们一致认为，对于迪伦最好的方案，还是继续留在初中学数学。

让我们感到欣慰的是，迪伦仍按部就班地学习、生活。相比之下，拜伦进入青春期之后却是挑战多多。每天都需要我们再三提醒、敦促，他才能把该做的事做完。孩子们小的时候，我们就对他们有了显而易见的期待。他们无论如何都不能对我们，或任何其他大人说话不尊重；他们要收拾好自己的房间和物品，也要帮忙做家务。我希望他们会照顾自己，保证安全；涂抹防晒霜、开车负责任、不吸毒；除此之外，他们必须认真对待学习。正因如此，当汤姆和我注意到拜伦的高中成绩（他倒是从没有冒过尖儿）有所下滑，我们随即检查了他的房间，赫然发现，他在吸大麻。

如今，在科罗拉多州大麻已经合法化了。在现在看来，我们的反应可能是有点守旧或者过激了。然而毒品从来没在我们的生活中出现过，说实话，我们感到害怕。之前我们就对拜伦盯得很紧，发现大麻之后，便立刻对他采取了措施。我们定期搜查他的房间，感觉对他不利的人就要求他终止来往，我们还给他安排了心理咨询。

我很肯定，拜伦被烦得不行，但他的脾气仍旧温和，很有趣而且开朗。在他房里，我跟他谈了好几个小时，确保他没事。我们家很少起冲突，毫无疑问，两个孩子中，拜伦是得到大部分父母关注的。这或许意味着，我们没有意识到迪伦也出现了各种需要，并且越来越强烈。

那几年日子过得很艰难，但迪伦的一切都按部就班地进行着。他听话、有责任心，是个表现良好的孩子，看上去也很享受这样的角色。我们的心思全部被拜伦的安危占据了，这种时候特别需要迪伦继续做个乖孩子。迪伦下定决心要一切靠自己，这导致了他直到生命的尽头也无法开口寻求帮助。毫无疑问，他的自立自强让我们从未曾意识到他有了麻烦。

初二的暑假，迪伦长成清秀有棱角的模样，之后一直是那个样子，直到他过世。为了祝贺他顺利升入高中，我们提议让他参加一个大山里的夏令营。营地很简朴，孩子们承担了大部分活儿。迪伦在家里时，若是觉得被分配的家务活过多，总是会抱怨，但他从来没抱怨过这个夏令营。他热爱户外活动，夏令营的老师告诉我们，他跟其他孩子也相处得很融洽。

* * *

两个孩子从小就打棒球，他们的童年和青少年时期都与棒球交织在一起。他们看球赛直播，抢着看报纸的体育版，轮流跟爸爸去现场看球赛。汤姆热爱棒球，夏日的晚上，父子三人经常在后院玩投球、接球。为了能练投球，汤姆还专门定制了一块三合板。迪伦房间的墙上贴满了他的棒球英雄的大幅海报：卢·格里克（Lou Gehrig）、罗杰·克莱门斯（Roger Clemens）、巨怪强森（Randy Johnson）。我们最喜欢看的一部电影是《天生好手》（*The Natural*），罗伯特·雷德福在里面扮演一个棒球天才。孩子们看了许多遍，每个片段都烂熟于心。

棒球不仅是孩子们全身心投入的活动项目，也是汤姆和我小时候都喜爱的家庭活动。我祖父年轻时就曾经被邀请加盟职业棒球队（他拒绝了，因为不想远离孀居的母亲），汤姆的父亲和兄弟也都参加过业余球队，直到长大成人。孩子们热衷于这项美国经典的体育运动，我特别开心。他们继承了父辈和祖父辈的爱好。迪伦作为初三学生进入科伦拜恩高中，在棒球队选拔时却被淘汰了，这使得迪伦和汤姆都非常难过。

拜伦擅长右手投球，这个优势使他得以长期参加球队打比赛，一直打到他不想再打了。迪伦也投球，但他是左撇子，扔出去的球速度很快，像一发炮弹般射出去，恨不得立马把对方打出局。强大的投球力度是他的特色，但常常由于速度过快而影响准确度。逐渐地，他的胳膊为此损伤过重。在迪伦初一的暑假期间，汤姆请了一个教练专门教孩子们棒球姿势。有一次训练，迪伦看上去有点痛苦。他突然间停止扔球，站在那里，眼睛盯着地面。汤姆赶忙跑过去，以为练得太狠了，却看见迪伦的眼里充满了泪水。

“我胳膊太疼了，投不了球。”迪伦告诉汤姆。

汤姆大吃一惊，因为迪伦从来没喊过疼。后来我们发现，这情况已经持续好几个月了。每投一次球，疼痛都会加剧。这太符合迪伦的风格了：他铁了心要凭借自己的毅力克服困难。汤姆立刻带他看了医生。迪伦的肘关节炎症严重，医生建议暂时不要打棒球了。于是直到初二的暑假，为参加科伦拜恩高中棒球队选拔赛，迪伦才开始训练。

那时候，汤姆也经常感到剧烈的关节疼痛（就在迪伦上高中前后，汤姆被诊断患有类风湿性关节炎。接下来的几年，他陆续做了好几次膝盖和肩膀的手术）。他也再不能打棒球了，为了更好地帮助迪伦训练，所以再次请来了那位教练。结果呢，迪伦的胳膊还是酸痛不止。选拔赛当天，父子俩同病相怜——迪伦的肘关节疼痛、汤姆的膝盖疼得厉害，几乎连走到球场都是难事儿。

对于迪伦的伤病，以及他没能进入高中棒球队，我们是喜忧参半。尽管在高中没参加体育项目是件憾事，但是我们也不想他太勉强，乃至造成更严重的损伤。我们一家人尽量淡化失落感，日子照常继续。而迪伦也说，他不喜欢队里的某些孩子。

即便如此，迪伦并没有就此终结对这项体育项目的热爱。他仍然热切地追职业棒球赛事，时不时地跟爸爸去看球赛。后来，他还加入了一个电脑游戏的棒球队。当他的注意力从棒球转移到电脑上，我们才意识到，没能进入棒球队对他的打击比我们想象的要大得多。

科伦拜恩高中的校车不到我们家，所以汤姆和我需要轮流接送他们俩。迪伦上初三时，出于尊重他的独立意识，我们商量了一个计划：他放学以后，可以坐几站地公交车到我工作的学院，然后在那里等我下班，一起回家。我很喜欢迪伦到办公室来，我在抽屉里放满了零食，可是基本都没开封过，因为有个同事经常带自制的好吃的来，也会分给迪伦一些。他做完作业之后就会去学生休息室看电视，或者去餐厅买杯奶昔。偶尔，他也会在我的办公桌上睡个小觉。

高二时，他开始在我们学校的托儿所做义工。托儿所的负责人是我的同事，我会时不时去看看他工作。不出所料，迪伦果然在操场上照看着小孩，让他们整整齐齐地排着队，挨个儿荡秋千。

大多数母亲都会为孩子上高中后的社交问题有所顾虑，我却没那么担心。迪伦个子很高，有点书呆子气，从来不属于社交圈顶层的运动员那种类型的孩子。上了高中，他的社交生活丰富起来，还认识了三个好朋友，经常在一起玩。周末，不是他们来我们家，就是迪伦去他们家。他们四个——迪伦、扎克、耐特和埃里克——每个人都有其他朋友，但这三个是迪伦最亲近的伙伴。

耐特是迪伦初中时认识的，在我看来他是迪伦最好的朋友。耐特是独生子，母亲和继父把他抚养大。跟迪伦一样，瘦瘦高高的，有点笨拙，睫毛又黑又长，头发乌亮。跟迪伦不同的是，耐特是个热情洋溢、开朗健谈的阳光男孩。他们成为好朋友的头几年，两个人大部分时间在室外玩接球和其他游戏。耐特在打篮球上比迪伦要好，但玩室内桌球，迪伦就能轻松赢他。如果晚上耐特留宿，他们俩就会玩桌球或者电子游戏玩到很晚；或者边看夜间的烹饪秀，边尝试参照里面的食谱做菜（在喜爱美食的朋友中，迪伦的好胃口是出了名的。他爱尝试新东西，当他的朋友跟我们一起出去吃饭，其他人一般总会点油炸食品，而迪伦则会体验一下鱿鱼和烤鸭等新品）。

耐特是在我们家待的时间最长的孩子。每当我买东西回来或者洗衣服，他总是第一个站起来帮忙；他也很主动地夸赞我的厨艺；家里满是亲朋好友时，我最开心了，即使一群小孩像蝗虫似的在厨房里捣蛋，我也从未抱怨过。不过我们的房子是够偏远的，这样的时候并不是太多。

上高中那年，迪伦遇到了扎克。扎克的父亲原是大学教授，后来从事管理工作，母亲负责教会年轻人的活动。孩子们小的时候，我们也去那个教会。扎克友善而开朗，身体结实，圆圆的脸蛋，褐色的头发剪得短短的。他们家是孩子们各种耍宝活动的中心，经常性地烧烤，或者划船、开泳池派对。迪伦时常会去他们家。我为迪伦交到扎克这样的朋友感到很高兴。扎克特别合群，很活泼，乐于成为大家的焦点，这在一定程度上影响到了迪伦。

扎克和迪伦都对科技感兴趣。有一年夏天，他俩在扎克家附近淘到了一台老式电话设备，便决定重新组装一部轻便式电话（这是手机出现之前的事）。他们对自己的成果感到非常自豪——他们把那部老式电话用螺栓固定在行李箱上，而且运转得很好，在我们家的电话线路上引起了一点静电干扰。

此外，和扎克在一起，迪伦还对音响技术产生了兴趣。高二快结束时，他们参与了戏剧制作。看完话剧《再见，小鸟》（*Bye Bye Birdie*），我去音响控制台看了迪伦。看到他对控制板上那么多开关把手操作得得心应手，我非常惊喜。迪伦很喜欢做这个，后来，他的朋友布鲁克斯导演了另一部话剧《弗兰克斯坦》（*Frankenstein*），每次参加排练迪伦都要花上几个小时，还在电脑上学习制作了一曲原创音乐。打那以后，有人陆续来找他做才艺秀、教会活动和其他一些非正式的课外活动的音响操作。

在迪伦的朋友中，扎克是第一个有女朋友的。迪伦对好友的桃花运有些嫉妒，但还是跟扎克的女友德玟成了朋友。迪伦过世之后，德玟做了一本纪念册，里面都是迪伦的照片和一些他们之间的小故事。让我触动的是，德玟是如此信任迪伦，曾经向他倾吐自己的心事。当她受到伤害，或是跟扎克闹了别扭，就会找迪伦诉说或是寻求安慰："我会给迪伦打电话，或是在网上跟他谈心，那是我得到的最好的安慰了。迪伦是我所遇到的最好的倾听者。"

埃里克最后一个加入他们的四人小帮派。迪伦和埃里克也是初中时认识的。埃里克的爸爸当过兵，退伍后在丹佛附近安了家。他们搬过来不久，两个孩子就认识了。他们俩刚开始一起玩的时候，我们见过他的父母，也挺喜欢他们的，之后就没怎么见过了。高二结束时，迪伦和埃里克都因为数学成绩突出而得了奖。当他们走到台上领奖时，我悄声在汤姆耳边说，这俩孩子看上去像一枚豆荚里的两颗豆子（那时候迪伦还没开始猛蹿个头儿）。

初中时，迪伦和埃里克经常一起去看电影，也特别喜欢打保龄球。有一次，他俩鼓捣了个装置，把土豆从小公园的一头发射到另一头。随着年纪增长，两人的兴趣里增加了几条，开始喜欢女孩子、玩电脑游戏、听音乐、看棒球比赛和音乐会。上了高中，迪伦开始蹿个儿，埃里克还是相对瘦小。埃里克年纪稍大一些，先拿到了驾照。

他们俩的友谊似乎并不比迪伦与其他男孩的关系亲近。非要让我说的话，我会觉得迪伦跟耐特关系更好些。不知何故，迪伦和埃里克之间似乎更私密一些。对于埃里克，我从未像对耐特和扎克那么熟悉，尽管他对汤姆和我很尊重，也很有礼貌。我不记得他问过我任何问题。扎克和耐特经常会跟我说说迪伦的趣事儿，我却记不起埃里克主动跟我说过。但他显然很聪明、友善、有趣。

我对埃里克的记忆跟迪伦的其他朋友不太一样，现在想想，这点似乎很有意味。或许是因为迪伦过世之后，我还与耐特和扎克有很多来往，并且有幸一直关注他们长大成人。至今，我还与耐特有联系，节日期间他还会问候我，每次回家时也会来看我。我只知道，我们没有感觉到埃里克有任何异常。直到他们俩高二惹的那场麻烦发生之前，任何人都没有发觉两人的友谊有什么异常之处，否则我和汤姆绝对不会袖手旁观。

高中时期，迪伦没有女朋友，不过他和朋友们倒是会跟女孩子们一起去玩。那个年纪的孩子“集体约会”是很普遍的。他毕业舞会的女伴萝宾，是他上微积分课的同学。他俩一开始在一起交往，我就像对他的其他朋友一样，问了他一些关于萝宾和她家里的问题。他笑起来："妈，相信我，你对萝宾大可放心。她百分之百满足你对儿子的朋友的要求——是个踏实学生。"当我问到萝宾是什么样的人时，他耸耸肩，说："她就是个不错的人。"之后我还见过萝宾几次，迪伦说的是实话，萝宾很可爱，跟汤姆和我交流时也很自在，我对她很是喜爱。

迪伦拿到驾照之前，所有活动都需要接送，因而认识和了解他的朋友及其父母很容易。送迪伦去朋友家时，我和汤姆总是会进门跟对方家长打个招呼，协调一下接送计划。对孩子们如果有任何想法，都能跟其他家长及时沟通，这点我觉得特别好，不过我们从来没觉得有什么不对劲的。

迪伦和他的朋友们到了可以打工的年龄，先后都在"二十一点比萨店"找到了工作。先是扎克找到了，迪伦也跟着去了，最后埃里克和耐特也加入了。迪伦总是跟我们吹牛，他能以多快的速度做好一个很棒的比萨。拿了工资，我带他去银行开了支票和储蓄账户。他过世之后，我发现一个文件夹，里面整整齐齐地存放着他的银行单、工资单和税务文件。如果没有朋友的顺风车，我和汤姆就会接送他上下班。每次在他上班时，我们给他打电话问什么时候去接他，都会觉得很有意思，因为只有这时，我们才能听到他用专业客服的语调和语气接电话。

迪伦对不同科目及不同的老师，有不同的感兴趣程度，这使他的高中成绩有点起伏不定，比初中时退步了。他不像小学时期那么得以发挥出学业上的潜能，这方面让我们有点失望。另一方面，看到他放松了一些，我也很宽慰。迪伦小的时候，对完美的追求让他很抓狂，有时候也让我们受不了，尽管我能理解这样的完美主义。所以，当他原本整洁有序的房间逐渐演化成一个典型的青少年的房间时，我不是那么介意。最终，他找到了自己喜欢的科目，成绩也逐渐上升。这点跟汤姆和我都很像，我读研究生之前一直成绩平平。

后来我逐渐明白，那种完美主义通常是拥有特殊才能的孩子的典型特征。讽刺的是，有时候这也会让他们的潜能得不到发挥。孩子如果把事物的标准设置得高不可及，一般的孩子对一个错误或挫折不太会当回事，而这些孩子则会懊恼不已，垂头丧气，自尊心降低，连那些曾经让他们兴冲冲的挑战，也不想坚持了。回想起来，迪伦天生追求完美的性格，以及我们未帮助他很好地管理不切实际的自我期望值，导致了他在最后几年感到孤立无援。

* * *

迪伦打算在大学主修计算机专业。跟他爸爸一样喜欢修修补补。他们一起做了不少事，改装扬声器、维修汽车等。他们俩喜欢互相搞恶作剧，会在对方的电脑上设置一些怪声音，等到对方开机时启动自动播放，以此来吓唬对方。

高二时，迪伦组装了自己的电脑，用来和朋友们打游戏，体验各种不同的音响和视觉效果。最后，微软公司请他做软件beta版的测试员。我经常称他为“电脑呆子”。我倒是更愿意他和朋友们在户外多待会儿，尤其是我们住在世界上数一数二的远足和单板滑雪胜地。不过，我和汤姆并不觉得他在电脑上花时间有什么不好，他的社交生活没受什么影响。我们叫他出去一起吃饭或是看电影时，尽管他很不情愿，但还是会从电脑前起身跟我们去。我们都没有想到的是，电脑成了他实施破坏性恶行的工具。如果我们早点知道一定会让他禁用的。

话说回来，我和汤姆从没有看过迪伦在电脑上干些什么。现在看来，我们真是天真。但那时候跟现在不同，我刚学会上网，还不知道如何查看历史记录，或是看他用电脑在做什么。有时，我会找个理由去迪伦的房间，偷瞄一眼看看他在鼓捣什么。有一次他正在聊天，我从后面瞥了一眼，他就表现得有点不安。当我让他翻译一下那些聊天的“行话”时，他说的基本都是典型的（傻傻的）青少年的对话。我知道网上性爱图片随处都是，也知道他会如同大多数年轻男孩子一样被吸引，不过我从来没发现他在看那些。

即使对网上的不良信息有所警觉，但我怎么也不会想到，迪伦会对伤害自己和他人产生兴趣。

* * *

拜伦至少在短期内不想上大学，我和汤姆不想为此跟他产生更多的冲突。对我们来说，其他一些原则更重要，比如，不许酗酒、不许吸毒、不许在家里抽烟等。但我们还是担忧，如果拜伦错过珍贵的高等教育，他今后的路就会有些坎坷。

沟通数次未果之后，我们陪着拜伦去见了他的高中辅导老师。辅导老师直截了当地问他，是否已经准备好找份工作，自己搬出去住公寓。拜伦肯定地说他可以。从我们这方面来说，只能希望现实生活使他尽快成熟起来。辅导老师对此比较乐观，于是拜伦和他最好的朋友一起在城里租了个便宜的公寓，两个人用一辆小皮卡从家里搬走了一些闲置的旧家具和厨具，又带上了几盒吃的东西，就独立了。我总是往好的方面想，还给他们拿了些打扫卫生的用品。

迪伦迫不及待地搬进了哥哥空出来的房间。这个房间更大，窗户也多。我们齐心合力重新装修布置了房间。我和汤姆将衣柜的推拉门换成了镜面玻璃，屋子看上去比以前宽敞了一倍。迪伦要求把一面墙漆成黑色，跟拜伦留下的现代风格的黑色家具配套。迪伦将他的电脑桌靠着这面墙放着，其他的墙贴满了各种海报。汤姆在电脑桌上方给他装了个架子，好让他有地方放CD，还在架子底部装了一盏灯。

在我看来，迪伦搬进了哥哥的房间，意味着他的童年时代结束了。尽管他已经是六英尺高的大小伙儿了，但看着他将童年的玩具打包放到储藏室，我还是有点伤感。在他去世之后，我打开了那些盒子，里面放满了他曾经宝贝无比的乐高玩具，大多数连原包装和说明图案都还留着，甚至折叠处都没有损坏。我被深深触动了，多么符合迪伦的风格啊，哪怕是储藏不用的东西，他都会一丝不苟地放好。

就在搬进拜伦房间的那阵子，迪伦拿到了实习驾照。他朝着离家独立的方向又往前迈了一步。我们注视着他，心中五味杂陈。迪伦的朋友们经常接送他，他们开车到我们家得15到20分钟，他又是朋友中最晚一个能开车的，为此他也是很烦恼。

起初，汤姆晚上会带迪伦去空停车场练练车，之后就过渡到马路、高速，最后到蜿蜒的山路上练车。我们第一次去拜伦的公寓吃晚饭时，让迪伦开了一半的路程（拜伦很自豪地用双层汉堡包招待了我们。我料想到拜伦那里没什么蔬菜，就带了一盘沙拉过去）。8月，迪伦上了正规的驾驶培训课程，结业后，保险费会降低一些。

拜伦从家里搬出去独立的过程让我们不好受，然而看到他在新公寓里安定下来，我们就知道这事没做错。“现在，我们可以关注迪伦了。”我对汤姆说，可看上去也没什么需要多关注的呀。看起来，我们的小儿子一直都很踏实。大多数情况下，对我们定的规矩，一旦他理解了缘由，就会自觉遵守。

或许迪伦变了一些，不再像儿时那样发泄和表露情绪，而且跟我们亲近沟通也不那么频繁了，可这个年纪的男孩哪个不是如此呢？直到迪伦高二那年，那一连串的问题出现之前，我们毫无察觉——没有丝毫迹象，预示我们即将大祸临头。

第七章

同是天下父母心

今天，我开始给受害者的家人写信表示我的哀思。下笔艰难，这痛失骨肉的悲剧啊！然而我却必须做。这是来自一个母亲的心底，写给另一位母亲的信。

——*1999*年*5*月，日记摘选

从儿时起，我就喜欢从帮助别人之中得到喜悦。祖父拥有一个农场，经常举办大型野餐会招待工人，并支持慈善机构举办活动。我会去帮忙收拾空盘子等。上学的时候，比起去操场玩儿，我更喜欢在学校餐厅帮忙清理打扫。我现在依然如此。去参加婚礼时，我会对主人不停地说："给我派些活儿吧。"一直唠叨到他们让我帮忙倒水、递东西为止。

然而，对于我儿子在科伦拜恩高中犯下的滔天罪行所带来的无与伦比的惨痛，我彻彻底底地束手无策。

好心的朋友和牧师想把所有卷入事件的家庭团结起来。然而事发后没几天，法庭就收到了第一桩诉讼。盖瑞律师坚决反对我们与其他家庭碰面。我无法想象，与此有关的家庭会这么快想见我。

大家极力主张我们在媒体上做一个公开声明。于是，惨案发生几天之后，我们公开道歉，表达了我们的惶惑和哀痛。即使这样，我仍然觉得必须与受害者和幸存者的家人直接沟通，所以，我决定亲自给他们写致歉信。

我深知言语是多么苍白无力。但是我需要让这些家庭知道，我对他们失去孩子是多么难过，是我的儿子亲手夺去了那些孩子的生命。我想，如果我表示一些善意，或许能够弥补一点点迪伦在那个可怕的早晨所制造的悲惨。同时，我也想告诉他们，虽然我深爱我的儿子，但我不是像他一样的恶魔——尽管这个想法算不上高尚。

写这些信是我迄今为止做得最难的事情之一，我花了整整一个月才写完。这些家人听到我的名字会更加痛苦，我又该如何传递同情？我儿子一手制造了他们的痛苦，而我是生养了这个孩子的人，爱他超过自己的生命，我又该如何去和他们一同哀伤？如果是你，你怎么说？——“很抱歉，我的儿子杀了你儿子”？

家里的冲突使得写这些信难上加难，汤姆对此表示反对。他有所顾虑，认为道歉等于间接承认我们在此事上得负责任。了解受害者的信息和被害过程也是一种折磨，他尽量去避免。

我对此持有不同看法。如果我的信能给这些家庭带来一丝安慰，借此能打开一扇沟通的门，我愿意去冒这个险——我必须做点什么。我希望通过展现自己人性的一面，给他们原本被我的儿子所犯下的罪孽折磨的一生带来片刻安宁。

之前，我一直刻意回避新闻报道，然而为了写这些信，我需要知道更多受害者的情况。于是我强迫自己看报纸，了解被杀害的老师和孩子。我永远不会降低那些遇害者、受伤者的一点点人性，只把他们当作一个集体，以“受害者”称呼他们。对于每一个逝去的生命，我都想知道那些独一无二的珍贵之处。

每每接触到记录遇害者的细节，我都感到无比悲伤。每次了解到他们的亲友对遇难者的兴趣爱好、言谈举止的回忆，都让我心碎。这一切都因为迪伦夺走了这些无辜者的宝贵生命和他们本可以拥有的未来。想到这里，我简直难以忍受。他怎么能施以这样的痛苦呢？我的孩子怎么可能做这样的事情？

有时，写这些信仿佛是冒险，就像站在一场熊熊大火面前，我不得不后退一些。每天，我都有忍不住从它们面前逃开的冲动。然而，如果真的逃避，我知道很快会搁置下来。科伦拜恩已经成为一个“避雷针”，代表着众多危险：欺凌、精神疾病、失职的父母、枪支。跟其他人一样，我相信答案很快就会浮出水面，但我不想在其中寻求庇护。科伦拜恩不是关于枪支和欺凌的事件，而是15条活生生的、年轻的生命，还有24名伤者，其中有人受重伤。

我一边写着信承担儿子该负的责任，一边心里依旧不愿意接受我的儿子真的会杀人。下笔时我还在认为，那些致命的子弹是从埃里克的枪里打出去的，而不是迪伦。信中，我写迪伦时用的是“角色”，因为我依旧不清楚那天到底发生了什么，只知道有数人伤亡；我还写了“疯狂的时刻”，因为我深信迪伦是出于一时冲动参与的，不可能是预先谋划的。我不相信我儿子是个谋杀犯，无法接受他蓄意杀人。

我担心这些家庭会被我的信惹恼。他们会说，无可指摘，我根本没有权利提及他们所爱的人。我读了第一遍草稿，差点给废弃了，因为信里的措辞让我羞愧得无地自容。

然而写这些信是我唯一能做的事。我不能抹掉迪伦和埃里克犯下的罪孽，无法挽回逝去的生命，也无法治愈那些身体和精神受到创伤的人。这场惨剧的余波，无论是对我自己还是他人的痛苦，都不是我所能减轻的。我明白，其他人的反应超出了我的控制范围。我并不是在恳求宽恕或是理解——什么都不是——而是想有一个机会，让我能说一声："对不起……"

* * *

今天在报纸上看到，罗尔博先生砸坏了为迪伦和埃里克竖立的十字架。我一点也不怪他，这些沉浸在哀伤里的家庭不必原谅迪伦和埃里克，我感同身受。

——1999年5月，日记摘选

枪击案发生一周之后，我弟弟菲尔来了，陪了我们几天；妹妹没能同来，她的一个女儿，迪伦的表姐，对迪伦的所作所为感到震惊至极，甚至到了需要去看医生的地步。

菲尔是来安慰我们的，可他又能说什么、做什么呢？我们是生活在阴影里的人，在无尽的昏暗里挪动着，只能看见自己身上的荒谬、羞耻和悲伤。每天都是处理与司法有关的事宜，以及采取各种方法来逃避媒体和偏执狂的伤害。

迪伦的照片四处可见，上面写着"谋杀犯""恐怖分子""新纳粹""社会弃儿""人渣"等。

惨案发生后不久，我们又被另一个消息震惊了。据媒体报道，萝宾——迪伦毕业舞会的舞伴——曾经给这两个男孩子买了三支枪！

我第一个念头是："啊，可怜的萝宾！"一瞬间，我就明白了：萝宾买枪是顺着两个男孩的意思。因为萝宾喜欢他们，因为她好说话。如果她知道会酿成惨剧，无论如何都不会买的。然而，事已至此，我想她的一生都要在懊悔之中度过。然后，我又想，看看他们害了多少人啊！

风波不断，我与外界依然是基本隔绝的，只是略知一二。一年之后，我才知道，当时出于对死难者的尊重，玛丽莲·曼森取消了在本地的音乐会；步枪协会在离学校15英里的一个酒店里照常召开了年会，就在枪击案发生的10天之后。

我了解到，有人也向学校和警方举报了埃里克的网站，就是朱蒂·布朗在案发当天跟我说的那个。在那个网站上，埃里克曾公开谈论雷管、炸药和杀人。

我看到，《时代》杂志的封面刊登了迪伦的照片，旁边是大标题——“隔壁的怪物”。尽管他做出了如此可怕的事，但是看到那些关于他的描述，我还是无比痛心。他的照片出现在极具舆论代表性的《时代》杂志的封面上，我完全不知所以。邻居知道迪伦所做的事都难以相信，更别说全世界的人了。

读了这篇文章，第二天，我在日记里写道：

昨天读了《时代》杂志的文章，我内心充满了悲伤。他们将迪伦描绘成一个正常人，如同一个走了岔路的好孩子。这比把他说成一个彻头彻尾的坏蛋更让我难过。因为这表明，所发生的一切是多么无情。他的高中生活已经到了尾声，毕业在即，本来完全可以避免这些的。如果他真的有抑郁症，那他硬是瞒过了我们。

城里设立了一个临时的纪念碑，竖起了15个简易的木制十字架，每一个代表一位逝者，包括迪伦和埃里克的。很快，迪伦和埃里克的十字架被推倒了，扔进了垃圾桶。有个教会在他们的教堂四周种下了15棵树，环绕成圆，以此纪念逝者。但其中两棵被砍倒时，警察和教会的人站在一旁，束手无策。

我完全理解，毋庸置疑，人们拒绝哀悼、纪念迪伦与埃里克。但这种愤怒如此强烈，让我们不寒而栗。我弟弟来了没几天，一个邻居就提出，为了安全起见，可以让我弟弟住到他们家去。我弟弟接受了，也劝我们一起过去。他说："你们已经被打击得蒙了，都不知道自己处境多么危险。"

我们是蒙了，更确切地说，死也好，活也罢，都无所谓了。在一个难熬的夜里，汤姆疲惫地说："我宁愿他把我们也杀了。"在日后的岁月里，这个想法一直伴随着我们。

有个记者弄到了我们的电话记录，居然给与我们在过去几个月里有过交流的每个人都打了电话。亲朋好友已经被媒体的探寻淹没了。媒体又开始出现在我们名下的两栋公寓楼里，跟租户刨根问底。为这个租房的生意我们尽心尽力，租户的安全和舒适是我们关心的首要因素。然而，因为住在我们名下的房子里，租户遭到了无端的骚扰。我们自知无法保护他们，于是打算出售这两处房产。

此外，我们还曾考虑搬离本地。外面的世界对我们满是仇恨，亲近的圈子才是我们无比珍贵的支持的来源。我们在利特尔顿已经住了十几年，我们所珍爱的人迅速集中起来，站在了我们这边。在那些连我自己都不知道是否能活得下去的日子里，是朋友们实实在在的帮助，让我得以存活下来。

如果上帝赐予人爱，我真心相信，那是通过人们的行动传递的。在那段可怕的时日里，我们受到了周围人所给予的关爱。亲朋好友每天会打电话过来，或是给我们安慰的拥抱；邻居送来他们做的饭菜，连带来的餐具都帮我们一一还给主人。朋友们发现，他们一旦发声，便会被媒体迅速曲解，置于负面的语境之下，因此干脆停止为我们辩护。但是，他们竭尽全力地保护着我们，不仅拦截着媒体，同时防范着在附近出现的任何陌生人。刚开始的时候，我们的电话响个不停，媒体的、陌生人的、朋友的……一天能有二三十个电话。我们最好的邻居买来一台来电显示器，好让我们看到哪些电话可以接。从那以后，每个来电我们都会先筛查，再决定是否接听。

枪击案之后是母亲节，有个朋友跑到当地花圃以非常划算的价格买了很多东西。那天我回到家，迎接我的是一大束盛放的花朵，在阳台前的花盆里，种着马鞭草、牵牛花、石竹，还有金盏菊。多么美善的礼物，她是将自己的心送给了我们，这份礼物让我惊奇地发现，我还能欣赏这样美好的东西。

为了抑制住悲伤，也为了能弄明白迪伦脑子里到底在想什么，我们需要跟认识他的人交流。但我不想让任何朋友为难，甚至今后有可能被迫在法庭做证（按道理，我们不会谈论任何牵扯法律的事情，然而此刻，凡事都会跟法律扯上关系）。我是个坦率的人，对在乎的人会毫无保留。律师说，我可以跟人诉说我的感受，我照做了。身旁的亲朋好友如此善良，听我将同样的絮叨重复了一遍又一遍。

我所能做的只是接受，而没有回报。我从未像当时那样需要别人的善意，怎么表达感激都不够。这种感觉加重了我的负罪感。我的短期记忆消失了，我记不住谢了谁，还是一句谢谢都没说。我只好在笔记本上记下一言一行，纵然如此，我还是相信没有好好感谢所有该谢的人。

我们回家一个星期之后就意识到，我们无法离开利特尔顿。认识迪伦的人都在这儿——记得某天他在棒球比赛中狠命投球而得胜；能够共同回忆他一个人吃了一整盒肯德基而开怀大笑；被他不小心撞到要去缝针等——他们都在这里，愿意跟我们共同回忆迪伦。没有他们，我们该如何继续？

除此以外，难道我们真的能逃离这一切吗？即使我们逃到天涯海角，也逃脱不了迪伦的所作所为留下的阴影。那真相、那劣迹，不是搬家就能逃开的。无论去向何方，这场梦魇都会追随着我们。

* * *

我独自在家里走来走去，试图恢复日常生活。

——*1999*年*4*月，日记摘选

20世纪70年代初期，我曾经在密尔沃基的一个精神病院做过艺术理疗师。有一天，我无意中听到一个精神病患者贝蒂说："我真是受够了，不得不到处跟在我这张脸后面。"科伦拜恩枪击案发生后的几周、几个月，贝蒂的话时常浮现在我脑海里。当震惊一层层席卷而来，一波一波的负面情绪将我击垮，我思绪万千，在悲伤、恐惧、愤怒、屈辱、焦虑、痛悔、无助、苦楚、无望中挣扎着。

这些感受并非突如其来，自从在办公室接到汤姆第一个留言的那一刻，它们就与我如影随形。起初，微弱的情绪保护层稍微减轻了一些冲击力。但是渐渐地，它就失效了。几天过去了，那层让我稍感麻木的保护层缓缓剥落，现实让我感觉如同万箭穿心。我再也不能远离他人，也不能对迪伦一手制造的惨剧视而不见。从报纸上看到一张张受害者的遗像我都会被悲伤和悔恨压得喘不过气来。我再也无法维持正常生活了。

我一向很有条理和做事高效，乐于每天做个列表一一执行。科伦拜恩惨案之后的连续几周，如果某一天能够完成一件事，或是将餐具从洗碗机里拿出来，或是付了账单，那一天就算过得不错。我还没有回去上班。不过，与残疾人打交道的经验给了我一些启发。我在面对巨大的失去亲人的悲痛时出现的记忆力下降、注意力分散、情绪波动、无力、眩晕等情况，与我所接触过的脑部受到重创的病人的症状惊人地相似。

有些日子，我以为自己精神失常了。一天早晨，我坐在床边准备穿衣服，穿上一只袜子之后，我茫然呆坐了一个小时，才把另一只穿上。那天，我用了四个小时才把衣服全部穿好。有一天下午，一位朋友给我打电话问我近况。“我什么事也没做，怎么感觉这么累？”我困惑无比地问她。她以亲身经验告诉我：“虽然你什么都没做，但你正在经历哀伤，它是很折磨人的。”我对迪伦的悲痛是所有一切的中心。在任何情况下，单单这个就能把我压垮，何况我对他的不理解和所作所为感到惶惑，进一步加剧了我的负罪感。我的世界已经被颠覆了。

有的朋友知道，我心情不好的时候通常会从艺术书中寻求慰藉，于是给我带来了艺术书籍和素描本，想让我分心。可我连打开它们都做不到，穿颜色鲜艳的衣服也会让我觉得自己有毛病。曾经，我的生活被工作、家庭、艺术、朋友填得满满的，如今一切都戛然而止。我唯一的放松时间就是晚上跟邻居在附近的山崖边长时间地散步。

5月初，学校做出了决定，迪伦最好的几个朋友不得参加毕业典礼。毕业典礼定于5月底举行。

这个决定太不公平了。一开始，我就被激怒了，极力想保护迪伦的朋友。他们都是好孩子，内心也同样很痛苦。其中不少跟我们保持联系，给我们支持，告诉我们，他们也一样被迪伦蒙在鼓里。有几个还来看我们，带来了跟迪伦的合照和录像，以及迪伦送给他们的卡片。扎克的女朋友德玟制作了一本纪念册，里面贴满了照片，写满了回忆。在纪念册里，迪伦或是咧嘴笑着，正将扎克的爸爸开玩笑地一把推到游泳池里；或是在参加德玟举办的一个服装派对，穿着一件夏威夷式的花衬衫，脖子上套着花环；或是跟扎克打闹着，对着相机竖起大拇指。我久久地研究着这些宝贵的资料，急切地想证实，这个敏感、爱玩的孩子，我们记忆中的儿子，曾经真实地存在过。

深思熟虑之后，我对于学校做出的关于毕业典礼的决定不是那么愤怒了，取而代之的是一种无奈和悲凉。我有什么权利愤怒？哪怕是为了他人愤怒？现在是非常时期，历史上最严重的校园枪击案刚刚发生，关于如何处理这些事完全无迹可循。

随后，迪伦的朋友们如同断了线的项链珠子，纷纷散开了。意料之中的是，多年来，有数个孩子在精神上都饱受痛苦和煎熬。耐特离开的时候来看了看我们。他向我们要了一件能够让他记起迪伦的东西。看到他挑了一副迪伦戴过的太阳镜时，我心里很安慰。这副太阳镜让我俩都记起了迪伦拥有过的欢乐时光。

此外，耐特有事情要跟我们说。他曾看到迪伦递给一个在“二十一点比萨店”的男人厚厚一叠钞票。当耐特追问他时，迪伦说是用来买枪的。

我们目瞪口呆，汤姆无法相信迪伦对我们撒了谎。我们一直深信迪伦是无辜的受害者，在最后一刻被埃里克诱骗了。然而，证据确凿——他买过枪，是主动参与的，这更加证明了迪伦与我所了解的他相差千万里。

枪击案发生一个月后，我将给受害者家属写的信寄了出去。我们的律师关注着新闻、等待反馈（那时，我还是没法打开电视）。正如我们所料，家属们的反应各有不同，有的对此表示感谢，有的怒不可遏，有一家连信都没打开就撕了。对此的看法也是林林总总。在之后的很长时间里，当有人或是受害者家属对我态度表现激进，我总是提醒自己，他们并不代表所有的家庭。

数月之后，我收到了两封受害者家属的回信。一封来自一个遇害者的妹妹，她在信中说，这是一个悲剧，她不会谴责我们。我为此悲喜交加。11个月之后，我过生日时，收到了另一位父亲的回信。他的孩子是在学校图书馆被害的，他在信中说，但愿他能有办法帮助我们。这封信，犹如来自天堂的礼物。经过律师同意，我们给他回了信。随后，由于多起诉讼而造成的不便，在几年以后，我们才得以与这位父亲见面。

给遇害者家属寄出这些信之后，我终于感到自己稍有作为了。然而，这种感觉稍纵即逝。13个年轻的生命消逝了，真正的破坏力比这要大得多。我想到了另外24个受伤者，也打算给他们写信。有的人再也不能走路了，有的人将长久地忍受疼痛。与残疾人打交道多年的经验告诉我，等着这些孩子和他们家人的是怎样的未来。我思量着他们即将面临身体和精神上的折磨，以及长期的经济负担。有些伤者需要调整对自己的认知，各方面的改变都是翻天覆地的。即便我们要承担经济责任，哪怕全世界的金钱财宝都堆在他们面前，也无法减轻迪伦所造成的伤痛。

第二批写给伤者和家属的信，我比第一批多花了好几个星期才完成。我再一次感到自己写下的文字是那么苍白无力，在那巨大的创伤面前，文字本身又是多么笨拙可笑。我有什么权利介入他们的生活？但我必须得做点什么。

* * *

我快受不了了，每天醒来时都因为思念迪伦感到心碎，我想大声嘶喊，好让自己从真实的噩梦中醒来。我想将迪伦揽在怀里，像多年前那样抱着他，抱着他坐在我的膝盖上，帮他系鞋带，跟他一起拼图。我想跟他说话，在那可怕的念头出现在他脑子里之前就阻止他。

——*1999*年*5*月*11*日，日记摘选

电影《夺宝奇兵》（*Raiders of the Lost Ark*）里有一个片段，印第安纳·琼斯与女主角背靠背被绑在一起。凶恶的鬼怪在他们身边飞来飞去引发了风暴，摧毁着周围的事物，他们只能眼睁睁地看着却无能为力。汤姆和我就是这样被捆在一起，彻底暴露在光天化日之下无处可逃，甚至不知道等到那飓风来临，我们是否还有气息。每一次对迪伦多了解一点儿，我们的悲伤就增加一分。

枪击案发生后的第一时间，我们去看了一个验尸官推荐的精神治疗师。汤姆和拜伦也去了几次，很快就下结论说一点儿用也没有。我又去了几次。即使谈话时，连痛苦的表层几乎都没触及。治疗师也被我们的状况震惊了，我们所面对的，超过了他所能处理的范畴。他读了报纸，看了新闻，在网上搜集了外界的各种反应。我去咨询的时候，他从电脑屏幕转过身，言语中隐隐提到网上和媒体中出现的对我们的威胁。我已经是在尽力与那些恐怖和负面消息隔绝，他特意将那些报道挑出来，让我愈加焦虑。他肯定是关心我们的安全，但有时候他似乎更为关注外界因素，而不是我们的精神状态。

我们也做了一些其他努力来缓解悲伤，比方给迪伦写信。然而汤姆和我还是无法面对失去亲生骨肉的现实。怎么面对呢？一切都那么

疯狂，我们被困在里面茫然无措。眼下的艰难处境深深地掩埋了我们对迪伦的哀痛。而这处境，正是迪伦一手造成的。

很明显，汤姆和我在面对痛苦的时候，反应也各不相同。汤姆天生是个开创者，不像我生来谨慎。他总是乐于探索新事物，从不考虑会遇到什么困难、要花多大代价。当初我就是被他的冒险和无畏精神一下子吸引住了。我们都具有幽默感，一直被彼此深深地吸引着。然而，一个人的本性决定了他如何处理悲伤的情绪，如此极端的情况让我和汤姆之间的差别明显起来。

汤姆在探求缘由，欺凌、学校、媒体、埃里克，这些对我都解释不通。对于迪伦参与其中，我也同样难以置信，却更愿意相信他是疯了。但我却认为，任何外界因素都不足以成为作恶的理由。

当我从来访者中寻求宽慰时，而汤姆更愿意独处。在我看来，汤姆趋向主导律师的作为，而我痛苦地意识到，经验丰富的律师能告诉我们该怎么去做，已经是感激不尽了。

我们近三十年的婚姻应该说是成功的，因为我们两个人互补，然而科伦拜恩案发后，我们却总是意见相左。我们都经历着云霄飞车般的震荡，但却从未同步。汤姆伤心时，我觉得怒火冲天；他生气时，我却哀伤不已。以前，汤姆情绪不佳时，我总是能大事化小，即使他发火，我也能善意地笑笑就过去了。可身处这样极端的悲哀里，人的抗压能力就降低了。就像我的皮肤被剥落，在强烈的情绪中没有任何保护。在日记里，我写道：

汤姆的言语如同电钻一般钻痛着我的心，哪怕他是用平静的语气来表述。他的想法跟我的完全不一致，仿佛来自遥不可及的远方，天书一般难懂。

我们跟拜伦的关系也很紧张。弟弟去世几周之后，他搬回家住了。他在自己的公寓住了两年，已经习惯了独自生活，我们却忍不住干涉他的个人生活。因为我们觉得，对迪伦不曾追根究底，最终导致了科伦拜恩惨案的发生。就在一天晚上，拜伦要跟朋友出去吃饭时，我们终于意识到，我们已经丧失了理智。

那天天气不好，我和汤姆辗转难眠，担心山路路况恶化。总算听到拜伦的车开过来了，却没听到他进门。相反，却听到车库门“咔嗒”响了一声，随后他的车又快速地退了出去。

我们一下就慌了，脑子里充斥着最糟糕的猜测，武器、毒品、自杀、偷窃、谋杀。拜伦是回来取偷藏的枪，还是违禁品？他是不是在车库里藏了什么非法的东西？我们是不是该报警？

20分钟以后，在怦怦的心跳声中，我们总算听到拜伦的车以正常的速度开进了车库。他进门撞见我俩穿着睡衣，瞪着双眼，站在楼梯顶端，被吓得不轻。正像俗话说的，只见树木不见森林。原来拜伦在回家的路上，看到有辆车从路上滑到沟里。于是他先回家，从车库拿了一根链子，又折回去帮忙把那辆车拖出来。

从那天晚上之后，我硬是让他答应我，永远不会故意伤害自己或他人。出乎我意料的是，他也让我做了同样的保证。在枪击案之后，尽管我们之间前所未有地亲密，但彼此的相处模式却跟以前完全不同了。我会鼓励他说出自己的感受，但当他将他的苦楚（在这种情况下是可以理解的）说出口时，我又担心他会伤害自己。对他来说，这样是极其不公平的。我跟他一再确认，他必须平安无事，其实是我“强迫”他要好好的。我们经过了漫长的过程，才探索出一个能够彼此倾诉心中痛苦的方式，同时让对方放心，一定会坚强地活下去。

可在现实面前，我无法确定是否能活得下去。很多时候，撒手而去仿佛比活下去容易。我们三个都谈到死亡、骨灰、悼词，以及生命的意义。汤姆说自己的临终遗言会是："感谢上帝，一切都结束了。"

* * *

我读了五个小时的来信，几乎一直在哭。至今来信已经装满了两个盒子，一个是从邮局那里拿来的，另一个是从律师那里拿来的。无数的卡片和来信中充满了关爱和支持。然而，一封仇恨的来信，就使我的情绪瞬间崩溃。

——*1999年5月*，日记摘选

很多文章都写过，像科伦拜恩这样的悲剧发生之后，人们往往会追究根本原因，从而施加罪责。无论是从悲剧规模还是惨烈程度，抑或是其他成千上万个理由来说，科伦拜恩都是——也会一直是——极具争议的事件。人们归咎于电子游戏、电影、音乐、欺凌、枪支合法化的政策；责难老师手无寸铁、学校不让祷告；把矛头指向世俗的价值观、治疗精神问题的药物；等等。被指责最多的，还是我们。

对我而言，这种指责无可厚非。如果换作是我坐在家里，翻动着刚拿到手的《落基山新闻报》，迪伦在厨房里清理垃圾，拜伦在公寓里安安稳稳地过着日子，我也同样会加入人群指责凶手的父母。

每次听到可怕的暴力事件，难道我没想过凶手的家庭吗？我也会想，这些父母到底干了些什么，使这可怜的孩子居然干出这种事情来？被爱浇灌长大的孩子是做不出这种事的。多年来，我毫不怀疑，若是孩子犯罪一定是家人的错。显而易见，必然是父母不经心、不负责任，或是虐待孩子。这个母亲肯定是个悍妇，或者过于溺爱孩子，抑或是不管不问。

所以，当素不相识的人对迪伦表示同情，也为我们的遭遇表示难过时，我真的感到很意外。有些受害者家属与我们联系，表示他们没有怨恨。我对此感到深深的敬畏和感激。他们无法懂得，作为凶手的母亲是什么感觉，然而，他们又是如此真诚，这对我有着非凡的意义。我都不知道，自己是否能做出同样的举动。

几天以后，律师递给我们一个硬纸盒子，里面放着一个手工上色的陶瓷制的天使、一份速冻的鸡肉和甜饼套餐，还有几张哀悼卡片，这些都来自素不相识的人。这关怀如同水滴渐渐汇成了洪流，向我们涌来。全国乃至世界各地都有人给我们写信、寄卡片。只需要在信封上写上我们的名字和地址“利特尔顿，科罗拉多”，他们关怀的话语和礼物就能传递到我们身边。

许多我和汤姆在不同阶段认识的人向我们表达关心：小学同学、老师、同事和以前的学生。有些是家里的孩子曾与迪伦相识，与我们分享有关迪伦的回忆，点点滴滴，我都读了又读。也有很多是陌生人写来的，其中不少都选择了匿名。我们收到了祈祷、诗歌、书籍、纪念名牌、玩具、孩子们专门画的图画和其他手工物品。有人以迪伦的名义给慈善机构捐款，也有人寄来现金和支票，我们都一一退还了。

写信人的职业也是林林总总，有牧师、律师、老师、公务员、警察、美军海军陆战队队员，还有在狱人员。他们宽广的胸怀让我们非常吃惊和感动。有人提出给我们法律帮助，或是私下谈心，有人说要给我们提供按摩服务，还有人将个人的度假房提供给我们去住，好躲避媒体的骚扰。

众多的来信中提到，他们注意到本地只为13个受害者举行了追思仪式，而不是15个受害者。信中还说，在他们的宗教组织里对这15个逝者都有纪念；纪念音乐会上，迪伦的名字和其他受害者的名字一起被大声读了出来；举行弥撒时，也为迪伦的灵魂祷告。我读着这些信，心里无比感激。在我心里，这场悲剧产生了15个受害者。我完全理解本地群众的反应，然而，因为迪伦最后所作的恶就将他全盘否定，我还是很难接受。

很多报道指出，迪伦和埃里克在学校里遭遇过欺凌。因此，很多写信人都是曾经在高中被欺凌的人。我从不知道迪伦被欺凌，如今需要改观，接受这样一个事情，对我来说打击太大了。尽管如此，我还是被这些来信深深触动了。信中描绘了欺凌给他们带来无比愤怒、抑郁、无助和无能为力的感觉。“我一点儿不奇怪发生了这事，我倒是奇怪它还没有在我的学校发生，或是每天都会在美国某个地方的学校发生。”一个年轻人先是在信中叙述了他是如何连上厕所或是在走廊里都会感到害怕。有些年轻人直接写给死去的迪伦，一股脑儿地倾诉心中的苦闷和对学校风气的仇恨。读着这些信，我不禁想，不知他们身边的人是否了解他们心中积蓄的仇恨和哀伤?

诸多来信中也诉说了当事人失去亲人的体验。有些谈到患有精神疾病和自杀的家人，长辈们也谈到后辈给他们带来的困扰和羞辱，这些信件都给了我的心灵莫大的慰藉。

一位牧师的来信中说，他的儿子因谋杀被判了终身监禁，正在坐牢。这封信我读了又读。枪击案发生后，我深感自己失职，其中一点就是认为没有给予迪伦适当的宗教教育。我倒是抓住一切机会教导迪伦分辨是非，但除了孩子们小的时候之外，我们没有再坚持正规去参加教会或者犹太会堂的活动。我从这位牧师的经历中得到一些安慰，哪怕它只是一个个案，完全不具备代表意义，我也觉得轻松许多，至少在这个牧师的儿子身上，常规参加教会学习《圣经》的主日学，并未能阻止孩子犯下可怕的错误。

我们的律师给一个员工专门派了一项工作——将所有的仇恨和威胁信件尽力全部滤除掉，不转给我们。即便这样，我们依然能收到。只需一封负面的来信，就会使我从众多支持的声音中获取的力量土崩瓦解。

一封用黑色马克笔写的信中质问道："你们怎么可能一无所知？！"

毫无疑问，这也是我日日夜夜在追问的问题。我从不认为自己是无可挑剔的家长。然而，我坚信，凭着我和两个孩子（不仅是与迪伦，是与兄弟俩）的亲密关系，如果有什么不对劲，尤其是出了什么大事，我本能地就会发现。我也从未声称自己对迪伦的思想了如指掌，可我曾经深信不疑，对他的能力我是有底的。可是，我错了。

"……但靠着神的恩典，我去做……"一位母亲写道。她的儿子患有精神疾病，具有暴力倾向。她在信中诉说，每天醒来都非常害怕接到一个电话，就像汤姆打给我的那个电话。接下来的多年，这样的呼喊得到了更多母亲的回应。一位母亲在信中为我祈祷，署名是"一个死刑犯的母亲"。

我们也收到了来自其他枪击案遇害者家属的信件。其中有一位父亲，他的儿子死于某个初中校园枪击案。他详细地叙述了自己起初的愤恨、痛苦和麻木，这封信让我对受害者家人的感受有了初步的认识。还有其他失去孩子的父母来信。一位母亲写道，她蹒跚学步的孩子就在离家人触手可及的地方摔倒，头部受了重伤，不治身亡。这些信触动了我为迪伦伤痛的那根神经。当然，也有被自杀夺去至爱的人的来信。我还不能完全理解迪伦死于自杀，这些来信是一个起点。之后，我有幸得到与不少自杀者的亲人进行面对面交流的机会。

尽管在很多方面，我们与外界还是隔绝的，但这些来信打开了一个感知的窗口，让我在更广阔的层面上有了新的认知。遭受痛苦和折磨的人远比我想象中多得多。世界上有那么多无望的痛苦，我们仿佛一脚踏进了无边无际的深渊。每天，我都被人们的爱心和大度一次次地打动。有一张卡片简单地写道："愿神保佑你的家。"从歪歪扭扭的字迹来看，这可能是一位老人写下的字句。我想到这位素不相识的老人，说不定是忍着身体的疼痛，买来卡片、邮票，写好，再给我寄来。我想，他是想让我知道，我并不孤单。这些人拥有宽广的情怀，对他人透彻而且宏大的理解，必定都来自他们对生活的亲身体验。

那些来信叙述着各自所经受苦难而前行的经历和生活。遗憾的是，我尚未能从中得到多少安慰，我依旧无法相信还会有什么"后来"。

正如枪击案发生之后的诸多事情一样，我们根本来不及以正常速度回复来信。我一一亲笔回复第一批来信，也打算继续下去，可一盒一盒的信源源不断地到来。我的祖父收到过一张感谢卡片，他为此又回复了一张感谢卡。而无法对人们赋予的大爱表示认可和感谢，成了我的心病。人们花心思对我们表达了同情之心，却连句感谢的话都收不到，这让我坐立不安。

我将这些来信收拾好，装进一个个塑料盒子里，直到放满了客厅。按照信的内容，我优先回复那些需要亲笔回复的信。位居其首的，是回复那些分享他绝望和自杀念头的人。尽管已经处理了很多，却仍然只占一小部分。数到第3600封信时，我停止了计数。许久之后，我们依然能收到来信和卡片。

我们也收到了很多尖刻的批判，每当这时，我的负罪感就会随之加重。每天我们都会被媒体问责，时常是为了某些我们自己也不完全理解的决定。比如，作为一个正常的法规，律师指导我们给警署递交一份正式文书，要求获取与本案相关的新的信息时，让我们也有思想准备。在整个过程中，我们也会保持与警署的积极合作和沟通，尽我们所能诚心地提供协助。然而，媒体很快推出了新的报道，将我们描绘成仿佛要为儿子的所作所为而状告警署的人。类似的报道掀起了惊人的舆论："这对父母让人恶心！"正在车里换广播电台时，我不经意地听到有人在脱口秀上发泄着愤怒。人们觉得我们该进监狱，该像动物一般被追杀、折磨、击毙。至今，我都无法去读有关科伦拜恩枪击案的文章或评论。

曾经，我怎么也摆脱不了这些话语所带来的羞辱和恐惧。我一向认为自己是个好公民和好母亲，而现在，却被当作最失职的母亲而被游街示众。生命中第一次，我被排斥在众人之外，被审判、被拒绝，皆因为我无法控制的情况。迪伦在无意之中给了我们一个机会，来体会他生命中多年的感受。

迪伦逝去后，我们在一个狭窄的心理空间生存着。在那里，我们还是关注孩子、本性善良、充满爱心、痛失爱子的父母。唯一能让我们活下去的方法，就是不去接触外界那些负面的报道，于是我们退缩到了幕后。每当有人想为我们说句话，他们的言语就会在媒体中被曲解、被误传。于是我们将自己封锁在世界之外，只与朋友们沟通。即便是被极端地指责，也不予回应。

现在，我不确定这样拒绝介入是不是最好的策略。我们未曾站出来为自己辩护，导致人们认为我们有见不得人的秘密。无论是当时还是现在，其实都不该让假象流传。对我们一家，以及迪伦是如何成长的，至今还有许多误传和误解。

* * *

我累了，再也不想假装坚强，再也坚持不下去了。我无法面对任何事，也无能为力。我跌进了痛苦的深渊。电话上有17条留言，我连去听的力气都没有。迪伦的房间还是警察搜查之后的样子，我无法鼓起勇气去收拾一下。

——1999年5月，日记摘选

刚回家的那几天，我们断断续续地收拾屋子，但没有去过迪伦的房间，那里还是警察走后的样子。东西散落得到处都是，延伸到走廊里，床垫在楼梯顶端沿着墙靠着。

一个月之后，我开始每天到他房间待一会儿，稍微收拾收拾，在情绪崩溃之前又赶紧逃出来。特别是在迪伦卫生间的盥洗池旁，我会逗留很久。梳子上还有他的几缕发丝，我们给他买的电动剃须刀里还残留着他的胡须。

做不了多久，我就会精疲力竭，并不仅仅出于悲伤。每当我清洗消毒台面，或是洗一筐他的衣服，我都是在销毁迪伦留下的痕迹。想到将迪伦从生命中抹去，我的心都碎了。我担心每倒一次垃圾，就失去了一次了解迪伦生命最后时刻的机会。尽管警察已经将他们认为有关的物品悉数拿走了，但我依然在一片残骸中苦苦搜寻着答案。

答案却杳无踪迹。我无法理解他在想什么、是什么感受。我亲手抚育、深爱的儿子怎么可能参与了这样骇人的暴行？到底如何解释他的思想状态呢？他的体内会不会有尸检未发现的药物呢？是不是有外界影响？或许是有组织的犯罪活动？哪怕是埃里克一手制造了这个计划，怂恿迪伦参与，但迪伦也是个聪明的孩子啊！若是他想脱身，总会有办法的。难道是埃里克强迫或者威胁他了吗？他是不是被洗脑了？拜伦曾经认真地求问，迪伦是不是中邪了？若是一个月前，我会觉得这个想法荒唐得可笑，但身处全新的境况，“被邪魔附身”好像还真的是个说得通的答案。

没有墓地，于是我会一连几个小时待在迪伦的房间里，试图凭着直觉找到那些折磨人的问题的答案。结果，在他的抽屉里发现了一盒香烟，让我很震惊。他过世前不久，我觉得在他身上闻到了烟味，于是问他是不是在抽烟。他愤然看了我一眼，说：“我可没那么蠢！”仿佛抽烟是件很可耻的事。我当时相信了他。这盒烟却明摆着告诉我他撒了谎，眼睛都没眨一下。

让我伤心的不止于此。在药柜里，我发现了一个圣约翰草的药瓶，已经快空了。过去的几个月，我数次进他卫生间检查卫生，却从没想过看看药柜。圣约翰草是一种天然的抗抑郁药物，在保健品店和药店都能买到。摆在我面前的是赤裸裸、不容置疑的证据，迪伦的抑郁症已经到了需要自己尝试着用药物来减轻的地步了。瓶子上的保质期说明，他已经服用很久了。

我轻信了迪伦。收到的信大多来自成年人，他们坦诚相告自己在青少年时期瞒着父母干过的不光彩的事，性行为、吸毒、偷窃等。少数几个还挺滑稽的——那些成长过程中做出的愚蠢的决定，有着还挺欢乐的结局（有一封来信叙述道，当事人小时候在家里没穿裤子就爬上了房顶，被警察抓着了）。但故事大多是悲剧性的，使其多年来的苦楚沉默至今。

身边的朋友圈子，也开始发生这样的群体释放。几乎所有来看望的人都跟我讲述自己在青少年时期隐瞒过父母的事，喝酒、吸毒、出走到拉斯维加斯、常年从药店偷东西、交过年长许多的男友……一位朋友被科伦拜恩事件触动，终于告诉他父亲（和我们），当他还小的时候，曾经被邻居猥亵多年。我猛地发现自己暗自疑惑着的，如同全世界的人对我的疑惑一样："这么大的事，他父亲怎么从没注意到呢？"

我们还收到一封来信，邮戳日期是1999年4月27日。征得作者同意，我将这封信发表在这里。为了保护隐私，我改换了所涉及的人物姓名和地点。这封信来自辛迪·沃斯，她与我们年纪相仿。打儿时起，汤姆就认识她一家人，之后也保持着联系。我们一直很敬慕沃斯夫妇，他们事业有成，家庭幸福美满，而且是教会的顶梁柱，他们是好人。他俩彼此爱意浓浓，我也时常赞叹不已。

我们满怀着哀伤和恐惧，读道：

亲爱的汤姆、苏珊和拜伦：

请你们原谅这封长长的来信，可我真的有很多话要说。我希望通过分享我的故事，你们能从中找到一些慰藉和平静，也能更好地理解，为何迪伦未曾跟你们提起过他的愤怒和痛苦。

我14岁那年，随爸爸妈妈搬到了科罗拉多。几乎从一开始，就受到了一群男孩子的骚扰。他们叫我"海豚"，就因为我的鼻子很长。在学校走廊里，他们会跟在我后头，唱着《海豚的故事》主题曲。他们将用过的卫生棉塞挂在我的书包上、柜子里。我在笔记本上写的信，也被他们偷走。橄榄球赛开始之前，他们就在男生更衣室大声朗读我还没寄出去的、写给家乡的朋友的信。

这种骚扰终于到了极点，我被校队一个橄榄球手强奸了。他更对朋友们吹牛说，若是当时不看我丑陋的脸，感觉就"更好"了。

我从没将这些告诉过爸妈，直到几天前。我想让他们，也想让你们知道，为何我只字未提。或许，我的心路历程能够帮助你们了解，迪伦为何选择了沉默。

对于自己是被骚扰和羞辱的对象，我感到巨大的羞耻。我以亲身体会告诉你们，遭遇痛苦的年轻人往往会怪罪自己。当时我就觉得，肯定是我哪里不好，才会让人那样对待我。

我也想给爸妈有个好印象。我设想，如果告诉他们实情，他们也会同样认为我：满身瑕疵，面容丑陋。

我当时太小了，不知道那样的行为其实根本就是犯罪。我以为告诉任何人会招致更多的羞辱。

我在痛苦中沉默了大概三个月，变得越来越抑郁。就在我谋划着如何自杀的时候，遇到了一个人，毫不夸张地说，是他救了我的命。

肯是个有趣、外向，而且开朗的人，也稍微有点不合群，可他好像也并不为此烦恼。他主动找我交朋友。几个星期之后，我就比较放心地跟他推心置腹了。这个温柔和气的14岁男孩拥有着足够的智慧，在我泪如雨下的时候只是静静倾听，给我一个踏实的拥抱。长大之后，肯成了一位牧师，也是我终身的牧师。

迪伦本应该有这样的机会。作为他的朋友、伙伴，这个人应该给他陪伴，并且应该能够引导他离开愤怒和抑郁，而不是添柴架火。

汤姆、苏珊，请你们一定要清楚，你们绝不可能是这个朋友。即使是作为兄长的拜伦，也不可能。“成长和分离”的过程促使孩子们在遇到难以名状的痛苦时，他们是很难开口向父母及兄弟姐妹求助的。

我身体的每一根纤维、灵魂的每一次翻腾都让我相信，迪伦与神在一起。我们会再见到他，与他一同欢乐。

我爱你们，我们爱你们，我们是你们的后盾。

辛迪

汤姆和我将这封信反反复复读了许多次。汤姆与辛迪从小相识，我也认识她二十多年了。孩子们也曾经一起庆祝生日。我们万万没想到辛迪曾经历过她所描绘的一切，欺凌、强奸，以及曾与自杀擦肩而过。一两周之后，我们得以跟她的父母交谈，他们也刚刚得知这桩旧事，几乎被击垮。

除此之外，辛迪的来信也为我们确认了一件事：孩子私下里的绝望，连最关注他们的父母、老师和同伴都有可能毫无察觉。我的职业生涯大多都是在大学里教书，因而非常清楚年轻人是如何私藏啤酒、鬼鬼祟祟地在停车场拥吻。即便如此，我从来不知道一个孩子居然能将被强奸和自杀的念头这样严重的事瞒天过海，尤其是沃斯夫妇这样有强烈责任心的人。每天都会有新的、令人震惊的发现，越发让我感到自己的无知是多么幼稚和危险。

辛迪的来信，让我最想做的事情，就是渴望与迪伦对话。我在脑海中，与迪伦进行着一场持续的交谈，如同一首不知疲倦地在循环播放的音乐。在路得和唐家里住的那几天，医生曾给我开过抗焦虑的药物，我只吃了一次。把焦虑强压下去，却驱使悲伤铺天盖地向我压来。我止不住地痛哭，眼泪像自来水一样不断流出来。从那以后，我决定不再吃药，而是与所有的情绪共存亡。

我逐渐意识到，试图回避或者逆转哀伤的情绪是毫无用处的。我能做的最好的事情就是，活下来。并且，在未来的岁月里，竭尽所能来了解、理解我所未知的、有关儿子的一切的一切。

第八章

哀伤之地

这个图书馆曾属于纯真美好的孩子们，是让他们感到安全的地方。结果，这里却成了他们的丧生之处。

——*1999*年*6*月，日记摘选

1999年6月初，我们从报纸上了解到，校方邀请受害者家属去看看图书馆，因为不少孩子就是在那里遇难的，而且不久之后，图书馆要被全部翻新重建了。

我明白，迪伦是无论如何也不会被当作受害者来看待的，所以我理解没有被通知到。然而，我们还是想看一眼迪伦夺走自己以及诸多他人性命的地方。律师联系了警署，安排我们去一趟。案发后，我们基本上生活得很隐蔽，于是约了律师在一家五金店的停车场会面，再互相换车。对这种神秘兮兮的做法，我们已经不觉得荒谬了。

学校仍然是案发时的样子，校园里还留着警察标识的犯罪现场的标记，一看到那黄色的胶带，我的心就怦怦直跳。我们顺着过道走着，看到建筑工人在修补迪伦和埃里克破坏的地方。地毯上、墙面上和天花板上一块块黑色的烟灰说明他们当时边走边扔炸药。天花板块和一部分地毯都已经被拆下来了。一块块透明塑料布盖住了震碎的玻璃窗。这不是第一次，也不是最后一次，我为儿子造成的破坏规模而目瞪口呆。工人从梯子上朝下向我们张望，我猜想他们是否知道我们是谁。

图书馆的门锁着，上面贴着一层塑料布，还绑着警方的黄色胶带。去之前，警察说，只是让我们去看看儿子的丧命之处，不要多想。我深深感激警方表现出的专业以及他们对受害者的尊重。

走进门，我不禁浑身发抖。我是个总在寻求答案的人，自信见到迪伦和其他人的遇难之处，能给我提供一些启迪和顿悟。我指望一踏进图书馆马上能明白与当天事件相关的至关重要的情况，以及迪伦的精神状态。我努力抑制住心底的悲伤。这里哪怕残存着一丝真相，我都要准备好来接受。

迈进房门的那一刻，一切都归于死寂，就连走廊里修修补补的声音都听不见了。在流泪之前，我只有两种感受：感觉到了孩子们仿佛还在，也感觉到了安宁。

警察领着我们走到迪伦和埃里克饮弹身亡的地方。我看到地板上标出的那个长长的、瘦瘦的、拐着弯的形状，心一下子揪紧了。这当然是迪伦，跟他身形一模一样。我的泪水哗哗地流着，滴到地板上。拜伦温柔地抚摩着我的脊背。我在迪伦的形状旁边跪了下来，抚摩着他身下那片地毯。

第九章

与哀伤共存

这是关于癌症病人文章里的一句话："有些癌症病人过得很好，只因他们在精神和思想中创造了一个空间。在那里，他们是健康完好的。他们就活在那个空间里。"我们就是这么做的。汤姆打比方说，一场风暴已摧毁了我们的家，我们偏居一隅，与哀伤共存，就是这个感觉。躲在一个狭窄的空间里，勉强过活。

——*1999*年*8*月，日记摘选

神学家C.S.刘易斯在他文笔优美的怀思之作《卿卿如晤》（*A Grief Observed*）的开篇说道："从未有人告诉过我，原来哀伤与恐惧的感觉是相同的。"

多年以后，这句话依旧如同真理，屡屡击中我的内心。任何所爱之人的逝去，尤其是孩子，都会动摇你的根基。正如遭受家人自杀打击的艾丽斯·博尔顿写道："我以为我是不朽的，我的孩子和家人也是，悲剧向来只会发生在别人身上。"我们靠着这样的信念才能存活，但真相赤裸裸地铺展开来，让人惊恐无比。在我身上，迪伦不可思议的死法加剧了这种感受，使我对一直以来关于家人和自我的信念都产生了质疑。

我在社区大学工作时，一名学生曾经分享过残疾人的生活中最艰难的方面之一，她说：“每个人都是先看见我身体的残缺。对他们来说，我首先是被截肢了，然后才是个人。”

当时，我对她的见解深表谢意，因为这对我开展工作有所帮助。科伦拜恩案发之后，我完全体会了她话中的含义。自那以后，我十分肯定我将会一直被当作杀人犯的母亲来看待，没人——包括我自己在内——会从其他角度看待了。

* * *

当时我已经50岁了。在惨案之后的数月里，我经常想到早已逝去的父母，一方面，我庆幸他们没有活着看到我的生活变成了什么样子；另一方面，我又像个孩子般，渴望感受到他们就近在身旁。

父亲在我18岁那年就去世了。我38岁那年，母亲也走了。在我成年之后，母亲一直都是我的依靠。在人生最为跌宕的时刻，母亲总是凭着天分，准确无误地帮助我们寻到前进的方向。在她的葬礼上，我和兄弟姐妹们将她称作我们的“北极星”，向她致敬。可能基于这样的原因，在科伦拜恩案发后，我经常梦见母亲，几乎跟梦见迪伦一样频繁。

案发后不久，我做过一个梦。梦见在一个夜晚，冷风呼啸，我怀里紧抱着大概两岁的迪伦，在一个巨大的停车场里找我的车。我努力用毯子将迪伦裹紧，在一排排车辆中间走来走去，胳膊上还拎着一个塞满纸的购物袋，很沉。我快拿不动了，也担心把孩子摔到地上。

就在他快要从我怀里滑落的时候，母亲一下子出现在面前。她说：“把袋子给我，你管好孩子。”她从我手里将那勒得我的手腕和胳膊生疼的袋子提起拿走了。我终于可以好好地抱着迪伦，用毯子将他裹得严严实实。接下来我找到了车，将迪伦稳妥地放到婴儿座上，母亲就站在一旁，拎着从我手中接过去的袋子。然后，我就醒了。

这个梦向我揭示了我该遵循的路。袋子里的那些纸代表了将我从哀伤中分神的东西：对官司的担忧，上千封的来信、账单、通知和法律文件，它们携带着一阵阵恐惧和债务的冷风占据了书房。还有来自媒体的骚扰、全世界的痛恨和指责，再加上我自己时不时的焦虑，觉得拜伦会出什么事。这一切轻而易举就能让我喘不过气来。我们的经济状况也逐渐演变成了彻头彻尾的灾难，情况复杂，似乎我们再也翻不了身。

但母亲是对的。我需要专注在哀悼迪伦和受害者身上，而将其他事情放下。

真不容易啊，即便没有到这个地步，被哀伤占据，那些不得不处理的烦琐事务也能让我筋疲力尽。一个月之后，汤姆和我依然像行尸走肉般在空落落的房子里游荡；在哀伤与失落中茫然失措，中了邪一样地思来想去。“我想迪伦。他怎么做得出这种事？我不信再也见不到他了。我如此深爱的人怎么能这么冷血残暴呢？杀了别人的孩子？要是我事先有所察觉就好了，我会不惜任何力量阻止他……他怎么可以？！”

接下来，我总是——总是想到这不可思议的永久的失去，我再也不能见到他糙糙的脸了，这怎么能够接受？

我们会时不时地一下子打起精神来，要么是再次陡然意识到迪伦所犯下的罪行，再不就是想起他的所作所为，对我们花了27年心血构建的这个家是怎样一个毁灭性的打击。处理法律事宜时，尽管盖瑞已经很照顾我们了，但收到第一张账单时，我们还是很吃惊——我们根本无力支付。那一次，母亲仿佛死而复生，再次伸出了援手。1987年，在她过世之前，孩子们还小，她给两个孩子都买了人寿保险。迪伦死后，他两份保险的理赔刚好够付那第一份律师账单。

然而，那仅仅是杯水车薪，往后还有数年的法律费用要付。汤姆试着在油田找一份咨询的工作，但对方一听说他是科伦拜恩惨案的凶手之一的父亲，这个机会转瞬就泡汤了。

对于我们的法律费用，保险公司也颇费了些时日才做出决定。最终被批准之后，我们才知道，盖瑞的律师费不在付费范围之内，这对我们打击很大。盖瑞已经不仅仅是律师，更是我们值得信赖的朋友，他是我们在狂风暴雨中一个小小的绿洲。如果再跟不熟悉的律师从头开始，对我们而言是艰难的。我们的新律师——弗兰克·帕特森和格雷格·凯看了我们的全家福，听我们讲述了迪伦的事情，对我们充满同情心和耐心。我想让他们把我们当作一个家庭来对待，也想让他们了解迪伦。没多久，我们就能彼此愉快地相处了。

即使在律师的帮助下，每天还是会源源不断地接到很多难懂的文件和决策。而我们也不能完全明白这些决定意味着什么，于是情况更加让人沮丧了。人人都在起诉：有人状告萝宾，因为案中的四支枪里有三支是她买的；马克·马内斯也被告了，因为另一支枪是他卖给迪伦他们的；有起诉枪支制造商的；告迪伦服用的抗抑郁药的制药公司的；还有人状告警署和警察，甚至是告这座城市。有36个案子是告我们的。我们的律师办事很仔细，尽力跟我们解释，但这些法律事务的繁复还是远远超出了我能厘清的能力。

老实说，尽管律师兢兢业业地工作，但我打心眼儿里想，谁在乎啊？如果一个官司的判决能在经济上帮助伤势严重的孩子的父母，我是为他们高兴的，但打官司没法让死去的孩子回到亲人身边，也不能将被害的老师戴夫·桑德斯归还给他的家人。诉状也无法给我们一次机会重新来过，或者给我们解释一下这不可思议的事是怎么发生的，打官司更不能使迪伦死而复生。

* * *

昨天过得糟糕极了。我花了四个半小时才起床，余下的时间也好不到哪儿去。我哭啊哭啊，就是没法回过劲来。下午我跟S说了话，先是告诉她我可以回去上班，然后我又说我没法回去。

——*1999年5月，日记摘抄*

一个月过去了，我跟上司苏茜通了电话。这段时间她一直定期问候我们，还送过食物，又送来同事们准备的一盆植物，上面系着写满了大家安慰的话的卡片（我的工作之所以还没丢，是因为我多年在州立社区大学工作攒下的病假和事假派上了用场）。

跟往常一样，我还是在哭。苏茜听了一会儿，接着她说："我认为你该回来上班。"

顿时，这主意让我一时说不出话来。回去上班是不可能的，简直荒谬。难道除了迪伦和他制造的灾难之外，我还能想别的？我如何能安全地离开家，出去面对那些从不了解迪伦，或是爱过他的人呢？

"我做不到。"我说。

她很温和地坚持着。确实，我们需要研究一下细节，但是回去上班对我有好处，而且同事们也需要帮忙。"要是我分给你一个项目，你可以在家里做，不规定什么时候完成，你可以按自己的节奏来，怎么样呢？"我连拒绝的力气都没有，同意比回绝要简单些。

苏茜随后寄来的包裹纹丝不动地在那里无辜地躺了好几天。开工之后，偶尔一天我只能干上一个小时的活儿，很多日子里我连持续工作一个小时也做不到。真正回去上班对我来说是遥遥无期的事情。

但我必须与新的身份连接起来，作为迪伦的母亲之外的身份。能够完成一个项目，这本身也有些吸引力。我们的私人生活已经是千斤压顶，无法度量。没有一件事情能解决、想通或是画个句号。即使我的能力严重受了影响，工作上的一个项目也是可以完成的，而且要好好地完成。于是我将这个项目坚持了下来，纵然很多天写一个连贯的句子都得花上一个小时。

最终我意识到，我得跟团队其他成员合作才能做好这个项目。正如我的上司苏茜所期冀的，这个小小的项目给我带来了些许生气，我开始为回到工作岗位做计划，从兼职开始。

这么计划的时候，我很不安。相对来说，我刚入职不久，尽管我喜欢与新同事和气地相处，但彼此并不熟悉。每一条新闻都在描绘迪伦，我担心同事们人云亦云。而我，不过是一个杀人犯的母亲。

一想到我的出现会使同事们再次受到冲击，我就坐立不安。整个社区已经痛苦不堪，并且也延伸到了工作单位。有些同事的孩子或亲戚也在科伦拜恩高中念书，侥幸躲过了一劫。一位同事的丈夫是学校的老师，差点就被子弹击中，但他的好朋友戴夫·桑德斯却中弹身亡了。另一位同事的女儿因为严重的创伤后应激障碍（PTSD）正在接受治疗。每天的新闻都是关于案件调查、官司诉讼，或是各种各样的矛盾。哪怕是有人不认识学校里的任何人，如果我们在休息室倒咖啡时撞见了，他们该说什么呢？他们该怎样跟我一起共事？

幸运的是，当时我就职的社区大学的掌舵人非常出色，这位校长懂得事情的复杂性。她既想让我感到自在，又要确保其他人见到我不至于被过度烦扰。我回去上班之前，她提前一周给所有员工发了一份信函。她写道，如果有人觉得与我共事有所顾虑，请直接与她联系。

同时，如何应付媒体的轰炸，校方已经有了相关决定。如果有人需要心理辅导，校方可以提供专业咨询。尽管作为这份公函的主角很难堪，我对其中展示的智慧依然十分感激。

我与人事部的一位同事进行了一次会面，为我的隐私和安全做了一些安排。尤其让我惊奇的是，她谈到这些安排的时候，仿佛我只是经历了一个普普通通的挫折，好比生了一场大病，或是父母得了老年痴呆症。他们要求接线员筛选打给我的电话，并将我的日常安排从黑板上擦去。一位主管主动提出，需要的时候我可以去她的办公室，好让我能关着门接听私人电话。我将名牌从工作隔间墙上拿下来，放到桌子抽屉里。

我回到单位前一两天，校长又发了一份公函，含蓄地提示同事们要给我足够的个人空间，让我能够安顿下来。她温和地提醒大家，即使是想安慰我，也不要给我过多的关注。对于如此的智慧，我真的万分感激。

即使做了如此多的铺垫，回去上班的头一天对我依旧是个极大的精神挑战。我的脑子里根本装不了其他事情，只有迪伦，以及他和埃里克闯下的滔天大祸。我祈祷在电梯里什么人也碰不到，不是因为我觉得羞耻，而是只要有人说一句好心的话，或是拍拍我，我就会哭出来。我感觉一天从开头就失控了，那一天剩下的时间也没法挽救了。

在我离开期间，有几位同事在我的工位工作过，接听电话，尽力维持着我的项目。再次回到这里，我反而成了一个入侵者。我从没见过的文件在角落堆着，电脑的密码也被改了。桌上的电话座机更糟糕，看上去如同一个巨大的妖怪。接下来的几个月，每当显示有留言的红色灯光闪起来，我就倍感焦虑。但那第一个早上，没有留言。

很快，人们就过来打招呼。有几个人说“欢迎归来”，或是表示同情，有人则简单地拥抱了我一下。

每月一次的部门会议，如果去晚了没有椅子坐，我就会加入站到后墙的人群中。惨案发生之后头一次，我身处满是人群的房间，其中有些人我还不认识。不去想大家是不是都在看着我，是很困难的，尽管他们已经很小心，尽量不盯着我看。

那些日子我的身体还很虚弱，就那样站着也感觉不支。会议开始没几分钟，我有些站不住了。我怕坐在地上会太不像话，却怎么也不想让大家注意到我的反常，但我快晕了，于是顺着墙滑了下去，坐到地上，尽力用裙子遮到膝盖。

最后，我在椅子后面盘腿坐了下来，一位同事用眼神示意我去他的座位。这是一个很温馨细致的表达，不至于让我感觉尴尬，却又能让我知道有人注意我、在乎我。我摇了摇头："不用了，谢谢你，你坐着吧。"会议余下的时间，我就坐在地板上，心不在焉，看着人们的后背，虽然是在听着，其实我连是谁在发言都不知道。

正如人们通常所说，这是一小步。我想躲起来，但我又身处其中。

* * *

今天从九点工作到两点半，一共开了四个会。从头到尾，我都在努力维持正常的言行举止。我的情绪非常低落。下班的时候，我筋疲力尽的，几近崩溃。我的思绪狂乱不堪，却要努力表现言行无恙，这好比在拼命要将一头大象从针眼里挤过去一般。没人能了解我所经历的。我做到人在那里听着，已是竭尽所能了。下班后我一上车关好门，就哭了起来。

——*1999*年*5*月，日记摘抄

尽管当时我并没有意识到，其实回到工作岗位，在众多方面为我提供了逐步恢复正常的基本架构。

人们拥抱的时候我忍不住哭泣，但我已经学会不再抗拒，而是任由眼泪流淌。让我的悲伤发泄出来要好过抑制住。同事们小心翼翼的，在尊重我的隐私的同时，也抓住机会表示了同情和点点滴滴的友善。他们可能永远不会知道，这些举动对我的帮助有多大。

7月，一位同事代表团队来到我的隔间。她手捧着我所见过的最精美的一束干花。我们并不熟悉，因而她说话间语气很是郑重。她说，无论我的儿子做了什么事，也依然是我的孩子，天下做父母的都能体会我痛失爱子的心情。我能看出她对迪伦没有什么感情可言，多半也没法理解我为什么爱着这样的孩子。然而，她很努力地寻求共识，使我被深深打动，说不出话来。

秋天以后，休息室里举办了一个手工品售卖会，我买了几个以圣诞节为主题的装饰胸针准备送给朋友。我写了一张支票，打开钱包要拿出身份证件。收银员明确表示不需要了。“是啊，”我一边自言自语，一边把驾照放了回去，“还有谁会冒充我呢？”最初的日子，我就是靠着这种黑色幽默支撑了一段时间。我用这样有点尴尬又笨拙的方式想让她自在些，但我看到，她脸上露出了真诚的心痛。

尽管媒体的电话不断打进来，却没有同事跟媒体接触。一位记者跟接线员耍了花招，让她接通了我的领导苏茜的电话。这位记者也很沮丧，直接问道：“为什么没有人跟我们聊聊苏珊·克莱伯德？”

“他们之所以不跟你们谈，因为他们都是好人。”苏茜实事求是地回答道，口气尖锐。

回归岗位的第一周，我的所思所想全是迪伦。早晨上班的路上，大部分时间我都在哭泣中度过，同时很庆幸能有私密的时间来回忆迪伦。此外，还可以试图将他放一放，做点事情。每天早晨走出车门之前我要做的最后一件事，就是照一下镜子，将泪痕擦干。

无论同事们多么有耐心，我是多么努力做到公事公办，我仍然不堪重负。我被强烈的自我意识弄得几乎崩溃，想起了我在青少年时代的心态。我时常因为压力过大引起肠胃问题，因此我都不敢吃东西，害怕万一急需上厕所，一时近旁找不到，我尽己所能减少焦虑。比如，连闹钟都不再设置，因为闹铃会在脑中回旋个把小时，但一切都于事无补。

一个朋友告诉我，“哀痛中”的大脑好比一台旧电脑，在运行过于复杂的程序。它碾磨着、磕磕绊绊的，在最简单的计算上都会卡壳。我的专注力根本没有恢复，始终沉浸在自己的世界里，脑子里都是关于自己的处境和对迪伦的种种。

我做了大量记录，但对于提高工作效率却于事无补。一想起回来上班主持的第一个会议，我的脸至今还会发热。我请大家轮流介绍自己，讲讲各自的工作职责。当一切都安静下来之后，我毫无意识地将同样的话又说了一遍。大家面面相觑，椅子发出吱吱的声音，我醒悟过来，可也只有结结巴巴地道歉了。

我用了很长时间，才恢复全职工作。同样，晚上出去散步帮我重新恢复了体力，也在精神上积攒力量与他人相处。在某种程度上，工作是个康复疗法，给我提供了一个比较安全的环境，好让我重新打造自己的身份，走过特有的哀痛过程。我总是想起受害者的家人，想到对他们来说，试图保持正常的生活是多么难上加难，而这个灾难是迪伦造成的。

时间一点点过去，我持续不断的苦闷表现居然显得有些好笑。我一站起身，就会有纸巾从我的笔记本、日历、袖子或者裤兜里掉出来，需要纸巾的时候找我最可靠。季节性过敏？找苏珊！

我渴求人们的善意。大多数时候，人们是善良的，但并不是所有人都善解人意，那也没关系。我始终否认——迪伦是被哄骗参与的，或者是说他并没有直接参与枪击案——虽说是自然的心理反应，却是不妥的。回到社会中，也意味着要面对迪伦的所作所为。

在工作中，我能感受到一些人的论断、愤怒和痛苦。有些人在背后恶语相加，朋友们也会告诉我，有些人回避我，有人会间接地质问我。有一件事我至今记忆犹新，并不是因为那是最糟糕的一次质问，或者是说了最让人难受的话，而是对方的言语清晰地表达了个人看法，也是我最害怕的一种论断。

那次，我跟着团队去丹佛市郊一个规模不大的高中考察一个我们机构赞助的职业项目。身处一所高中校园对我来说，十分艰难，整个过程我都在拼命忍着眼泪，尤其是走进一间宽敞的计算机房，看到一群快乐的孩子在积极学习的时候。

计算机老师比学生们大不了多少，项目很成功，我们向他表示祝贺。当我介绍了自己的名字时，他神情严肃地盯着我，气氛也紧张起来。当团队中的一位同事夸赞他将这么多计算机维护得如此良好时，他说道："嗯，你要去了解这些计算机呀，用不了多久，好比做一个好父母就行了。"说着，他转过身来，不再面对提问者，而是目光锐利地对着我说道："如果你是一个好父母，就该多少知道你的孩子在干些什么。"

这些经历让我心痛、痛恨，然而有关科伦拜恩枪击案的话题出现时，即使我再想逃离，也逃不了一辈子，总不能听到什么不顺心的言论就拂袖而去，或是因为预料到可能会让我难受，就连会议也不参加了。尽管我身处在情感的旋涡里，但我并不是唯一经受痛苦的人。我必须面对迪伦的所作所为，接受事实——他选择了可怕的暴力，并且严重地影响了他人。每一次我从难堪的局面恢复过来，就向接受迪伦所做的一切又前进了一步。迪伦正是企图毁了这个社区的人，无论人们对我是支持还是论断，回到工作岗位，让我和社区肩并肩站在了一起。

我一向对别人的看法很敏感，突然，他人的肯定对我简直举足轻重了。我确定，我的一言一行都被人们评估、论断和用来解释迪伦怎么会去杀人、害人。以前我在工作上就有点过度较真儿，这下我更是进入了凡事追求完美的阶段了。我不允许自己出一点儿差错。我逮住每一个错别字和每一个项目都会超标准完成，分秒必争。仅仅是有能力或者正常工作已经远远不够了，我要说服别人，并不是我造成了我的儿子那么疯狂的表现。哪怕是犯了小错误，我也会对自己失望无比，一时难以继续。别人只是问我个问题，我就觉得是被刁难了。开车的时候，我担心因为精力不集中而伤害或者撞死什么人。那样的话，全世界就更加铁定地认为我都不配活着了。

看到别人办公桌上幸福满满的全家福，我会想："他们是怎么做到的，我为什么这么失败！"同时，我又急切地为自己辩护，想让别人知道，迪伦是被我们深爱着的，我是个好母亲。而且，尽管我们关系很好，但我不了解他的计划，也没有丝毫疑心过，我真的没想到他会做出这样伤天害理的事情。

显然，我是将对自己深恶痛绝的感觉强加到别人头上了。我不知不觉养育了一个杀人犯、一个道德扭曲了方向的人，致使他做出了这样令人发指的举动。我是个蠢货，一个失败者，一个笨蛋。我并不是那种自己吸毒也带着孩子一块吸，还把行为怪诞的朋友带到家里的父母，不是的。我是个"大家都过来坐下共进家庭晚餐"的父母，是一个"你去朋友家过夜之前，我必须得跟对方和对方的父母见面认识一下”的父母。可那又有什么用呢？

我记得迪伦上幼儿园的时候，有一次出去买东西，他没付钱就拿了一颗糖果，我发现后，硬是开车带着他还给了店里。店员不动声色地接受了迪伦的道歉，从他的小手中接过了糖块，而不是让他拿去算了，否则就意味着鼓励他的盗窃行为了。我对这个经理充满了感激。我想到，每一次迪伦去朋友家玩，要过夜的话，我都会打电话问对方的父母晚上会放什么电影，不止一次，我提出换一部暴力程度低一些的片子。我这么努力地限制迪伦接触暴力又有什么用呢？这次全世界都知道，我连自己的儿子都保护不了，还搭上了其他人的生命！

20年来，为孩子们从学校带回家的文件签字；一起精心设计和参与复活节捡彩蛋的活动；确保孩子们的球鞋合脚；等等。这些事情做得好不好，是我自我检测的标准。我的工作、艺术爱好和婚姻生活都以此为中心。现在，我不得不问，这一切到底有什么意义？

抚养孩子长大的整个过程毫无遗憾，多半是不可能的。这场惨案发生之后，负罪感与我形影不离，我对任何事都止不住地猜疑。晚上下班回到家，我忍不住不停地翻着家庭影集。里面有去养牛场、自然历史博物馆、公园的照片，都展示着一个普普通通的中产家庭孩子的快乐童年。我看到照片里迪伦时常被拥抱、挠痒痒、疼爱着，心里感到些许安慰。我凭空想要在街上拽住陌生人，给他们看这些影集。我想说：“来看呀，看到没有？我没有失去理智！看看我们曾经是多么快乐！”

有张照片是迪伦的胳膊随意地搭在汤姆的脖子上，对着相机咧开嘴笑着的，那一幕触动了我，再次在无边无际的悲伤河流里卷起了涟漪。

在电影《煤气灯下》（*Gaslight*）里，查尔斯·博耶扮演的角色试图把英格丽·褒曼饰演的妻子逼疯。他把画和首饰四处挪动，还把东西放到她钱包里栽赃，说是她偷的。这些做法最终起了作用，当她没法再相信自己时，就开始崩溃了。那些天，我时常想起这部电影，以便试图重新搭建一个自我。以前，我自认为是个好母亲，我爱着儿子们，为他们骄傲。迪伦在世的时候，我从没觉得哪里真的有很大的问题。回想起来，也没有什么明显的不容忽视的迹象。这样的认知让我感到强烈的失衡。

“如果你是一个好父母，就该多少知道你的孩子在干些什么。”那位老师的话，比那些泄愤的言辞更伤人——不是因为我反对这句话，而是我完全相信他所说的。

* * *

汤姆最念念不忘的就是我们是否还会见到迪伦，这个念头时时困扰着他。他说，如果确定还能再相见，或许会好受一些。我也时常会想迪伦去了哪儿，他的恶行是否让他的灵魂无法在上帝的关照下得到安息。我期望上帝是个饶恕的神，能认清他只是个孩子。

——1999年5月，日记摘选

朋友莎伦曾经有个孩子是自杀身亡的，她力劝我去寻找并且加入一个自杀者家属的支持小组。

我迫不及待地想让别人能听我说话，给我以同情，而不是论断。但我没法想象坐在一个全是陌生人的房间，谈论迪伦和埃里克的所作所为。更为重要的，正如盖瑞律师指出的，如果我们的诉讼开庭审判之前，又多出什么支持小组，可能有人会被作为证人传讯。我觉得已经添了很多麻烦，于是就算了。

这种孤立感让人很难挨，我极度焦虑不安，感到与世隔绝。我们与埃里克一家没有联系，世上大约能理解我心情的人只有汤姆了，但是在头几天，我们之间的裂痕持续扩大。

当然，这不奇怪。尽管传说中孩子去世之后的离婚率有些夸张，但在巨大的变故之后，大多数婚姻的确会受到重创。其中一个被再三引述的原因，就是女人和男人对痛失所爱的哀伤方式有所不同。男人更可能会为孩子本来会成长为怎样的人而哀伤，女人更可能会为记忆中的孩子而悲痛。

这个区别对我们是适用的。我不断地回忆迪伦是婴儿的时候、蹒跚学步的样子，以及他青少年的模样；汤姆老是想，迪伦就这样死了，他本来长大可以成就的事都毁于一旦了。汤姆一直专注于对迪伦失去的未来让我感到窒息，仿佛迪伦死后还要被强迫完成父亲的期待。这残忍的风暴紧紧地将我们俩背靠背地捆绑在一起，而有时候两个人在一起，还不如一个人应对。

我们的应对方式也经常产生矛盾。我一直是外向的，喜爱与人交往。汤姆更喜欢独处。这场悲剧加剧了我们的分歧。当我把自己暴露人前，面对世人的愤怒和论断的压力时，我重新融入社会也让我感受到了人们的善意和大度。与他人交往，也让我无法一直逃避现实。一场尴尬的对话可能会伤害我的感情，让我一时沮丧，但是我认为，与外界沟通最终会帮助我对现实获得清醒的认识。

就在我强迫自己回到现实的同时，汤姆却变得越来越孤僻。我想把门一下子全都敞开，汤姆却想在原地打转。渐渐地，我发现，我已经不想再干涉他了。

* * *

在上班的路上，我一边哭一边唱着悲伤的歌。我几乎走不动路，干什么动作都很慢。能准确描绘我的状况的一句话就是“我时不时感觉自己已经不在了”。到了单位，我坐在办公桌前，又哭了起来。我想，不然就回家吧，反正也无心工作。接着又意识到，家里情况更糟。不知不觉，我在工作中慢慢安定下来，沉重的感觉被削弱了，我开始专注于工作。

——1999年8月，日记摘选

我的生活被划分成了两个极端：喧嚣、折磨人的私生活；安静有序的工作生活。

我越来越专注于工作，每隔一会儿，就会有那么一两分钟，或者五分钟、十分钟，我会专注到几乎忘记了面临的遭遇。这些时刻真是天赐的，不仅让我能够得到缓解，还能让我与过去的自己联系起来——一个可靠的、有能力的、能做有益之事的人。

正如朋友们向我讲述他们青少年时期的创伤和叛逆，同事们也开始分享个人的不光彩的事和失去的亲人。我再一次意识到，世上原来有源源不绝的哀苦和伤痛，而我被卷了进去，却没了回头路。

一位同事的儿子因为蓄意谋杀在监狱服刑，另一位同事跟我分享了她亲身经历的抑郁症，有过的自杀念头和住精神病院的过往。听着他们的讲述，让我既感到很荣幸，对我又是个训诫。同事们充满信任地将痛苦说给我听，提醒了我一点：我的危机，虽说无边无涯，但仍然只是我的危机。别人也有自己的苦处，他们也忍受了百般艰难，并且继续活下去了。

无论我多么渺小，哪怕能够给他人一点儿安慰，也让我开心。我没有什么高言大智可说，更何况，谁想听一个凶手的母亲说什么呢？但我所能给予的只是倾听。

正如我日记里写的：

我体会到了两件事：其一，有很多很多善良的人；其二，有很多人经历了沉重的苦楚，以坚强和勇气坚持着。这些人最终成了能够帮助支持他人的人。希望有一天，我能够对他人有所帮助。

这条路很漫长。

我对自己的认知被完全打碎，让我意识到自己从前是如何被自我意识所捆绑着的。我总是想别人喜欢我，一直努力做个好的社区成员，尽心尽力而又沾沾自喜。我选择能够帮助别人的工作，也不是因为能挣大把的钱，而是为能帮助到别人而欣喜。枪击案之后，这一切都被推翻了。我不仅是个坏母亲，而且是个最糟糕的母亲，是个被登在当地报纸的头版上让公众厌恶的对象。根本不用指望被喜爱或者尊重了，我最大的盼望就是，身边的人在震惊和论断的同时，还存有哪怕一点点的同情心。

相比对他人如此的奢望，我对自己的挑战更加高不可攀。我永远无法将迪伦的恶行翻篇。科伦拜恩事件以及儿子在其中扮演的角色已经如同烙印一样深深地刻在我的生命里，是无法抹去的痕迹。要想活下去，我就得找到一条路，在这逆转的新现实中存活下来。

外界对我怎么想，我都无能为力，除非我能以命相抵。我得从头开始，最大的愿望仅有一条——整合——将旧苏珊与新苏珊重新整合起来。

第十章

终止否定

现在我只想死了一了百了。汤姆老是说他宁愿没生过迪伦。迪伦是那样被深深爱过，但他自己却感觉不到。我也不觉得他爱过任何人或任何事。这是怎么回事？今天在录像里看到的那个男孩子，我怎么也认不出那是我的儿子。在我的思维中，跟迪伦的关系改变了。

——*1999年10月，日记摘选*

10月，科伦拜恩惨案半年后，警署同意分享搜集的证据，邀请我和汤姆去看证物展示。

对于这个消息，我心里五味杂陈的。经过了几个月的猜测、谣言和误传，终于能知道真相了，是一种释怀。同时，由于种种原因，我却觉得害怕。提前一周时，我写下：“去看这个展示，我得鼓起无法想象的勇气。在侦探告诉我们调查结果之前，我只能自己设想事情的始末。真的不愿意毁掉我记忆中所留恋的迪伦。”

会面两天之前，盖瑞律师打来了电话。警署告知他，作为这次展示的一部分，还会播放录像，因此想给我们一个预警，看到录像可能会“比4月20日更让人痛苦”。

盖瑞律师猜测他们是指案发那天的监控录像。汤姆曾表示拒绝观看。真是难以置信，我们竟然会讨论这件事，如果要去看迪伦杀人，我会疯掉的。

头天晚上，汤姆和我汇总和列举了想问的问题。我们仍然认为，迪伦要么是被迫参与，要么是莫名其妙地卷了进去，结果情况超出了他的预料。我们也听说了一些传闻，在哈里斯（埃里克的父母）家里发现了军队用来给人洗脑的技术资料。这更加让我们坚信，迪伦是受害者——这不无道理啊，哈里斯先生确实有军队背景。基于这点，我开始幻想，没准最终能为迪伦公开举办一场追思会了。

但这个想法转瞬即逝，我意识到这假想是何其脆弱。“否认现实”是必需的，可能是一种自卫手段。然而随着时间的推移，它越来越站不住脚了。媒体的报道大部分都是错的，让我们疑虑重重。我们已经知道了迪伦曾参与买卖枪支，而且有很多目击者说迪伦向孩子们开枪，以及他说过的那些充满仇恨的话语。我给自己编造的虚幻的想象，裂缝越来越大。

正如我所想，在警署的会面将这臆想呼啦一下撕开了。

* * *

不出所料，今天觉得到了生命的尽头。假如明天我会了解到更多的可怕事情，并且不得不自此背负它们，我会回头想想今天以前的好日子，到今天是彻底结束了。我们写下想问的问题。但愿明天的会面不会将我深爱过的那个孩子的印象彻底摧毁。不知道他们想给我们看的是什么录像。

——*1999年10月*，日记摘选

10月8日早晨，我们去了警署。在此之前，我们曾经见过领头儿的警察凯特·巴坦和另一名警察兰迪·韦斯特。枪击案之后不久他们在律师那儿问过我们一些问题，去看科伦拜恩高中图书馆的时候也是他们陪着。与我们互动时，他们态度和善，言行专业得体。在警署会面的这一天，我对与他们的互动尤其感激。

打过招呼以后，汤姆和我坐在椅子上。房间里，椅子一排排地摆放着，布置成举行正式报告会的样子。我想到哈里斯夫妇和其他科伦拜恩高中的家人们都在不同的时间坐在这些椅子上，让我感觉跟他们很亲近，但也仅止于此了。

凯特和兰迪在演示板上标示着学校的各处地点，开始讲述1999年4月20日那天迪伦和埃里克的所作所为。这是汤姆和我第一次从官方渠道了解那天案发的始末，以及所有为这一天铺垫的日日夜夜。

接下来我们看到的资料视觉冲击力极大，是否要在这本书里提及是个艰难的决定。那场悲剧的受害者和家人已经承受了难以想象的困苦悲伤，我不想再详细描述激起他们的回忆。并且，有证据说明，描述此类事件的细节可能会给其他精神异常的人提供一个可供效仿的蓝图。诚然，如果去除画面的具体描述和强烈的言辞，并且将细节弱化，相应会减轻一些不良影响。

也就是说，我必须承认迪伦和埃里克在死前犯下了令人发指的罪行。本书花了大量笔墨表达了我对迪伦的爱，对我来说，承认他在生命最后时刻的恶行也同样至关重要。我不会淡化迪伦的行为来安慰自己，也从来——永远不会忘记，假如迪伦是一个无辜的受害者或是受了伤，我会有何感受。我意在纪念那些宝贵的生命，包括遇难的孩子们和那位深受爱戴的老师。

凯特发言了。这场屠杀是经过精心策划的，这两个男孩子在离学校3英里的地方安置了一颗炸弹，借此声东击西，指望炸弹爆炸能够将急救人员都支过去，赶不到学校。他们开车进了学校，在上午11点15分左右到了大楼，他们随身带着两个行李袋，里面装着丙烷炸弹。还没进门，埃里克就撞见了布鲁克斯·布朗，布鲁克斯提醒埃里克说，他错过了一场考试。“无所谓了，”埃里克回答，“布鲁克斯，我现在喜欢你了。赶紧走，回家去。”迪伦和埃里克将炸弹放到餐厅，又回到车里等着。然而餐厅的炸弹没有按时引爆，他们又一同回到学校里，走到学校西面入口的楼梯，站在最上一级的台阶上，开始了扫射……

凯特没有描述那些骇人的细节，这两个男孩子说了些什么，对人如何残忍地射杀，或是子弹、碎片如何射入被害者的身体……她尽可能地减少视觉和听觉上的描绘，只是顺着事件发生的时间次序讲着，谁开枪打到了谁、是用的哪支枪、每个受害者是在学校的哪个地方被击中的。无论她是有意还是无意地这样做的，我都对此心存感激。

埃里克当场开枪打死了瑞秋·斯科特，理查德·卡斯特多身中数弹，从此胸部以下瘫痪了。接着，埃里克冲着丹尼尔·罗波、肖恩·格莱弗斯和赖斯·科尔克林开了枪，他们三个当时正从台阶上朝他走过来。丹尼尔被打死了，其他两个受了伤。五个学生正坐在西面入口对面的草地上，埃里克对着他们开了枪，麦克·强森中弹后，飞快地跑开了，捡了一条命；马克·泰勒也被好几枚子弹击中，他倒下装死，才得以逃生；其他三个学生飞奔而逃。

迪伦走下台阶朝餐厅走去。进门的时候，他朝赖斯·科尔克林开了枪，接着踩在肖恩的身上走了过去。埃里克还在外面，对着坐在餐厅门口的几个学生扫射，导致安妮玛丽·赫丘尔特此后瘫痪。迪伦到了餐厅，没有向任何人开枪，也没有去查看那颗炸弹，而是转身回到埃里克身旁，两人一起向远处的一群孩子开枪。这些学生翻过锁链栅栏，逃脱到了足球场上，幸而没人中枪。

一位名叫帕蒂·尼尔森的老师以为这一切肯定是哪个课程的录像项目，或是个恶作剧。她从学校二楼走出来准备加以阻止，当她靠近西面大门时，枪手们对着玻璃门一阵扫射，名叫布莱恩·安德森的学生受了伤，四处飞溅的玻璃打中了尼尔森老师的肩膀。尼尔森老师飞奔进图书馆，学生们躲到桌子下面。她自己藏到柜台下面，打了911报警电话。

这时学校的带枪警卫尼尔·盖得纳到了停车场。埃里克冲他开了枪，盖得纳举枪反击，但没有打中埃里克。盖得纳以及另一位杰斐逊县警署的警察后来又跟埃里克交火，也没有人中弹。

然后，这两个枪手进了学校。埃里克用来福枪发射了47发子弹。迪伦用手枪开了3枪、猎枪开了2枪。他们还扔出去数支土制管式炸弹。

埃里克和迪伦顺着过道往前走，一边走一边随意扔着炸弹。斯提芬尼·曼森中了弹。接着是教商学课的老师戴夫·桑德斯。他刚刚带着一大批学生从餐厅安全撤离，看着他们到达了安全地带又折返回来，想警告更多的人。他和另一个学生瞥见了迪伦，转身就呼喊让别人小心。两个枪手都朝桑德斯老师开了枪，至今也不清楚是谁射出了致命的子弹。另一位老师瑞查·德龙将桑德斯拖到教室里，两个学生亚伦·汉西和凯文·斯达科，对桑德斯老师进行了长达三个小时的急救。尽管如此，在当天下午等待撤离时，桑德斯因伤势过重去世了。

迪伦和埃里克将两支管式炸弹朝下面的餐厅扔去，炸弹爆炸了；另一支扔到图书馆过道的炸弹也炸了。然后他们走进了图书馆。伊凡·托德正躲在一张桌子下面，埃里克对着桌子开了枪。伊凡中弹，所幸未受重伤。迪伦向藏身在电脑桌下的维拉斯·奎斯射出了致命的子弹。接着枪手们重新将子弹上膛，隔着窗户对外面的救援人员射击。迪伦朝着一张桌子开枪，丹尼尔·斯提波顿和马凯·豪尔因此受伤。埃里克看也没看就冲着一张桌子下方开枪，打死了斯蒂文·科诺，然后打伤了凯西·路赛格。接着，他走近另一张桌子，开枪打死了卡西·伯纳尔。帕特克·爱尔兰正在救助马凯·豪尔，迪伦冲他开了枪。

在另一张桌子下面，迪伦发现了以赛亚·舒尔斯、马修·可切尔、克莱格·斯科特，克莱格是瑞秋·斯科特的弟弟。迪伦对以赛亚粗暴地吼了一句带有种族主义色彩的外号，接着埃里克开枪打死了他。迪伦紧跟着打死了马修，抓起桌上一个二氧化碳的油墨管对着马凯·豪尔和派特克砸过去。马凯成功地在其爆炸之前将它扔了出去。

埃里克开始任意开枪。迪伦对着一个展示柜扫射，接着是旁边一张桌子。马克·金耿受了伤。他继续开枪，打伤了丽莎·科鲁兹和凡琳·西那，又打死了劳拉·唐森。

迪伦弯下腰，对着一张桌子下面的两个女孩辱骂一番，之后向妮可·诺兰和约翰·汤姆林开了枪。约翰试着逃跑，迪伦一枪把他打死了。埃里克随后向凯丽·弗莱明开枪，使其当场毙命。他又朝劳拉和丽莎开了枪，接着埃里克又打伤了吉娜·派克。

凶手们走到一张桌子旁边给枪上子弹。埃里克注意到约翰·萨维奇，迪伦认识他。他问迪伦会不会杀了自己，迪伦叫他离开。约翰逃走了。

埃里克开枪打死了丹尼尔·莫索。两人又一起对着一张桌子下面开火，打伤了詹妮弗·朵儿和奥斯丁·于班克，又给了考雷迪·波特致命的一枪。他俩找到伊凡·托德，对其嘲笑、辱骂，还打伤了他。

接着两人离开了图书馆。他们走了之后，30个安好的幸存者和10个伤者撤离了出去。帕特克·爱尔兰和丽莎·科鲁兹留在了里面，帕特克失去了知觉，丽莎无法动弹。帕蒂·尼尔森老师和另外两个老师将自己反锁在紧靠着图书馆的房间里。

在接下来的32分钟里，埃里克和迪伦在学校四处游走，随意地开枪、扔炸弹。凯特跟我们指出，当时还有两三百人在学校里，很多老师留下来警示和保护学生。那天给我们展示期间，凯特一再重申这段时间没人被打死是多么大的一个奇迹。二人再次回到餐厅，企图引爆他们放在那里的丙烷炸弹。他们一路走着，从教室窗口往里看，与学生们眼神接触，但他们并没有再进去开枪，之后再也没有伤人。他们进了后厨，随后又回到图书馆。在饮弹自杀之前，他俩对着窗外的警察横扫一番。他们将杀伤力最大的炸弹留在了车上，设置好正午时分爆炸——这些炸弹没有引爆。

帕特克·爱尔兰恢复意识后，爬到图书馆窗边，被两位站在装甲车车顶的特种部队队员拉了出来。丽莎·科鲁兹身中数枪，当天下午与其他四名学生一起从休息室撤离了。

总共，一位老师——戴夫·桑德斯，以及12名学生丧生。学生们是卡西·伯纳尔、斯蒂文·科诺、考雷迪·波特、凯丽·弗莱明、马修·可切尔、丹尼尔·莫索、丹尼尔·罗波、以赛亚·舒尔斯、瑞秋·斯科特、约翰·汤姆林、劳拉·唐森和维拉斯·奎斯，另有24名学生被击中受伤，三名学生在逃生时也受了伤。

大屠杀的细节如同大雨劈头盖脸地砸下来，我彻底僵硬了。眼前的一切仿佛是一场充满暴力和邪恶的纪录片，在正常情况下，无论如何我都不会去看的一个纪录片。

一桩事实证据确凿、毫无争议地呈现在面前：迪伦干了这件事。

整个事件经过了长久的谋划，迪伦也参与其中。这场袭击时间是经过仔细安排和设计的，迪伦是蓄意杀人和伤人。受害者求他饶命的时候，他尽情嘲笑，还夹杂种族主义的言辞，他没有一丝怜悯、悔意，或是良心发现。他朝人们开枪，残忍地杀害了老师和孩子们。

我的内心会——永远会——被这些丧失的生命死死纠缠。

几个月里的头一次，我没有流泪，也流不出来。不仅因为我根本跟不上所听到的信息，还因为我已经失去了感知。我为了活下去编造的每一个构想都被击打得粉碎。那个密密麻麻地记着问题的笔记本，还放在我的腿上。

我们逐渐开始明白那些细节，也恍然明白一个事实，他们原本计划毁灭的规模更大。这场袭击本来是准备将整个学校毁于一旦。那些大型的丙烷管式炸弹本来是定时在餐厅满是学生的时段引爆的。由于计算有误才没有爆炸。凯特说假如它们爆炸了，一道火墙会将拥挤的餐厅封锁住，几百个学生会被困在里面。屋顶很可能会塌下来，然后二楼也会全部塌陷，砸到下面的餐厅里。

与两个男孩原本的谋划相比，实际发生的规模显得微不足道。想到这一点，我几乎要窒息。这场悲剧已经是大难临头，然而，原本可能会更加糟糕。事实上，那才正是我的儿子企图要达到的目标。

汤姆回过神来，急切地问了一些问题。最大的谜团还没有揭开，迪伦当时的思想状态如何？他为什么会那样？是什么样的想法和感受能导致他参与这样一场暴行？

我们认为，迪伦完全没有留下一点痕迹来解释他的行为。调查官已经告诉我们迪伦将电脑硬盘清洗一空，他们从他房间里取走了所有能给我们提供线索的物件。我们找啊找啊，想找到一张字条什么的。朋友们来看我们，我也让他们帮忙找找看，可他们连CD盒子和书本都翻过了，什么也没找到。

于是汤姆和我还抱着最后一线希望。显然迪伦彻头彻尾参与了枪击案，但他是自觉自愿的吗？有没有可能被洗脑了、被下了毒，或者是被胁迫的？凯特摇了摇头，说迪伦是完全自愿参与的，这一点警方很肯定。当我们问到这是从何说起时，她告诉我们，他们俩留下了一份录像带。

这才是我们被预先警示的影像资料。尽管他们俩一起上过录像制作的课，但我从来没想过迪伦和埃里克会为自己制作一份录像，一阵恐惧穿过我的心间。即便如此，我也没料到接下来，当凯特按下了录像机的播放键时，会是什么情形。

* * *

我的生活再一次被扯碎了。如果没亲眼看见，我是不会相信的。我最害怕的事情发生了，脑子里不停地回想着他的疯狂、愤怒，以及想死的心。他对我们、对朋友们都撒了谎。他已经毫无良知了。我拼命地想搞明白，这个可亲的、被深深爱着的孩子是怎么走到这一步的。我对上帝充满了愤恨，他对我的儿子怎么可以这样！

——1999年10月，日记摘选

这些“地下室录像带”是迪伦和埃里克在枪击案之前几周，陆续在几处地方录下的。有不少是在埃里克家的地下室拍摄的，所以媒体拿到之后，将它们称作“地下室录像带”。

我对这些录像带一无所知，然而，一开始播放，我就明白，原本所有我对儿子生前的想法，以及对他是如何走上这条不归路和他的暴行的种种猜测，都会被完全推翻。

看到录像里的迪伦、听到他的声音，我的心几乎碎了。听着、看着，他就是我记忆中的模样，是我深深思念的孩子。然而，仅仅几秒钟之后，他所说的话让我的意识开始眩晕，我从椅子上站起来，没准来不及跑到厕所就会吐了。

埃里克和迪伦在录像里行为乖戾、举止夸张，对着彼此和看不见的观众表演着。迪伦生前，我从来没有见过他那样不屑一顾、居高临下的表情。听到他们所说的话，我惊讶得张口结舌——那些毒辣、充满仇恨和带着种族主义色彩的词语和贬损的言辞，在我们家可是从来没有出现过的啊。

两人之间的良好互动一清二楚，真是出乎意料。肾上腺激素从我身上急速穿过，尽管录像里的信息十分重要，我连眼睛都不想眨一下，但我却没法集中注意力。

第一份录像里，我们看到埃里克扮演主持，介绍他想记录的事情，迪伦在一旁蔑视地帮着腔。乍一看，埃里克好像是冷静清醒着的那一个，迪伦在后面却很暴躁。很显然，迪伦的怒气在两人的气氛中举足轻重。一次次，埃里克怂恿他“感受愤怒”，迪伦别无他法，便使出全身力气让自己保持在狂怒的状态。他扯得很远、很荒唐，连上学前班的小事都拿出来说道。

对于这些录像，心理学家都得出相似的结论：埃里克依赖迪伦持久燃烧的、抑郁性的愤怒来满足自己施虐的欲望；同时，迪伦又利用埃里克毁灭性的冲动将自己从消极情绪中刺激起来。我花了很多年仔细回味那些话，体会在迪伦的自我毁灭中，“愤怒”扮演了怎样的角色。

透过迪伦让人震惊的虚张声势的举动，以及令人骇然、难以置信的仇恨言论，我还是能看见我所熟悉的迪伦少年时的自我意识。以前，汤姆拿起录像机要录家庭影像时，他也有过同样难为情的表情。

我想穿过眼前的屏幕，好好地揍他一顿，同时又想紧紧地抱住他，告诉他，我们深深地爱着他，他并不孤单。

我已经不记得哪段先放，哪段后放的了。其中一段是两人坐在椅子上，面对镜头，吃着东西，拿着酒瓶喝着酒。他们一一列举着想伤害的人，描绘着想怎么整他们（凯特着重指出，他们在录像中提到的人无一人受害）。另一段中，埃里克手持录像机，迪伦玩着乔装打扮的游戏，炫耀着武器。他们说计划一定要保密。埃里克还显示了一下他是如何仔细地把武器藏得让父母找不到。

凯特为我们着想，还特地做了一些说明，她说，这部分录像即使是执法人员，都觉得“大开眼界”。起初，警察已经搜查了哈里斯家，发现了私藏武器的地方。当看了录像带以后，他们又回去查看了一番。她还补充道，团队中的人回到家后，也搜查了自己的孩子屋里从未留意过的地方。

迪伦在录像里谈到把新买的猎枪偷偷带回家，拥有这把枪是非法的，他将一头锯掉，这样体积就小一点，更容易藏起来。他描绘到他是如何紧张地把枪掩在外套里，溜进自己房间，都没有被怀疑。我们不知道这把枪究竟是存放在我们家里还是别处。看上去是放在他的床头里，那儿只能把床拆了才能够发现。看着这段录像，我觉得心凉透了。即使我们之前坚持检查他的房间，就像他高二那次被捕之后的半年那样，也不会去查看那个地方啊。

录像中有一段是，迪伦说了贬损我娘家亲戚的话，也有针对他哥哥拜伦的。我们伤心了整整6个月，在这6个月里，没有人比拜伦更加勇敢地面对外界的打击。我们这个大儿子站出来，扛住了他肩上沉重的责任，显示了非凡的沉着和勇气。这简直有点滑稽，生活中，迪伦几乎没有什么可抱怨和生气的，于是只好抓住鸡毛蒜皮的事，比如和哥哥拜伦以及基本见不到的亲戚之间的事，以此来激起怒火，满足埃里克的需求。

在另一个片段里，迪伦对埃里克抱怨，说我强迫他参与逾越节的晚餐活动。他们拍摄这段的那个周末，我决定在家举办逾越节晚宴，邀请一个朋友来参加，也问了两个儿子的时间安排，协调计划。迪伦的反应有点以自我为中心，而且不太成熟，他不想参加，因为根据传统，年纪最小的那个要在仪式中读经文，他觉得难为情。

我请他再考虑一下。“我知道这个节日对你来说没什么意义，但对我却有。我们好好一起吃顿晚餐吧。算是为了妈妈，好吗？”当他答应时，我谢了他，还告诉他我很感激。可在录像里，他却对埃里克说是被迫的。

迪伦诉说的时候，埃里克一直在玩弄着一支枪，当他听到“逾越节”这个词时，凝神不语，也停住了手里的动作，看来，他不知道我的家族是犹太人。当迪伦意识到自己说漏了嘴，就赶紧开始圆话。他对埃里克的反应似乎很忧心，向他解释说我并不是纯种犹太人，只有四分之一，或是八分之一的犹太血统。我没法分辨他是怕被埃里克论断，还是怕他会冲他开枪。

埃里克最终打破了僵局，说了一句抚慰迪伦的话。看到这里，我心想：“你们这两个白痴！说来说去，恨这个恨那个，你们都不知道自己在说些什么！一切都是你们自己在脑子里硬生生造出来的，就是为了支撑你们那些愤怒的情绪。”让人心碎的是，在那一刻，迪伦好像也意识到了这一点。

某一刻，埃里克建议两人分别针对父母说点什么。迪伦低头盯着自己的手指，用几乎听不见的声音说道：“我的父母对我挺好的。我不想说什么。”他们俩都没有想过自己所谋划的行动会给爱着他们的人带来怎样的痛苦。还有一份录像是他们的宣告——对即将发生的事情，父母和朋友没有任何责任。他们似乎认为这么说明一下，当一切结束后，他们的家人就会毫发无损、若无其事了。

最后一段录像很短，却是最让我难受的。录像中，在出发去学校实施计划之前，两人各自说了几句告别的话。他们把准备的那些东西堆在一旁，好像他们要出发去进行一场远征探险。埃里克告诉他的家人，他的私有物品应该如何分配。

迪伦没有说一句怀恨或者愤怒的话，甚至都没有什么过分的言辞。他只字未提即将发生的死亡和毁灭。这段录像不像其他录像那样自吹自擂。他也没流泪，他的面部表情是呆板的，好像大势已去的样子。无论他们计划了其他什么事，但他去学校是为了结束自己的生命。在镜头前，他转过头去，仿佛是在自言自语，低声说道："你们知道我去了一个更好的地方就行了。我不太喜欢活着……"

我一边看着，一边死咬着自己的嘴唇，让自己不叫出声来："别去！停住！停住！别离开我！别这样！不要伤害别人！给我一个机会帮帮你！回来！"可是无论迪伦在何处，他都再也听不见我的呼喊了。

* * *

图菲克希说："我认为公开这些录像没有任何好处，只可能造成更大的伤害。"

——与社会学家泽伊内普·图菲克希谈话笔记

几年之后，汤姆和我为确保这些所谓的"地下室录像"不会对民众公开发布而努力着。

为此，我们遭遇了很多阻力。人们认为我们是想掩盖什么，或者认为我们想保护迪伦的名声。第一次听到这个说法时，我心如死灰，对汤姆说："我想，这些早就已经不在话下了。"甚至还有自杀者的家人质问我："难道你不认为，公开这些录像，会帮助大家理解这一切发生的缘由吗？"

我的答案是："不。我认为不会。"至今我仍不改初衷。我的理由与更多更广泛的全球性的关于自杀、暴力的议题交织在一起，这些也是本书的核心。具体来说，我担忧会有另一个心理失常的孩子将这些录像带当成一个蓝图或者一个典范照葫芦画瓢，制造新的校园枪击案。

在某些方面，迪伦和埃里克已经被当成维护自己信念的英雄来颂赞了。汤姆和我收到一些令人胆战的信件，一些不合群的孩子对迪伦和他的行为表示了仰慕；还有年少时被欺凌过的人，都写信告诉我们，他们能体会这两个孩子的感受和行为；女孩子们的情书洪水一般地寄来，年轻人在我们电话留言机上留话，称迪伦为"神""英雄"。一个在少管所工作的熟人告诉我说，一些关在那里的男孩子看到电视上报道学校的灾难时，都在欢呼雀跃。迪伦和埃里克做的一段录像被泄露给了媒体，结果成了被欺凌的孩子们奋力反击的口号。

这些来信和信息比收到言辞最激烈的、充满敌意的信件更让我伤心和反胃。一旦那些录像带被公开，就失控了（哪怕是在这里叙述事件发生的始末，都让我觉得紧张。如果没有从研究这些问题的专家那儿得到指导，我也不会写下这些文字）。出于纯粹的善意和我们的良心，我们不能公开这些录像。危害已经够大了。

这不是我们偏执迷信。随着时间流逝，我们担心迪伦和埃里克的行为给其他心理失常的孩子带来启发，这已经一次次被验证。在弗吉尼亚理工大学枪击案中的枪手赵承熙（音译，Seung-Hui Cho）和桑迪胡克小学枪击案中的枪手亚当·兰扎，他们的私人物品里都发现了与科伦拜恩枪击案有关的资料。2014年《ABC新闻》的一份调查报告称："至少有17次袭击和36起针对学校的严重恐吓事件，都可以与1999年科伦拜恩高中那场屠杀挂上钩。"

我们毫不怀疑，那些自杀或是企图自杀的资料会影响到其他脆弱的人，一旦让他们接触到，就也想尝试。全球已有超过50项研究强有力地证明，媒体对自杀事件的报道，会导致更多类似或效仿的事件发生。这种现象被称作"自杀传染"，也被称作"维特效应"，这个术语是被社会学家大卫·菲利普斯在1970年创造的，这个名字本身就说明此现象已经被所知甚久了。早在18世纪，一群年轻人模仿歌德的小说《少年维特之烦恼》（*The Sorrows of Young Werther*）里的主人翁，身穿与维特一样的装束，自杀身亡。

毋庸置疑，媒体对维特效应的认可拯救了人们的生命。也许你已经注意到关于自杀身亡的具体事件，尤其是年轻人的自杀，极少会被媒体报道。这不是无意识的行为，而是因为媒体遵循了美国疾病控制与预防中心和国家精神健康学会核准的报道准则。两者都提议，限制或减少这方面的报道可能会拯救生命。

遵循这些准则建议，媒体避免不断重复和渲染骇人听闻的报道，也不要简单解释自杀事件；不要具体描绘自杀手段；不要发表遗书；自杀者身亡的地点或是墓地，及其家人的照片等具有煽动性的内容都应该避免。

同意不把自杀作为犯罪，而是当作广泛的公众健康问题来报道，主流媒体确实拯救了一些性命。在这里，有两个例外，名人自杀身亡，或是谋杀式自杀。我还没那么天真地认为在像罗宾·威廉姆斯那样的公众人物自杀后，或是桑迪胡克小学枪击案之后，会完全封锁报道。尽管这些确实是悲剧，也是新闻故事，却通过各种方式更加负责任地报道这些事件，这样做也是有根据的。我也坚信，同时也有根据要求媒体改变报道“谋杀式自杀”类案件的方式。

这些准则很多是“不要做”什么一类的：不要展示关于枪手的图像，特别是持有武器的样子，或是他行凶时身着的服饰不要展示凶手所使用的武器，或是事件证据；不要没完没了地重复凶手的名字，可以用“杀手”或是“案犯”；不要在节目里播出或是出版凶手制作的影像（比如，地下室录像带），或是他们在社交媒体上张贴的内容；不要拿凶手们作比较，尤其不要强调他们各自杀害的人的数目。图菲克希认为，数字——多少人死伤、打出了多少颗子弹，以及相关的照片，格外具有刺激性，因为它们给竞争提供了一个基准。还有，不要渲染暴力程度，或是遇难人数，比如“本国历史上最多人被杀害和受伤事件”，也不要过于简化犯罪行为背后的动机。

最重要的是，不要无意中将凶手美化成英雄。诸如此类的事件发生，对细节进行详细、甚至是变态的描述似乎是不可避免的，包括凶手使用的武器，掩藏装备的地点，当天的吃喝、穿着，等等。他们的名字家喻户晓；他们最喜欢吃什么、最着迷的电子游戏、最热衷的乐队，我们无所不知。当然，这些细节最终都会浮出水面，终会有人泄露的，网络就是最好的途径。然而，如果这些图片和细节被添油加醋起到了鼓动暴力的效果，那么，是不该被人在CNN新闻网无休无止地重复的。

弗兰克·欧什伯格是一位精神病学专家，也是哥伦比亚大学达特新闻与创伤中心的荣誉主任。作为创伤学的先驱，在向记者介绍创伤方面的内容时，他建议他们围绕事件的伤害性展开讨论，而非渲染。哪些事件细节能够真正地帮我们揭开事情的真相？我们可以给人们提供哪些资源？如何能将这场悲剧置于更大的精神健康的层面上讨论？

最大的进步之一应该是避免草率地下结论，特别是将根本原因过于简化。校园枪击案的凶手不会仅仅因为看了暴力影像或是听了电子音乐就会杀人。人们也不会因为丢了工作或是被女朋友甩了就会自杀。在罗宾·威廉姆斯自杀之后，我读过的诸多相关文章都感到很震惊，如此富有、被挚爱的人居然会觉得没有活下去的理由。当然，金钱和名气并不能让人免受大脑疾病问题的困扰。

若是将自杀的原因过度简化，我们就会认为可能是失恋，或是事业坎坷可以被当作寻死的理由。被炒鱿鱼或跟恋人分手可能会让人意志消沉，然而总有人被甩或是被解雇，这些事并不能解释为何有人会选择自杀身亡。类似暴力电子游戏会使得孩子们对现实中的暴力不以为然，这对那些大脑有损伤或是由于其他原因而比较脆弱的孩子更为危险。但校园枪击案的凶手不会因为玩了《侠盗猎车手》或是《毁灭战士》这样的电子游戏就会大开杀戒。

我希望，我在此提出的建议不会被视为提倡新闻审查或是对自由言论的威胁，而是对良心报道的呼吁（在此，我非常敬重小说家斯蒂文·金的行为，当数名校园枪手在引用他的小说《愤怒》[1]之后，他对出版商提出将此书下架）。科伦拜恩枪击案的标志性照片是学校监控录像里的一张截图。照片上，迪伦和埃里克全副武装，在学校餐厅里挥舞着武器。无论何时，我看到这张照片，特别是这张照片作为插图放在一篇宣称要采取更有建设性的方法的文章里时，我都要压制着自己，才不会将那本杂志扔得远远的。

当然，也有前例曾经改变了媒体报道新闻事件的方式。一名优秀

1 此处为直译，外文书名为*Rage*。——译者注

的记者从不会发表性侵案受害者的名字，或是军事行动。或许在不久的将来，一名凶手残杀了数人之后，把他的照片公之于众的做法会被认为不可思议。

已经有一些新闻组织听取了建议。2014年，一家加拿大保守派电视台决定，在报道一桩枪杀五名警察的案件时，不提及凶犯的名字，也不公布照片。文字解释道："对凶手的个人细节报道是不难的，去追究其Facebook上的奇谈怪论，臆测其动机也不难。然而这样去做，可能会引发一些推测，认为他的恶行在某种程度上是有迹可寻的。"我并不像其他一些媒体那样对隐瞒凶手的名字表示强烈反对，这个议题还是让更具资格的专家们来提出建议吧。但值得注意的是，这家电视台对事件的深度报道并未因为回避此类细节而影响到其收视率。

在欧洲许多国家，国家新闻委员会会对新闻报道进行监督，并会惩戒违规行为。这在美国恐怕是不可能的，而且人们也不会同意[我倒是希望有机构能对《国家询问报》（*National Enquirer*）杂志进行处理，他们发表了泄露出去的科伦拜恩的照片，其中包括一张迪伦和埃里克在图书馆倒地身亡的图片]。每天，最好的新闻演播室里，都在就敏感度、传播蔓延程度以及心理创伤进行讨论。我相信，随着时间推移和教育的不断发展，新闻机构会自觉地接受实施这些准则，不为别的，只是因为该做正确的事情。同时，假如你看到你认为不负责任的报道，像我一样，给该新闻组织写电子邮件；或是在社交媒体上表达反对意见。

我们力争将地下室录像带保密的主要原因，就是担心事件被传播和蔓延，但这并不是唯一的原因。除了担心会有其他不合群的孩子从中学坏之外，我也怕受害者的亲友在商店里购物等着排队付钱时，或是在酒吧看球赛时，随手看到一本杂志或是看到这些影像，他们的心灵会再次受到打击。

我也顾虑，发布这些录像会让大家继续坦然地认为，邪恶肯定会被发觉的，只要你不傻，就能事先看出来。我的个人经历表明，这个想法是何其危险。当你看迪伦在那些录像上的表现时，你会想："这个孩子精神不正常啊，简直是令人怒火万丈啊！他千真万确地打算实施暴行，然后自杀。他的父母肯定是彻头彻尾的白痴。住在同一个屋檐下，居然不知道他有多危险，这怎么可能呢！"

我只能说，换作是我，也会这么想。

发布这些录像是不负责任的，也没有让人信服的理由。一个由专业调查员和心理学家组成的团队研究了这些录像，他们都没法达成统一意见，到底迪伦和埃里克是为了什么才会犯下如此凶残的罪行。既然这样，那么大众还能从中学到什么呢？

我时常会想，在枪击案三天之前的毕业舞会那天下午的录像：迪伦微笑着，跟镜头后的爸爸打雪仗的场景更具有启发性，也更令人悚然。在我看来，绝望的人能很好地掩盖自己的感情和意图，这一点是更为重要的信息。

这些录像没有被公开，使得阴谋论者怒火冲天，但我们没有遮遮掩掩。于我们而言，整个录像没有丝毫值得去看的东西。

* * *

在我心里、在我脑海里，迪伦的印象和我们之间的关系都变了。我对他真是痛恨啊。到底我这个当妈的干了些什么，让他觉得如此受伤与愤怒，不愿跟我说心里话呢？

——*1999*年*10*月，日记摘选

看完录像从警署出来，我整个人仍处在震惊中，在停车场上摇摇晃晃地走着，口中喃喃自语，活像个醉汉。方才的所见所闻，不管是这场悲剧原本按计划会是如何惨烈，以及所谋划的暴力程度，这一切都让我双膝发软。

这次会面之后的日子里，我的整个世界再一次支离破碎。地下室录像带让我终于看到了世人眼里迪伦的形象，难怪他们把他看作怪物。

我们每个人的内心都有一个小小的陀螺，一直在旋转着保持平衡和维持自己的方向。几个月后，我还是调整不过来这个陀螺，连哪头朝上都搞不清。

当我终于从震惊中喘过气恢复意识时，又被怒火吞噬了。我的脑中不停想着迪伦对那么多无辜者所做的事，以及他原本可能打算害更多的人。这几个月，我内心深处一直守护着的爱意和满满的回忆，现在都被他摧毁了，和其他一切一起灰飞烟灭了。在感恩节那天，我能想起来唯一可以为之感恩的，就是那些没能引爆的炸弹。晚餐桌上，迪伦空着的座位提醒着我，在仅仅几英里以外的那些家里，也有空着的座位。我握着拜伦的手，他柔声念着感恩的祷告词，为饮食献上感谢。除此之外，再也没什么好说的了，连吃饭也就是做个样子罢了。过了15分钟，拜伦说吃完了，就起身端起盘子向厨房走去。汤姆和我再也忍不住，一齐哭了起来。

那年秋天，我的消化问题加重了。进行妇科年检时，医生着实被我的脸色和说话的样子吓着了。我们相识多年，而且，迪伦是由他接生的。当时，他的太太和我同一时间怀孕，我们还一起上新生儿护理课。作为医生和朋友，他对我下了死命令，必须去找一个心理治疗师。

他说得再正确不过了。由于法律上的顾虑，我从未加入过任何互助组织。朋友和同事对我都很好，听我诉说痛苦和疑虑，听我分享有关迪伦的点滴回忆，可我如何把地下室录像跟他们说呢？由于有状告我们的诉讼案，也不能去说。事到如今，我的一些问题已经有了解答，我的羞耻感和愤怒盖过了一切。

绝望之下，在案件发生后的第一时间，我就与一位心理治疗师约了时间。我一直怀疑他是否能处理这么复杂的情况，再次去见他让我彻底失望了。当我跟他叙述了在录像带的所见之后，他完全目瞪口呆，坐在原地一动不动。最后，他坦言这一切对他来说太困难了，不知道如何提供帮助，问我是否能允许让他咨询一下同僚。我对他的坦诚和心意表示了感谢，但还是决定不再继续找他了。

我向很多人求助过，问了医生、同事，问了一位牧师，还有一位犹太教教士。盖瑞律师帮我筛选了候选者，过程很不乐观。其中一位一听到是我就要挂电话。因为我们被各种官司缠身，她不想被卷进来。还有一些人对我们的案件表示了异乎寻常的兴趣，另一些人干脆说他们不想接这个病例。我们一直找啊，找啊，直到找到一位心理治疗师。一切都有了转机，她也曾经失去过孩子，当我看到她的眼睛，我知道，这回找对人了。

平心而论，看过录像带之后，我只是对迪伦生了几天气而已。我不得不放弃之前所坚持的，一时间愤怒遮住了爱意，然而爱，总是会胜过一切。

* * *

这位新的心理治疗师帮助我认识到，为何在警署办公室那天的事让我彻底陷入了绝望。那是我再次触碰了新的丧子之痛。那天，我一度为之哭泣、哀悼的迪伦又死了，取而代之的是一个陌生人。

正如治疗师多里安·格雷所描述的，我心目中的迪伦，每看一次，就变得更丑陋一分。我几个月来所坚持的——相信他是无意的，或是被胁迫参与的，或只是一时失去理智的结果，这一切都消逝无踪了。录像带上看到的那邪恶的面孔是他陌生的另一面，我一无所知的一面。之后，很难否认"恶魔——他就是个恶魔"。

在治疗师的帮助下，我逐渐明白，把迪伦当作怪物来看待，从长久来看，我是不会心安的。我内心深处，无论如何都无法将这个怪物和我所了解的迪伦等同起来。外人可以解释他所做的一切，要么他生来就是恶魔、坏种，或是在成长过程中没有良好的家教。我自己明白，事情远没有这么简单。

看过地下室录像之后，我回家打开了桌上抽屉里的一个小盒子，里面保存着一些纪念品，其中有一只小小的折纸马。我将这个盒子看了又看，把小马拿出来仔细查验，仿佛那层层的折痕里藏着我索求的答案。

迪伦九岁的时候，有一次我的眼睛发炎很严重，看了几次医生也没好。迪伦很担心，时不时地看看我的眼睛是否有好转。他一直是这样的孩子，对人的关心是实实在在的，至今我还能感受到当时他将手放在我的肩膀上，担忧地盯着我眼睛看的情景。恢复期间，我在我的桌上发现一只小小的、带翅膀的折纸马，小心翼翼地放在那里。旁边还有一张手写的字条："我特地为你叠的小飞马，希望能帮你康复。爱你的迪伦。"

我怎么能够将那个金发闪闪、欢笑着在我的脸上乱亲一气的小天使，跟屏幕上那个杀人犯混为一谈呢？给我折小飞马折纸的，怎么可能跟录像里的是同一个人呢？我需要结合作为他母亲的经历和他生命尽头转变成的模样来理解和接受。

我的儿子计划并实施了噩梦般残忍的行径，已是无法回避的事实。然而那个心地温柔、给我折纸飞马的孩子，那个容易害羞的可爱男孩，看到别人拼一千片拼图忍不住要去帮忙的男孩，那个在我们一起看连续剧《神秘科学剧院3000》（*Mystery Science Theater 3000*）时，随着剧情起伏发出富有个性的大笑声的年轻人，都是真实存在过的。到底我挚爱的是谁？我为什么会爱他呢？

有朋友曾经发给我一句话直指我内心，我便找了原书来看。这句话是："对心中没有得到答案的问题报以耐心。"莱内·马利亚·里尔克在《给一个青年诗人的十封信》（*Briefe an einen jungen Dichter*）中的第四封信里写着："试着去爱问题本身，好比它们是紧锁的屋子，或是一本外文书。不要去寻找答案。在你尚未能好好接受答案之前，它们不宜对你呈现。这是一个体验的过程。眼下，你只需在问题中度日。也许你会慢慢地在无意中发现，你已经正在体验着答案了。有朝一日，你会的。"

终有一天，我的心会再次完全地对迪伦敞开，我不仅为受害者哭泣，也能够为他流泪。我将体会他所经受的痛苦，他的痛苦可能持续了经年，而我却茫然无知。在案发之后，我经历的焦虑症和创伤后应激障碍让我亲身体会了大脑健康危机会如何影响人的思维，甚至扭曲一个人的推理能力。我并不是在给迪伦的所作所为找理由，也不是企图减轻严重程度，而是，了解得越多，越让我认为他是受着大脑疾病的折磨。如此，我得以重新开始为他感到哀伤。

这个过程长达数年。首先我必须在问题和谜团中挨日子，观看那些录像是第一步。尽管那感觉很可怕，我还是得接受，迪伦确实在惨案中是一个主动和自愿的参与者。接下来，我得把搜集到的自相矛盾的碎片拼凑到一起，弄明白迪伦是如何将自己的另一面深藏不露的。不仅我们，还有老师，最好的朋友及其父母，对他居然一无所知。

我下决心要做这件事，不单单是给自己的哀伤和恐惧寻找情境，更是为了搞清楚，我本来可以采取什么行动，从而避免这一切的发生。

第十一章

绝望的深渊

如今，当我在一个会议上介绍自己时，会说：“我的儿子死于自杀。”接着会说，“他是科伦拜恩惨案的枪手之一。”

时至今日，我已经习惯了人们听到之后惊讶得下巴都要掉了的反应。毫无例外，对方会说：“我从来没那么想过。不过，说来确实是个自杀事件，不是吗？”

人们如此反应，我从不感到奇怪。他们当然是这么想的，即便我是迪伦的母亲，也是这么体会的。意识到迪伦是自杀的，以及对它的理解是一个渐进的过程，那感觉历历在目。

估计读到这里你已经有数了，我早已放弃了能有一块拼图从天而降，解释迪伦和埃里克的所为。我曾经希望可以发现把他们推向毁灭的方向是明确的。我也对诸多事发后轻率的解释心怀戒意。是学校的文化和欺凌造成的吗？是暴力电子游戏？父母失职？美国流行文化中的准军事元素？没错，这些都是更大范围内的拼图板块。但任何一个——即使是叠加起来，都不足以将这两个男孩所表现出的仇恨和暴力加以解释。

我甚至对提到“男孩子们”这个词都持保留态度。这个说法仿佛表明他俩的动机是相同的。确实，迪伦和埃里克是一起谋划屠杀的，也是一起行动的。但是我相信，正如检验证据的调查员一样，他们是两个不同的个体，各自参与的原因也完全不同。

尽管答案可能不是单一的，却有一块拼图揭示了更多的情况：迪伦经历着抑郁症的折磨，或是其他脑部健康危机，导致他想自杀。而他想死的念头是促使他参与枪击案的重要的内在因素。

我明白，这个看法很有争议。当然，我的本意不是说，他的精神问题促使他最终大开杀戒。要是这样，将是对世上无数的抑郁症患者和其他有情绪病症的人的侮辱。羞耻感和无知，让很多在其中挣扎的人不去寻求所需的帮助。大脑健康有了危机却羞于寻求帮助，这个想法不仅会制造悲剧，甚至会出人命。我一点都不希望参与其中。

我也不相信，大脑健康问题必定能解释迪伦的所作所为。将“暴力”和“精神失常”混为一谈，不仅对有问题的人们而言是很痛苦的，而且是不对的。杰弗里·斯万森毕生研究精神疾病与暴力之间的关系，他的研究说明，严重的精神疾病直接导致暴力行为的比例只占4%。只有当精神疾病与其他危险因素（主要是毒品和酒精的使用）叠加的时候，这个数字才会升高（迪伦在生命的最后阶段确实在喝酒，我和汤姆却都不知道）。

大多数患有情绪障碍的人对其他人完全不会有任何危害。斯万森也指出，精神疾病和暴力之间确实有一部分是重合的。我认为对此避而不谈对任何人都没有好处。

值得一提的是，精神疾病与大规模枪击案之间重合的概率尤其明显。1999年，科伦拜恩枪击案之后，美国特勤局与美国教育部联合启动了一个“安全校园计划”的项目，对37起校园袭击案进行了调查，希望能够帮助制止类似案件的再次发生。研究人员发现，“大部分侵袭者或多或少地都表示有过自杀的念头，或是经历过极度悲观或抑郁。”因此，对精神疾病的筛查、治疗，对于防止暴力至关重要，包括自杀、饮食疾病、毒品和酒精使用，以及其他危害青少年的一系列问题。能够比较容易地获取的资源可能解决不了问题，但是会离答案更近一步。

你可能注意到，在这本书里，我多用了“大脑疾病”和“大脑健康”这两个词，而不是常用的“精神疾病”和“精神健康”。我是在和脑科学家杰瑞米·雷切曼交谈后做了这样的决定。他的女儿，艾维尔·萝丝·雷切曼是桑迪胡克小学枪击案被害者之一，那场惨案的枪手是亚当·兰扎。雷切曼和同样身为医生的妻子詹妮弗·亨塞尔成立了艾维尔基金会，以这种方式纪念他们的女儿，希望能以此消除人们寻求帮助的羞耻感，并提出“大脑健康筛查”的概念，即在行为和生化检验结果上识别出潜在的暴力行为。

在我们的谈话中，雷切曼博士解释道：“‘精神’是看不见的，这个词涵盖了我们搞不懂的恐惧、战栗和羞辱。但我们知道，在大脑中有真实存在的物质现象，可以成像、测量、量化和理解。我们需要将探究向看得见、摸得着的方向发展，那就是‘大脑健康’和‘大脑疾病’，是可以触知的。”

我在本章强调这些，可能会让人觉得我麻木不仁，似乎迪伦的死比别人更了不得——我一点都不会这么想。我只是想说，将迪伦的死最终理解为自杀，给我打开了一种新的思维方式，让我对他所做的一切有了新的认识角度。我真心相信，迪伦是因为没有得到那些资源的帮助，从而可以使他做出不理智的决定。我期望在本章怀着慎重和关切的态度来讨论某些原因。我永远感激一直帮助我的那些顶级专家。

是不是我忽视了迪伦表现出的一些迹象，尤其是如此严重的罪行？不是。时至今日，我仍没有发现什么迹象。两个孩子都对他们的朋友泄露过一些准确而具体的打算，但是他们从没跟我们透露过。

然而，那并不意味着我无能为力，因为有迹象表明迪伦抑郁了。我现在相信，如果汤姆和我具有一定可以识别出这些迹象的知识，并且进行干预，我们起码还有机会阻止之后的事。

迪伦的死被定性为自杀对我几乎是一个反思的过程，而对迪伦，自杀的念头是一切的起源。

* * *

几个月后的一个下午，我在休息室喝茶，翻看着一本杂志。我们办公室订阅了一些高等教育杂志，看看这些让我觉得跟外面正常的世界还有些关联。我早已不看主流报纸和杂志了，里面要么会刊登从某个“信得过的朋友”引述的与我们有关的话，而这个人我们从不认识；要么就会有一个专栏是指责我们对迪伦过度纵容，或是我们家缺乏品德教育。无论是关于调查、诉讼或是受害者的信息，我们都是通过律师，或是朋友、家人那里获取的。

这天，我读到一篇关于青少年自杀的文章。文章第一段就说：“大家都想用外界的影响来解释科伦拜恩惨案是如何发生的，诸如暴力电子游戏、松散的枪支管理条例，等等。纵然死伤惨重，但这两个孩子却是死于自杀。”

这些话让我如梦初醒。因为我一根筋地专注在迪伦所犯下的罪行，奇怪的是，我却从来没想过迪伦的自杀意味着什么。

从理智上说，我当然知道迪伦是自杀的——尸检报告里写得清清楚楚。案发后一段时间内，还有一种阴谋论：埃里克打死了迪伦（这个说法至今仍在流传）。无论何时有人跟我提起，我都会回答，这一切都不重要了。无论是他自己扣动扳机，还是埃里克开的枪（或者按当时的阴谋论是被警察打死的），迪伦都要为自己的死负全责。

尽管如此，在我读到那篇文章之前，我深信迪伦的自杀是一时冲动，是对原计划未遂的一个反应，而非蓄谋已久。

然而，那篇文章让我心生疑虑。那一刻，并不能说是恍然大悟，因为当时事态过于复杂，我的状态也很差，心里很混乱。即便这样，我内心还是有了一些波动。那篇无意翻到的文章给我打开了一个新的视角——我从不敢去想象的：无论他有没有其他意图，迪伦那天到学校就是想去死的。

* * *

我之前的上司和好友莎伦曾经经历过家人自杀，所以她从一开始就把迪伦的死当作自杀来看待。我没法参加互助小组，她就给我拿来了一摞摞的书。迪伦想死对她来说是显而易见的，在我意识到之前，她已经了然于胸，这一点对于解决整个拼图是至关重要的。

莎伦的支持和谈话给我诸多安慰，但那些关于自杀的书在那儿静静地躺了几个月，我都没有动过。即使我能集中精神读上一两句，也没法专注去多想迪伦企图伤害自己这回事儿，始终在想他为何和如何伤害学校里的其他人。我是如此无知，以至于都没想到迪伦患有抑郁症，甚至有自杀倾向。“抑郁”“自杀”这些词在此之前跟我们毫无关系。德玟甚至告诉我，在舞会上，迪伦与她共舞之后，还在她的额头轻吻了一下——这是一个严重抑郁之人的行为吗？

在休息室读过那篇文章之后，我开始读莎伦带来的那些书，结果所得令我大为惊讶。我一直认为自己知识丰富、观察力敏锐，然而，跟大多数人一样，我对自杀有着诸多先入为主的危害性的谬见。打开这些书是我余生致力于教育自己和他人的第一步，同时，也让我真正地领悟到我们家到底出了什么问题。

人们往往会说，在自杀者身亡之前，自杀对他们来说是很遥远的事儿。真正的问题是，为何我们还是坚信自杀很罕见，但实际上却并非如此。在美国，每13分钟就有人死于自杀，算起来一年有4万人，这无论如何不能看作无关紧要。

根据美国疾病控制与预防中心的数据，自杀在10～14岁的人群中是第三大死亡原因，其次是15～34岁的人群。因此，在美国除去事故和谋杀，任何手段都没有自杀导致死亡的年轻人多，不是癌症，也不是性传染疾病。2013年曾经有一项研究调查了6500名青少年，结果显示，每8个青少年中就有一个有自杀的念头，每25个青少年中，就有一个曾经自杀未遂。但是，其中只有一半人接受了治疗。

在美国，每年有100多万人企图自杀，这意味着每分钟有三起。不少人事先没有一点预警，这可能意味着，我们对自杀可能性的标准评估惯例或许用处不大。

如今，在防御自杀项目积极参与10年之后，我依旧为这些数字，以及大众对他们的知之甚微而诧异。我教导迪伦，跟教导他哥哥一样：要小心闪电，小心别被蛇咬，注意防寒。我教他们使用牙线，抹防晒霜，开车时要注意看两侧盲点。当他长大成青少年，我开明地跟他谈了饮酒和吸毒的问题，甚至进行了安全道德的性行为教育。我做梦也没想到，导致迪伦致命的危险根本并非外界原因，而是他自己。

我原本深信，我的亲人对自杀是有免疫力的，因为我深爱着他们，或是因为我们之间关系良好，或是因为我是一个机智、敏锐、有爱心的人，可以保护他们的安全。并不是我一个人认为，自杀只会发生在别人家里。但是我错了。

我关于自杀的所有认知几乎都是错的。我以为自己知道什么样的人会自杀、因为什么走上绝路——他们肯定是自私、懦弱，不敢面对问题，或是出于一时冲动的人。我也认同社会公认的观点，自杀者都是半途而废的人，要么太脆弱，不能面对生活的挑战；要么是想吸人眼球，或是想借此惩罚身边的人。我逐渐认识到，这些都是人们的主观臆想，没有设身处地地从自杀者的思想意识来看待问题。

自杀的念头是一种疾病，是失常的征兆。大多数自杀事件根本不是一时兴起——不是一瞬间的决定。大部分的死亡是人与扭曲的思想意识长期挣扎的结果。自杀者往往是再也无法忍受痛苦了。即便她/他其实不想去死，也知道只有死亡能够终结一切痛苦。

我们都知道，自杀与大脑疾病之间有无可争议的联系。世界范围内的研究都表明，绝大多数（90%~95%）自杀身亡者生前患有严重的精神疾病，大多是抑郁症或是躁郁症。

我所交谈过的诸多研究者都认为（除了因长期疾病而决定轻生的人），自杀倾向与健康的意识是不能共存的。维多利亚·阿朗戈是一位神经生物学家，毕生研究自杀生物学。她在工作中的发现促使她相信，生理上（以及可能基因上）的诱因是存在的，否则的话，人是不大可能付诸行动的。目前，她正专注探究识别自杀身亡的人大脑中具体有哪些变化。“自杀是一种大脑疾病。”她这么告诉我。

托马斯·乔伊纳教授的父亲死于自杀。同时，作为心理学家，他的著作均经过严密的调查，文字充满感情和个人体验。他关于自杀的理论，以维恩图的形式重新定义了这个领域的研究。

他提出，想自杀的愿望是由于在某一段时间内，人同时处在两种情绪状态之下：缺乏归属感（“我很孤独”）和负担感（“没有我，这个世界会更好”）。这些人一旦采取行动，将人类求生的本能放到一边，就有了自杀的能力（“我不怕死”）。

自杀的意愿来自前两个，真正的行动力来自第三个。经过这些年，这个看法对我起到了重要的作用。

* * *

我终于开始读他的日记。他在日记中表达了抑郁的情绪和自杀的念头，早在身亡的两年之前就开始了。我简直不敢相信，我们本来有那么长的时间来帮助他，却没有。我读着他的文字，哭了又哭。这好比就是我们从未收到的遗言。这是多么悲伤，心如刀绞的一天。

——2001年6月，日记摘选

从案发第一天开始，我们就迫切地探寻迪伦生前最后时刻的精神状况。他刻意什么也没留下，警方将他的房间翻了个底儿朝天，什么相关的都没找到。将近两年之后，我们逐渐接受了现实，我们永远也不会知道他在生命的最后几个月到底经历了什么。然而，2001年，凯特·巴坦从办公室打来了电话，表示警方拿到了迪伦的几张文字材料，愿意给我们一份副本。

这些文字一直被当作迪伦的日记来对待，其实只是零散的页面，是由警方后来汇集而成的。大多数是迪伦从上学时用的笔记本上撕下来的，也有零零星星写在广告单之类的纸上的。他把这些都夹在书本里。复印件大概有1.5英寸厚，有些片段就是一句话，有些写了好几页。

迪伦的这些文字让我发现了一些启示。我从不知道他会跟我一样用文字表达喜怒哀乐，这让我感觉与他很亲近。读着那些自述，我的心都碎了。我知道个人的记录往往与事实不符。我也时常一页一页地倾诉我的悲伤、恐惧和愤怒；开心的时候常常是一笔带过。我也知道，日记里时常会写一些并不真正打算实践的想法，比如："我发誓，乔再不把我的除草机还给我，我就杀了他。"即便我心里有数，但迪伦极度的痛苦——抑郁、感到孤单和绝望，在纸上仍是触目惊心。

他写到用刀划伤自己，这是一个严重苦闷的症状。前几页他就写到自杀："想到自杀，我就有了希望。生命结束以后，无论去了哪里，我都安心了。我知道那个地方再也没有与自我的、与世界的和宇宙的争战。我的心思、身体，所有的一切的一切都会安宁——我——我的灵魂（存在）都会安宁。"后面又写道："噢，上帝，我真的真的想死，感觉自己这么孤独，不可救药……不公平，不公平！要我来说，我的生命是有史以来最不幸的一个。"他第一次提到自杀，是在科伦拜恩枪击案发生整整两年之前，随后又多次提及。

文字中有失望、有愤怒，也有些许暴力，特别是1999年1月之前写的几页。除了悲伤，日记中最常见的词却是"爱"。许多纸上，画着大大的心。他时而流利地叙述着他不能实现的、对爱情的憧憬是如何折磨着他。"多么灰暗的日子，无尽的悲伤，"他写道，"我想找到爱。"一页又一页，他密密麻麻地对一个根本不知道他的存在的女孩倾诉着衷肠。

乔伊纳指出的渴望死亡的两个心理状态："归属感缺失"（"我很孤独"）和"负担感"（"我是个负担"）在迪伦的日记里赫然写着。然而，他的痛苦和对那个女孩的痴迷都在现实中掩盖得很好。多年来，我坚持反对外界认为迪伦是被排斥的看法，因为他有很好的朋友（不仅是埃里克，还有扎克和耐特），以及一大堆男女朋友。但是，日记揭露了我们对现实的感知与他们自己所感知的之间横亘着一条巨大的鸿沟。这一点，每一个自杀者的亲人都要理解。

他有朋友，但是他感受不到归属感。在一篇日记中，他把“温馨家庭”列了个单子，列举了他生命中的美好事物。但我们对他深厚的爱却不能穿透他内心寂寥的浓雾。他觉得自己是个负担，可我们从没那么想过（尽管汤姆和我确实为他的大学学费发愁，这点到现在都让我过意不去）。他觉得格格不入，也不理解这个世界，内心充满了愤怒。起初，这怒气主要是针对他自己，渐渐地，开始转向他人。

* * *

我想，提取几点精华可能会有所帮助：

1. 迪伦的所作所为，不是你做了什么，或是没有做到什么导致的。

2. 你不是“没有看见”迪伦的思想历程——他极其隐秘，且处心积虑地对你们以及对生命中的所有人，都掩藏他的内心世界。

3. 在生命的尽头，迪伦的心理活动已经让他不能再保持理智。

4. 即使状态极度恶化，他在袭击之前的本我意识使得至少有四个人幸免于难。

——2015年2月9日，来自彼得·兰曼博士的邮件

迪伦得了严重的抑郁症，这点无可争议。人已经死了，再诊断也没有根据了。然而，很多专家认为问题可能更加严重。

他的日记很难懂，不仅仅是笔迹难以辨认，还因为在他生命的尽头，他写下：“当我以肉身之躯存在时，知道自己必死无疑，一切都是那么毫无意义。”这样的话语说明，至少在他生命中的某些时段，他不觉得自己是个人，仿佛做个有血有肉的人是匪夷所思的，“我被造成了人的样子，却没有作为人而存在的可能”。

迪伦很聪明，学习成绩很好，写作水平也是中等偏上，然而日记里他的用词很古怪。有时候都没有那些词存在，是他自己生生创造出来的，比如“抑郁者”“感受感”。他遣词造句的方式也不寻常，正如这段：“我觉得自己是一个悲哀的、寂寞的、孤独的、无可救药的人。”他不是在用速记法写日记，他的措辞有一种貌似苏斯博士歌谣般的风格。

这是兰曼博士注意到的第一件事情。兰曼博士是一位心理学家，也是校园枪击案专家，写过好几本书，包括《为何孩子会杀人：校园枪手的心理》（*Why Kids Kill: Inside the Minds of School Shooters*）。在他写这本书时，我与他有过交流。那些谈话对我来说很艰难，但是也给了我启迪和某种程度的安慰。经得他的同意，我再次借鉴他很多对迪伦的文字的诠释。

兰曼博士告诉我，起初他本不想在书里提到迪伦，因为他对迪伦的动机不是太确定。自相矛盾之处太多了：这个众所周知的害羞、温柔的孩子，是如何转身成为一个邪恶的杀手的？接着，在2006年，警方公布了迪伦写下的文字，向世人展示了迪伦对外呈现的一面、他与埃里克在一起的一面，以及他内心的轨迹三者之间的差别。

兰曼博士认为，早期，迪伦容易害羞，有强烈的自我意识和自我批评，可能意味着他患有轻度的回避型人格障碍。这类患者都表现出过度害羞，超出通常人们认为的“内向”性格。在迪伦进入青春期以后，生活的压力变得难以承受，从而发展成为分裂型人格障碍。

分裂型人格障碍患者通常被看作“古怪”（迪伦经常被不熟的人称为“傻瓜”）。他们可能会显得小题大做，对鸡毛蒜皮的小事尤其敏感，迪伦就是这样。他们时常使用怪异的、不着边际的措辞语句，好比迪伦写的文字。他们会逐渐退缩到一个现实与幻想时常混为一谈的世界。这些并不完全是幻觉，而是在真实和非真实之间的界限模糊不清。这种模糊在他的日记中越来越明显：在现实中，他感觉极其自卑，所以兰曼博士认为，他创造了一个幻想的世界，他是那里神一般的人物。在他生命的尽头，这种幻想已经占据了主导地位。

我不知道该如何看待兰曼博士的诊断，也不知道哪个更糟糕——知道迪伦身患重病，或是当他在我眼皮子底下时，我没有意识到这种症状和严重性。

肯特·基尔教授在新墨西哥大学研究犯罪者的大脑结构的工作。在他的帮助下，我得到了关于迪伦日记部分的研究分析。研究人员未发现正式的思维障碍迹象，但指出：

> 以抑郁、自杀倾向和孤立感为持续性主题……在抑郁症发作之前，他的自我意识越来越强烈……随着他内心的痛苦和疏离感逐渐加深，他对他人的看法也愈加非人化。这种自以为是和非人化的认知、情感能力的丧失，以及从痛苦中解脱的希冀，形成了一个充满幻想的内心世界，从而导致了日记里记录的自杀和杀人计划。

研究人员还指出了日记中通篇所反映的“明显的边界性”。

报告结尾指出：

> 仅仅依据日记，无法确诊。但是，深度抑郁症，伴随着短时间精神失常发作，以及边缘型人格障碍，是基于这本日记所能做出的最有说服力的诊断。

最后，迪伦具体的诊断结果已经不重要了。没有人质疑迪伦患有抑郁症，或是质疑抑郁症会对做决定的能力造成混乱。事实上，在兰曼博士近期出版的新书《校园枪手：了解高中、大学和成人凶犯》（*School Shooters: Understanding High School, College, and Adult Perpetrators*）里所记载的10个校园枪手中有9个患有抑郁症，并且有自杀倾向。即使迪伦只患有严重的抑郁症，但他并不像兰曼博士所指出的那样“精神失常”了。

* * *

凯·雷德菲尔德·杰米森在她关于自杀的名著《夜，骤然而降：了解自杀》（*Night Falls Fast: Understanding Suicide*）中写道：“尽管不是全部，但大多数自杀都是可以防范的。我们的‘知’与‘行’之间的缺口才是致命的。”拿迪伦来说，死，不光是对他，对诸多人都是致命的。

即使一个人不提及自杀的意图，常常也是有征兆的。卷入某些事件的人，比如以前有过自杀企图，或是有过司法纠纷，此类人群自杀风险更高。通常也会有些行为上的表现，比如变得不爱与人交往或是愈加易怒。

假如这些警告性信号能被识别、被注意到，那么治疗是有用的。因为，自杀是可以防范的。那时我听到这个很难受，现在已经对此衍生了颇大的希望。我接触的每一位专家都一再强调，有很多成功治疗情绪障碍的经验和案例，就等人们打心眼儿里愿意去治，并且坚持到底。

然而，并非所有的自杀都能防范（底特律的亨利福特医院的医生兼副总裁科菲开创了一项“完美抑郁症护理”的项目，这个项目实现了零自杀的目标。当被人问及零自杀率是否现实时，他反问道：“你希望这个数字是多少呢？8个？那里面包括我母亲，还是你的姐妹呢？”）。大脑健康失常是有害的，有些时候会发展，最终占上风。但我们对癌症也可以这么说：即使是金牌标准治疗方案，有些癌症患者还是会死。那么我们是否就该坐以待毙呢？还是我们致力于早期监测防范，改进治疗方法，以及个性化治疗，在癌症的一期、二期就能查出来，而不是等到四期？

我有时会嫉妒那些为所爱的人尽其所能地进行有效的治疗的家庭，即使最终还是失败了。可我儿子与疾病单打独斗。在看到日记之前，我没有猜疑过他真的有抑郁症，而且渴望死亡带来平静和安慰。他最好的朋友们，以及那些多年在一起玩耍的伙伴都不知道，有些至今还拒绝接受迪伦患有抑郁症的说法。但我是他的母亲啊，我原本应该知道。

即便迪伦活下来，很可能以后也会自杀——我不知道。埃里克可能会策划、执行另一个版本，独自摧毁学校，或许会伙同另一个孩子。也许他会无暴力地度过危机，或是在另一个时间和地点实施其他恐怖行为。

我所知道的是，迪伦的确表现出了一些抑郁症的迹象，汤姆和我看着这些却无法参透。如果我们有足够的知识储备、了解这些迹象的含义，我相信我们可能会阻止科伦拜恩惨案的发生。

第十二章

致命的组合

明确陈述："我认为，假如没有埃里克，科伦拜恩惨案就不会发生。"

——*2015年1月*，与弗兰克·欧什伯格博士的谈话笔记

迪伦的笔记也阐释了他与埃里克之间的关系——强烈的互相依赖性尤其突出。这种依赖不光对他俩是致命的，也殃及了无辜。

1997年夏天，迪伦的朋友扎克开始跟德玟约会，随后成为男女朋友。耐特也开始跟女孩约会。这些我们几乎都没在意。迪伦依旧会跟扎克一起玩儿，有时会和扎克、德玟三个人结伴出去，也经常跟耐特和其他朋友消磨点时间。然而在日记里，迪伦把扎克谈恋爱当作了一场背叛，他的现实表现和内心感受之间隔着一道鸿沟，这是另一个例子。

扎克爱上德玟的那个夏天，迪伦和埃里克的接触逐渐多了起来。在日记里，埃里克的名字出现频率增加了。那个夏天的日记和之前一样，迪伦多次提到自杀。然而，到那年秋天，日记里才开始提到杀人。在两人开始制订计划之后，迪伦还是泄露了内心深处的秘密——他相信，在警察抓住他之前，他会死在自己手上。在将近长达两年的倾吐自杀的意图之后，1998年6月，他终于写下道别："这可能是我最后一次记录了。我的最爱×××，永远的爱；我爱她胜过爱自己。再

见了。”

下一篇记录的时间落在1999年1月20日。开头就表达了对自己依旧活着的沮丧：“又是乱七八糟的东西。又回来写了，像行尸走肉一样。”再往后写，他提到与埃里克正在制订的计划或许可以终止他无望的感觉。“我痛恨这种毫无思维的停滞状态。我被困住了。或许跟埃里克执行NBK计划[1]（神啊！）是最终通往自由的办法。”

在那之后，日记内容越来越黑暗和无望。迪伦的思绪散乱而晦涩，他开始相信埃里克的计划正是出路所在，他的矛盾心理一直持续到案发前夕。

迪伦在生命的最后时光只有两种感受：愤怒和无助。与任何人接触时，他毫无积极正面的感受。他相信死亡是他能够逃脱痛苦的唯一途径。在他的情感中，没有其他情绪了。用乔伊纳的话来说，“他发现自己是与世隔绝的”。用我的话来说，我们爱着迪伦，他却感受不到爱。他是我们的珍宝，他却觉得自己一文不值。其实，他原本有无数选择，却只选择了埃里克。

* * *

一天晚上，可能是迪伦高二的时候，他跟我说：“埃里克疯了。”

我回答说：“在你的一生中，总会遇到有困难的人，我很高兴你有能力辨别出来。”我告诉他，他的父亲和我对他有信心，相信无论朋友怎么影响他，他都能做出正确的选择。

1 是指《天生杀人狂》（*Natural Born Killers*），是根据奥利弗·斯通的同名电影取名，这两个男孩用来称他们的袭击方案。

我们的信心用错了地方，也不知道迪伦面临着怎样的状况。情况会是如此危险，我没看出丝毫端倪。迪伦说埃里克“疯了”，我也没有领会是怎样的概念。埃里克比迪伦的其他朋友相处起来要费劲一些，某次足球赛上，我目睹了他脾气反复无常的样子。然而，问题远不止这么简单。

和迪伦一样，埃里克也写日记记录私密的内心想法和感受。他写得极其黑暗，充斥着施虐的描绘和图画，还有强奸、肢解、大规模屠杀的场景，甚至不止一次描述将人类一扫而净的毁灭行动。兰曼教授写道：“（迪伦的）日记与埃里克的在内容和风格上都有着明显不同。埃里克的日记里充斥着自恋的优越感和残忍嗜血的愤怒；而迪伦则专注在孤独、抑郁、沉思，一心想找到真爱。埃里克手绘的图像有武器、纳粹徽章和士兵；迪伦画的是心的形状。埃里克渴求满足性欲，幻想着强奸，而迪伦则对真爱充满了渴望。”

就迪伦的日记，我与不少专家交流过。他们都认为，埃里克表现出了一个精神病患者的特征；而对于迪伦，要在死后确诊，却不太可能（在很多情况下，因为青少年的大脑仍然在发育，要满18岁之后才能正式诊断为精神病）。即使是这样，埃里克还是满足了相当多的人格障碍的诊断标记。

精神病的特征通常是缺乏同情心和带有挑衅的行为。最重要的是，精神病患者（往往也被称为反社会者。某些专家会将两者区分开来，大部分都认为是同一回事）通常缺少良知，意念中失去了负罪感。他们毫无愧疚地撒谎，通常具有超强的操纵他人的能力。有些心理学家和精神病学专家认为精神病患者是可以被治愈的。而我交谈过的专家对此却有不同看法。并不是所有的精神病患者都是罪犯或是虐待狂，但如果他们真的朝那个方向发展了，会变得很危险。

2001年，一份针对青少年校园枪手的研究报告总结了两个发现，比较有意义。在一定程度上，科伦拜恩惨案也是此项研究的原因。第一个发现是，在研究涉及的34名青少年枪手中，25%是结对行动的。这点与单独行动的成人暴力不同。这项研究报告是由法医心理学专家、有针对性的暴力和威胁评估专家里德·梅洛博士撰写的。他告诉我，这样致命的“对子”模式，意味着家长留意孩子与其朋友之间的关系是至关重要的。第二个发现很有代表性：这些“对子孩子”中一个患有精神病，另一个属于听从型，依赖性强、情绪抑郁。

迪伦和埃里克之间就是这样的关系。在埃里克的学校年鉴里，迪伦张狂地写下欺凌别人的留言字句；而在他的日记里，他透露出羞耻心和负罪感，也保证不再干了。他的表现跟地下室录像带里是一致的。迪伦内心的感受、他在埃里克面前的表现以及他的行为，三者之间都有着明显的差异。

兰曼博士认为，迪伦的这种矛盾心理一直延续到屠杀的时刻。当天在学校里，至少有四次——都是在埃里克视线之外——迪伦曾经放人逃生。有证据表明，在屠杀中，埃里克有两次回头去找迪伦，可能是要确保他会坚持一起作战。我对此并不感到轻松——迪伦犯下的罪行，无可辩解。然而，知道他曾经有过激烈的心理斗争，我难过极了。某次与兰曼教授谈话，我在笔记上记道：

我泪流不止，记不了笔记了……我已经强迫自己接受迪论是个虐待狂、杀手，但还未曾意识到，迪伦也曾经与内心的“邪恶”对抗过，有过片刻的良善这个事实。当兰曼教授谈到迪伦这样的形象时，又向我展现了另一个迪伦，我为他痛彻心扉。

迪伦的纠结心情使我又添加了几分自责。玛莉莎·兰达佐博士指导美国特勤局对校园枪击案的调查项目，她曾以玛莉莎·雷迪的笔名与人共同发起了美国特勤局和教育部联合举办的联邦调查，是有关校园枪击案的一个具有里程碑意义的项目。兰达佐博士和梅洛博士跟我说，当孩子困扰不已时，如果他们明白除了通过自杀、他杀来解脱之外，还有其他选择，他们一般是会尝试解决的。

迪伦确实也做了努力，想摆脱与埃里克的关系。我想起来就有无边的愧疚和哀痛。高二出了那件事情之后，迪伦试图远离埃里克，也请我帮忙。我们协商制订了一个快捷方案，如果埃里克打电话来找迪伦就回答："我得问问我妈妈。"随后他就对我无声地摇摇头。那么我呢，就会大声地回应，好让电话那头听到："对不起，迪伦，你今晚不能出去。你答应要清理房间（做作业、一家人一起吃饭……）来着。"

当时，迪伦愿意跟埃里克拉开距离，我深感欣慰。我告诉两个儿子，任何时候，在紧急时刻，拿妈妈作借口都没问题。我考虑的是酒后开车的情况，也泛指任何不安全的情况。于是，迪伦利用我提供的托词，既不伤害埃里克的感情，又可避免继续与之为伍。

看了地下室录像带之后，我重新审视迪伦和埃里克的关系。若是迪伦不想跟扎克、耐特或是萝宾一起出去，他就直接告诉他们："不行哎，这个周末我不行，我得写论文呢。"只有对埃里克才需要我救援。我从来没有多想，也没有多问一句"你为何不能直接拒绝他呢？"找我帮忙看上去似乎说明他头脑清醒，但事后我意识到，这其实说明情况更为不妙。这一点我错过了，等我明白时已经太晚了。

在某次交谈中，弗兰克·欧什伯格说："迪伦并不具备一个杀手所需的条件，但他的脆弱性导致他跟另一个杀手搅在了一起。"联邦调查局也发现，埃里克也曾试图吸引其他男孩子参与大规模毁灭性的计划，包括扎克和马克·马内斯。

他们没有上钩，只有迪伦。

* * *

兰达佐博士：“自杀者和杀人犯之间往往存在着微妙的差别。大多数自杀者并不会去杀人，然而不少杀人犯之所以杀了人，是源于自杀的念头。我认为这正是迪伦的情况。”

——2015年2月，与兰达佐博士的谈话笔记，注脚

犯罪学专家亚当·兰克福德博士是《殉道者的神话》（*The Myth of Martyrdom*）一书的作者。他的研究领域是自杀式炸弹袭击者和大规模枪击者的自杀倾向。他写道：“残忍的杀手，诸如人肉炸弹，有三项共性：精神健康问题导致的终结自己生命的愿望、严重的受害者心态，以及通过杀人来获取名望和荣耀的欲望。”

在一项研究中，他分析了1996—2010年近200起恶性枪击事件。近一半的凶手最终死于自杀，其他可能也有自杀倾向，在自杀之前就被警方控制住了。不管自杀倾向是真是假，总之恶性枪击事件的凶手活下来的机会不到百分之一。兰克福德博士认为，为了谋划一起逃生机会如此渺茫的事件，凶手的本意早已是“无意生还”。

根据研究威胁评估专家的说法，大部分枪手往往会遵循一条清晰的路线。认识到这条路上的标志是防范此类事件的关键所在。这条路是从“欲求一死”的信念开始的。

很长时间里，谋杀式自杀类事件是被当作谋杀的一个分类看待的，而不被当作自杀类事件。部分谋杀式自杀确实更加契合谋杀的模式，因为自杀只是一个逃跑失败的后备计划。这个理解已经有所转变，进一步的研究数据表明，很多（哪怕不是绝大多数）谋杀式自杀的根源是可以追溯到自杀意念的。换句话说，正如乔伊纳博士所写："一旦证实自杀是谋杀式自杀事件的根本原因，那么防范自杀就成了关键。"

至少在科伦拜恩枪击案上，我相信这是正确的诠释。多年来，我找寻着迪伦性格中失落的部分，那个使他走上了不归路的部分。如今，就我所明白的，我相信乔伊纳博士的维恩图中的第三个元素——执行自杀的能力——提供了部分答案。

在他的文字里，迪伦对死亡的想法深感宽慰，但他似乎并没有自杀的能力。

正如乔伊纳博士所指出的，有人为了积攒力量从而伤害自己，会迫使自己通过各种方法对暴力和疼痛变得麻木，以此来抵御恐惧感（他认为，长期处在痛苦和惨状中的人群自杀率偏高，比如医生、士兵，或是厌食症患者）。我们的求生本能是与生俱来的，大多数人需要长时间的努力才能做到将生命弃之不顾。

迪伦做不到——靠他自己做不到。他一直谈到自杀，却并没有制订自杀的计划。他以文字描绘的自杀，与其他诸多事情一样，都是抽象的。这种无力感在他的日记中随处可见。他想找一份用电脑办公的工作，可他要么找不到，要么找到了也干不久。他不停地唠叨心仪的女孩，但没有一点证据证明他采取什么行动去追求她。他给她写了一封充满了煎熬的信，却没有寄出去。事实上，他们连话都没说过。

关于自杀，也是这样。他转向埃里克寻求帮助。"很快，要么我会自杀，或是我得到她（姑娘的名字）之后，就进行NBK计划。"迪伦似乎"需要"埃里克的他杀计划来成全他自杀的愿望。乔伊纳博士指出，与埃里克一起策划枪击案，可能是迪伦在为自己的死亡进行排练。为枪击案做准备的过程就是他让自己摆脱痛苦和恐惧的过程。

案发之后的多年，我并不愿意将迪伦的参与归咎于埃里克。我相信在某种程度上，无论埃里克对他有什么影响，迪伦还是要为自己做出的选择负责任。至少，有一个阶段，迪伦能与埃里克拉开距离，有过独立思考，告诉过我，埃里克"疯了"，也曾左思右想，寻求帮助以摆脱与埃里克的联络。

了解了精神疾病后，我现在有了不同的看法。在埃里克的日记中，暴力和仇恨跃然纸上，黑暗得让人不忍阅读。但他的字迹是清晰的，迪伦的却不然。兰曼博士是这样解释的："迪伦的字迹潦草，毫无章法，处处有混乱的符号和字句。埃里克的想法很变态，而迪伦的思想却是被扭曲的。两者的区别在于，埃里克想法的本质（想的是什么）与迪伦的思维方式（怎么思考）。"

我们了解到，埃里克的说服力极强。他的"归改"项目指导老师曾批准他提前结业，在总结报告中，她写"muy facile（sic）hombre"，我请懂西班牙语的朋友帮我翻译过来，这个词语表达了一种热情，兼有"超级易处"的意思。埃里克的光环可能也延伸到了迪伦，单靠他自己的成绩并不足以使他从这个项目中提早毕业的。数位心理学家告诉过我，精神病患者可能会有非同一般的魅力和吸引力。他们可以迅速找到切入点，熟练地操纵他人的心理。我不确定，尤其迪伦在本身就有问题的情况下，竟能从这段关系中得以逃脱。

兰达佐博士采访了几位潜在的校园杀手，他们在实施恐怖的计划之前就被阻止了，所以称其为"潜在杀手"。她描绘了这些人的矛盾心理和狭隘的视野。“当抑郁到了一定阶段，他们就想解脱。他们看不到其他选项，也毫不关心。”了解到这一点，丝毫不能减少迪伦的罪责，但或许能进一步解释他是如何走到那一步的。德韦恩·福斯勒博士是一位临床心理学家，负责联邦调查组对科伦拜恩枪击案的调查。他告诉我：“我认为，埃里克那天去学校是去杀人的，他自己死了也无所谓；而迪伦是去寻死的，他只求一死，别人的生死，对他也无所谓了。”

第十三章

自杀之路（迪伦的高二）

跟律师会谈长达4个小时，越发让人情绪非常低落。谈得越多，我们越能看到，这个曾经“完美”的孩子其实并不那么完美。待到会谈结束，我们不仅感到自己毫无用处，甚至还辅助了他的毁灭……我们一心认为信迪伦是完美的，任由自己那样去想，却没有注意他发出的信号，泄露出的他内心的愤怒与沮丧。我后悔不已，不知道以后怎么活下去。

——1999年5月，日记摘选

高二时，迪伦遇到了麻烦。不是一两次，而是遇到了好几次逐步升级的事件。

因此，本书中，写得最难的便是这一章了。我知道，大多数人读到这里会说：嗨，苏珊，这孩子都在崩溃边缘了，你却袖手旁观，无所作为？！真是见鬼了，你想什么呢？——迪伦的那些信号并不是很明显，我们也察觉到了，却误读了其含义。

现在，绝大多数孩子，即使他们有些大脑健康方面的问题，也不会去参与校园枪击。如果你家里有青少年，十有八九他/她脑部都是有些反常的。据估计，大约每5个孩子或是青少年中就有1个患有可诊断的精神健康异常状况。其中只有20%的孩子会被确诊。正因如此，只有在这些问题引发了暴力、犯罪或是自残之后，父母才意识到或者想到这点。尽管后果如此普遍和危险，但是青少年的大脑异常通常不能被发现，即便是有爱心的老师、辅导员和儿科医生，或是谨慎的父母，都注意不到。

有病却不治疗，这本身就是个悲剧。即使是轻微的大脑健康异常也可能让一个年轻人的生活脱轨，并且影响一个孩子发挥潜能。抑郁症之类的疾病还会导致更严重的后果，因为它为青少年设下许多陷阱，比如毒品、滥用药物、酗酒、酒驾、轻微犯罪、饮食不规律、自残、虐待、高危性行为等。

1999年，我一直把情绪低落和嗜睡称为抑郁，那时我还不知道这种抑郁和临床性抑郁有什么区别。诸多临床抑郁症患者描绘的症状是“虚无”的感觉。我完全不知道有近20%的青少年经历过抑郁症发作，而且只要有过一次，再次发作的风险就会更高（近期，疾病控制与预防中心的一份报告显示，这个数字已经接近30%）。

青少年抑郁症的表现与成年人有所不同，这也是我不知道的。成年人会显得情绪低落，精力下降；青少年（特别是男孩）则会更倾向于沉默寡言和易怒、自我批评、沮丧。没来由的疼痛、发牢骚、睡眠紊乱、缠人等都是年轻人患抑郁症后常见的表征。

我也不清楚，青少年的抑郁症状往往被发育时期的其他行为变化所掩盖，这可能也是诊断为时已晚的原因之一。父母可能不觉得一个青少年周末睡懒觉有什么异常，或是平常胃口好，忽然推开盘子说“呃，真恶心”有什么不对劲的——尽管睡眠和食欲的变化可能是抑郁症的症状。又因为许多抑郁的孩子连这些症状都没有，诊断就更不易了。

迪伦的抑郁症从未被确诊，也没有治疗过。在这一点上，他不是个案。绝大多数抑郁的青少年都得不到所需的帮助，哪怕是病情影响到了与亲友的关系或是学业，同时大大增加了危险性，使他们有触犯法律的行为，或是轻生。到了迪伦这里，两者都占了。

汤姆和我知道迪伦正在经历一段艰难时期。那年，我们全家都在遭受健康和经济双重忧虑的挑战。拜伦搬进了公寓开始独自生活，汤姆和我在他身上消耗了不少精力，而忽略了眼前的迪伦。那年的境况算是因素之一。

还有另一个原因是，汤姆和我并没有对迪伦高二有点走偏路反应过激，因为看似迪伦已经回到正轨上。到了那年年末，迪伦毕业前，在经历了失望和伤害后，看上去，他已经向我们证明回到了正轨。

我提及这些往事，并不是找借口，而是普遍来说，孩子自杀之后，父母时常会脱口而出说“他明明已经好多了啊！”——如同我们感到迪伦好多了一样。

还是那句话，我们以为迪伦被自己高二那年的麻烦导致的后果吓住了。不幸的是，他再次回到正轨后，我们以为是奔着考进亚利桑那大学攻读电脑专业，搬进那里的宿舍独自生活。相反，他的计划是一条走向死亡的道路，并且搭上了那么多无辜的生命。

* * *

这个夏天过得很愉快……迪伦正兴高采烈地跟朋友们共度时光。

——*1997*年*7*月，日记摘选

迪伦高一和高二的暑假过得都很安稳。只有一件令人不安的事涉及埃里克·哈里斯。

从幼儿园起，迪伦就没踢过足球。但那个夏天，他决定加入埃里克所在的足球队。尽管他缺乏经验，技术也有所欠缺，球队还是给了他一个机会。我们倒是很高兴，因为踢足球不会加重他的胳膊因打棒球而受的伤。再者，我们也很钦佩他愿意尝试一项多年未曾触碰的体育运动。

迪伦倒不是一名优秀的运动员。他很壮、四肢瘦长，灵活性和协调性都不太好，足球踢得也一般，但他每次训练都认真参加。当他们球队打进决赛时，我和汤姆去看了比赛。迪伦表现得很糟糕，他们队输了。

汗流浃背的迪伦和埃里克走到我们和埃里克父母站着的地方。我们正准备祝贺他们尽力而为，埃里克却大喊大叫起来，对着迪伦大发雷霆，数落着他在比赛中的表现。两个球队的家长和低声说话的球员都目瞪口呆。

埃里克的父母将他拉开，朝场外走去。汤姆、迪伦和我也慢慢地走到车旁，又惊又恼。我们听不到哈里斯夫妇在跟埃里克说什么，看样子是在试图安抚他的情绪。迪伦走在我和汤姆中间，目光呆滞，一声不吭。

埃里克如此无礼的行为和突如其来的盛怒，让我吃惊不小。迪伦却毫无反应，也让我觉得警觉。尽管他什么也没表现出来，但心里肯定是很受伤的，我为他感到心痛。我想拥抱他，但他已经15岁了，况且，旁边都是队友，我不能再让他尴尬了。

一进到车里，我就说："哎，真是个怪人！真没想到埃里克是这样的孩子！"汤姆将车打着火，迪伦盯着窗外，面无表情。面对埃里克失去理智，他却表现得如此平静，好像不大对头。我倒是宁愿他有恼羞成怒的自然表现。可是车开远了，他都没有反应。

我紧追不舍，想让他把气撒出来："他那样对你，你不觉得受伤吗？如果是我，我会特别生气。"迪伦还是看着窗外，回答我的时候面无表情："没什么，埃里克就那样。"

我记得当时汤姆情绪很激动，迪伦却一副事不关己的样子。埃里克的自我意识该有多脆弱，才会因为输了一场足球赛而发怒呢？比起迪伦，我更感到难堪。这场脾气暴露了埃里克的幼稚。

回家的路上，我一直保持"母亲式拯救"模式，提出了各种建议，帮助迪伦回顾这场比赛，本来如何可以赢。可能这让他觉得更加羞愧，但我没法阻止自己。我告诉他，以前我上高中的时候也总是最后一个被选上各种体育队的，我的亲身经验是，最好的球员往往会奋不顾身地去拼搏，要有拼命的气势。一般来说，赢球的都是心志坚定的那一方。

迪伦一声不吭，我也渐渐冷静下来。接下来的那场球赛，也是那个赛季的最后一场。让我们惊喜的是，迪伦踢得前所未有地棒，主动出击、控球做得很好。尽管他们还是输了，但教练表扬了他的进步，他显得放松了些。我多傻啊，以为是自己的建议起了作用。汤姆和我很高兴地看到，这次埃里克没有输不起球的差劲表现。

对于埃里克的失态，汤姆极其恼火。虽然他一直没有彻底原谅埃里克，但也没有阻止两人继续做朋友。我们以为迪伦自己能处理好——毋庸置疑。现在回想起来，我们当时真应该强行把这两个男孩子分开，不让他们继续交往下去。

* * *

得失输赢和其他一些事，无论是预设的，还是真实的，都可能产生羞愧、耻辱和绝望等感觉，也可能是自杀行为的诱因。诱发性事件包括失去，例如失恋、死亡、成绩不好，等等。或是跟官方有了矛盾，比如，被学校停课，或是触犯了法律、遭受欺凌，再有就是健康问题。对那些自尊心较弱或是患有抑郁症之类的精神问题的人来说，这一点尤其常见。如果有帮助他们的办法，应该做出安排。

——美国自杀学协会

迪伦高二刚开始，我们全家立刻被各种问题困扰了。

拜伦试着独立生活的头几个月，我们捏了一把汗。我一再用艾尔玛·邦贝克的话安慰自己，她说她的儿子们也过得跟仓鼠似的。但我还是操心，至少要保证拜伦每个星期能好好吃到两三顿饭。他每周日晚上回来吃饭，走的时候会带上一大袋我们没吃完的食物。

他的饮食和自理能力还不是我们最担心的事。那个秋天，他经历了一场又一场危机。首先是车祸，他在十字路口等着的时候，一辆车从侧面与他相撞。虽然他受了轻伤，但还是很吓人，车也报废了。接下来，他又来来回回打工，时不时因为微不足道的原因就不干了，比如他不想早起，或是不想上班穿制服。当他挣的钱够付房租了，却又忘了付。

在心底，我坚信拜伦是个好孩子，正如我相信迪伦一样。“他会慢慢懂事的。”我时常这么劝慰汤姆。但每当电话铃声响起，就有新的麻烦，我开始怀疑拜伦是不是真的能长大自立。

我自己也有不少情况。9月，在经历了一场旷日持久的政治权力抗衡之后，我在学院里一个新的岗位开始了工作，负责一个规模不大的基金项目，帮助校区里的残障人士学习电脑技能。我每周只需要去工作四天，因此工资也降了不少。这个基金项目是有时间期限的，这一点也增加了工作上的不确定性。上班的路程远了将近一倍，想到孩子们需要我的时候，即使立刻动身回去也得很长时间，我心里就觉得不安稳。

我们生活里最大的压力因素，要算是汤姆的健康状况急剧恶化。他的关节疼痛已经很多年了，膝盖僵硬、脖颈酸痛，照他的描述，脚趾都会感受到尖锐的疼痛，仿佛被冰柱戳刺着。他还一阵一阵感觉到不明所以的虚弱无力，持续偏头痛，仿佛轻微中风似的，让他一时间不能动弹，偶尔失明或失语。迪伦进高中的时候，汤姆被诊断为风湿性关节炎，那长期的痛苦总算有了一个解释。风湿性关节炎是具有退变性的，汤姆担心健康会由此继续恶化，最终会导致残疾无法工作。

有一天早餐时，他拿起橙汁盒子，胳膊上一根肌腱突然就断了。看着他的大拇指耷拉着，我俩面面相觑。平日里，汤姆像头公牛似的，什么困难也不怕，可以连续挥舞着大铁锤干18个小时的活儿也不叫一声苦；可以跪在那里倒水泥，一直到膝盖流出血来。在那个时刻，这样一个男子汉却被一盒橙汁打倒了。他要崩溃了。

作为地球物理学家，他需要每天长时间工作，但持续的疼痛，加上他精神状态不佳，让他干不下去了。这让我们的经济状况更加紧张，特别是眼看着迪伦要上大学了，面临着一大笔费用。我们买的房是需要修缮的，汤姆也只好把那些修修补补的项目停了。他一向喜爱晚上出去跑步，那是他主要的健身活动，同时还能减压。这下也没法继续了。

我们都需要一个更为有效的减压阀。开支紧张、汤姆的病情、我的新工作和拜伦的不稳定，我夹在这一切之中，感觉自己像个船长，正在努力把着舵，穿越风暴，同时试图稳定军心。很多个夜晚，我都是筋疲力尽地倒在床上，连刷牙的力气都没有，一醒来就开始担心我们家还能不能渡过难关。

类似的烦扰（特别是经济问题和父母的身体状况），是青少年抑郁症发作和自杀的风险因素。而几样结合在一起，更是提升了风险。

我们确实注意到迪伦情绪比往常烦躁些。我们家的气氛一般是比较温和的，不会出现摔门或是吼叫的场面，儿子们不许回嘴，或是在我们和其他大人面前胡说八道。即便是跟拜伦的矛盾最激烈的时候，我们也能好好说话，这点我还是比较骄傲的。作为一个青少年，迪伦还是不能控制好自己的不满和烦躁。如果开车时我叫他放慢速度，他会给我一声长长的、低沉的叹气，然后像老太太一样慢腾腾地开个几英里，让我知道他的意思。我问："你出去之前把床单换了好吗？"他会不易察觉地转一下眼珠，接着转身去做。

我不喜欢他这么叹气或是转眼珠，但也没多计较。很多母亲在面对被孩子不尊重的问题上，处理得更棘手。在迪伦的配合下，还是有一闪而过的讨人喜欢的时刻，使得我们不至于过于担忧。在我为他情绪不稳或是烦躁而担心时，他会高高兴兴地跟我跑一趟腿，或是坐下来跟我们吃顿晚饭，说说笑笑，让我们忘了那些不安。他不是那种让人整天担心的孩子。

直到他成了那样……因为那年，好像汤姆、拜伦，以及我们的经济窘迫还不够麻烦似的，这个家里唯一一个似乎顺风顺水的人，也开始经历一连串的麻烦了。

* * *

9月，迪伦满16周岁，汤姆和我建议给他开个生日聚会。他表示反对："我不想大张旗鼓。"但是16岁是个里程碑，值得我们好好庆祝一下，以前也给拜伦庆祝过。

我们家的传统习惯是由寿星挑选一个餐馆。那年，迪伦挑了一个以20世纪40年代经典电影为主题的烧烤店。拜伦找不到人顶班，因此没法参加弟弟的生日庆祝。我们很失落，同时也为他终于有了敬业精神而高兴，也就表示了支持。另外，我和汤姆也为迪伦准备了一个惊喜，因为他的朋友扎克那天也得上班，所以我们邀请了埃里克和耐特来餐馆一起庆祝。

看到朋友们的到来，迪伦是真的出乎意料，直到晚餐过半，他才放松下来，开心享受，这让我很是心疼。哪怕是最细微的人际关系里的不自在，他都很敏感。场面有些尴尬，我们感觉比迪伦要稍好一点，可也觉得不太好意思。迪伦知道我们要求严格，不允许说粗话，也不纵容挑食，如果他表现出对朋友们的言行有鼓励，会让我们不快。渐渐地，他放松下来，以幽默对我们表示感谢，感谢我们不顾他的意愿给了他这个惊喜。但接下来的事情变幻莫测，接连不断。

那个月底的一天，他半夜醒了，胃部剧痛。我们带他去了急诊室，不是阑尾炎，什么也没查出来。医生也大惑不解，只好先让他出院，但他很快就恢复了。后来我才知道，身体上没来由的疼痛，特别是腹部疼痛，可能是抑郁症的一个症状。

接着，两天之后，1997年10月初，汤姆接到学校打来的电话，通知我们迪伦被学校停课了。这真是个晴天霹雳，我们的两个儿子头一次受到学校的处罚。

迪伦对电脑服务器维护和网络管理方面很感兴趣，一位老师问他和扎克能否帮忙维护科伦拜恩高中的电脑系统。在系统里鼓捣时，他俩发现了一个列着学校学生们书柜的密码清单。为了验证这些密码是否准确，迪伦试着打开了一两个书柜，马上就关上了。接着他将这些数据传到一个磁盘上给了埃里克。扎克更过头了，打开了他女朋友前男友的书柜，还在里面留了张字条。因而，他们被抓住了，校方通知我们，他被罚停课5天。

我和汤姆都认为这个惩罚过重了。迪伦确实该为自己的行为受罚，因为他无权去倒腾学校的文件。但他只是试着打开了书柜，什么也没碰，很快就关上了。汤姆觉得惩罚不当之处在于没有让男孩子们明白到底错在哪里。这时候其实是需要让孩子们觉得自己与学校是息息相关的，而不是将他们从学校隔离开。我们都希望学校能考虑给一个警告或者留校察看，而不是直接将他们排除在外。于是约了校方沟通一下。

那次会面进行得不顺利。规章制度里没有具体条款可以适用于他们俩的行为。因为没有书面的政策的缘故，校方于是决定按照“携带武器到学校”的条例来处罚。

我对此感到无比震惊。他们干的事更接近溜到女生厕所偷看，或是作弊之类的行为。我并不是轻视这件事，也不认为溜到女生厕所就无所谓，而是他们根本就没有带武器到学校，或是干类似的事。

我们询问校方能否考虑一下其他方案。这两个孩子可以业余时间来做设备维护，或是打扫储藏室等。校方领导告诉我没得商量，学区负责人已经知会此事，并趋向严格处置，如果我们有其他问题可以跟电脑课的老师谈谈。同样作为一名管理者，我知道这位领导需要把这件事画个句号，好着手处理下一个问题。

在等电脑课老师时，我与迪伦单独待了一会儿。我想让他明白自己的行为所造成的后果。他很喜欢这位电脑老师，所以我告诉他，他的所作所为很可能会导致这位老师丢了饭碗，或是会导致整个电脑课开不下去了。迪伦的脸上没有任何不服或是不屑的表情，只是看上去很难过。见他明白了道理，我很满意。老师过来了，他看上去也像是受了打击，但是态度仍很亲切，主要表达了对迪伦的关心，大家互相道歉。然而，随后听到的信息比被停课要让迪伦更加痛苦——老师告诉迪伦，他不能再做维护系统的工作了。

我们从学校离开的时候，迪伦的表情看上去很僵硬麻木。我问他觉得能否好起来，他说，他会的。他的学业相当繁重，科目难度也很大，有高等化学、三角函数、世界史，法语上到了第四学期，电脑课，还有写作课。我问他停课五天打算如何保持学业进度，他说会跟朋友们要来笔记和作业。迪伦问我是怎么想的，我跟他实话实说："我不理解也不同意校方的决定，但会支持。我们若是采取积极合作态度，事情就会尽快解决。我不想让你和学校之间产生间隙，那样情况会更糟糕。"他点了点头，表示明白了。

停课期间，大部分时间都是汤姆在家陪着迪伦。一次他俩谈心时，迪伦抱怨校方较为袒护学校的运动员，其他学生哪怕犯的错没有运动员的严重，受的处罚反而重一些。在迪伦的印象里，学校是一个"不公平"的地方。尽管如此，他还是安心接受了处罚。五天到了，我们三个都长嘘了一口气，继续以往的状态。

10月，迪伦拿到了驾照。这下子他开车时身旁连个大人也没有了，让我很担心。他却如释重负的样子，因为再也不必依靠我们和朋友接送了。汤姆的业余爱好是搜寻老旧的破车，然后低价买回来。他对迪伦的责任感很放心，就花400美元给他买了一辆黑色的宝马。这辆车车窗是坏的，里面也有损坏，更别说因为车很老，很难达到科罗拉多的废气排放标准。但父子俩并不在意，倒是觉得这车已经出厂16年了，正好是跟迪伦一样大的年纪，很有意思。迪伦同意自己付加油费和车险。

迪伦拿到驾照之后，我跟妹妹说，他仿佛是长了翅膀。我们从市郊搬到山脚下时，他大部分朋友都还在原处。从安全角度考虑，我们宁愿他在朋友家过夜，也强过晚上开车从山路回来，但我不喜欢和家人分开的感觉。汤姆提醒我说，该放手让他长大了。

他与耐特、埃里克和扎克一起去打保龄球、打桌球、看电影。有时他们聚会，会有大人督管。迪伦不是第一个进入青春期的孩子了，可是他出门时，还是会被我们连珠炮般地追问："你去哪儿？都有谁？谁开车？会不会喝酒？他们家长在吗？留个他们家的电话号码……"我们常会打电话去查看，迪伦总是他说了在哪儿，就会在那里。我们规定了宵禁时间，他唯一一次回来晚了，是因为一个朋友开车被追尾，他去帮忙了。

那年，我和汤姆确实感到迪伦离我们越来越远。他把二十一点比萨店的工作辞了，想找一份跟电脑有关的工作，可是找不到。那年秋天，他也没有再为学校排的话剧管理音响。他晚上能多在家待着是挺好的，但我觉得他太闲了，而且花了太多时间在电脑上。当然，离群、孤僻也是成人和青少年抑郁的一个信号，但我和汤姆觉得，他想有自己的天地和隐私还没到成为危险信号的地步。他在房间要么是跟朋友在电话里聊天，或是在电脑上互动——他没有离群索居，相反，他的社交活动越来越活跃。

入秋，天越来越凉了，令人不安的情绪始终没有止歇。我在艺术学生团体跟着学画画，我最喜欢的一位老师因心脏病骤然离世了，嫂子也住进了医院，妹妹多年身体欠佳，又病倒了。同时，汤姆的健康状况也在继续恶化。11月，他动了手术，修复了胳膊上的肌腱，又安排了1月做肩部手术。他依旧不能做太累的工作，我们的经济状况也加重了。

有朋友借用丘吉尔的话来安慰我：“如果你在经历重大的困难，不要放弃，继续努力往前走。”但坏消息接踵而来。某天，拜伦从急诊室打来电话，他与种族主义分子——前光头党发生冲突，受了伤，三处需要缝针。那天晚上，我对拜伦的现状有了几近绝望的感受。当然，他能为自己的信仰挺身而出，我是欣慰的。可他做的决定总是带来麻烦，我们所做的一切——治疗、支持、严格管教，都没什么用。

在那个艰难的时期，感恩节是难得的光亮。我的娘家来了八位亲人跟我们一起过节。与我们平时安静的生活相比，家里忙碌而热闹起来。我和哥哥妹妹关系很好。我们大声说笑着，说话语速很快，总有说不完的话。家人在一起让我很幸福，可迪伦感到这情景有点受不了。

我父亲曾经在家附近开过电影院。我第一份工作就是在电影院卖爆米花。我们都很喜欢看老电影，也爱看书、听音乐。理所当然地，我们也喜欢玩猜字游戏。迪伦通常喜欢跟大人们玩扑克牌，那次经不起我们再三恳求，跟我们一起玩了几轮猜字游戏。他很风趣幽默，也很聪明，我觉得很骄傲，也很高兴他没有因为羞怯而拒绝跟我们一起玩。

我们却没料到，仅仅几个月之后，一切都分崩离析。迪伦再一次让我们焦心了。

* * *

1998年1月初，迪伦跟我们抱怨，他被学校几个新生烦扰，他们老是招惹他。汤姆听了，强忍住没乐出声，因为迪伦身高六英尺四英寸，读高二了，而那些孩子是新入学的。迪伦说他想找几个人去跟这些新生对峙。我和汤姆提醒他，别让对方惹怒你，那正好让他们得逞了。我担心会有人受伤，汤姆担心如果他跟新生发生矛盾，会使他更加难堪。

迪伦却没法放下这事，他和埃里克背着我们找了几个朋友，约了新生们去校外某处对峙，但新生没有赴约。汤姆和我事后才知道这事。迪伦认为他处理得很好，但我们很难过。我只能往好处想，至少没有人受到伤害。

月底，我接到朱蒂·布朗的电话。朱蒂是迪伦的朋友布鲁克斯的母亲。布鲁克斯和埃里克在学校打起来了，埃里克朝布鲁克斯的车扔雪球，砸坏了风挡玻璃。朱蒂怒不可遏，长篇大论地批评埃里克，我听得一头雾水。在我看来，两个男孩都有责任，他们之间也可以解决问题。我不懂她为何要这么冲动参与这件事。我觉得她对埃里克的愤恨似乎反应过激了。

朱蒂打来电话不久，汤姆又接到学校的电话。在上次电脑事件的4个月之后，迪伦故意用钥匙划了一个书柜。因此，他被罚停课一天，并要付70美元罚款，换一个新的书柜门。汤姆去学校交了罚金，同时也问了一下那些新生的情况，他很确定如果不是对方主动惹迪伦，迪伦不可能无缘无故这样的。校方认可说，这届新生是比较难管，在学校里搞得好像老大似的。校方也跟汤姆保证，学校会着手处理的这些事。

那天晚上，我们跟迪伦谈了心。汤姆很恼火，为迪伦破坏公物，也为学校收了那么多的罚金。为此，迪伦把手头的现金都给了汤姆还不够。他承诺说会多干家务活儿来抵。我告诉迪伦，别人惹他，他自己不该动怒。

我并不知道迪伦划了谁的书柜，还是因为一时兴起划的。后来我在报纸上读到，迪伦当时划出的字是“弯仔”（指男同性恋），还有当年迪伦和埃里克经常在学校被如此羞辱和取笑，但校方没有这么说过。

当然了，年纪小的男孩欺负年纪大的倒不是闻所未闻，但我没法想象谁能欺负迪伦。对于会被同学欺负的对象，以及会自杀的孩子的形象，我脑海中只有一个刻板的印象。迪伦的着装和发型会显得和其他住在市郊的幼稚、有钱的主流孩子不一样，但并不算很出格。他告诉过我们，他的身高很有气势，我们也相信。高一的时候，有一次迪伦跟汤姆说“讨厌打球的”，汤姆问他是不是那些人找他麻烦，他自信地回道：“他们不敢烦我，我六英尺四英寸高哦。他们倒是让埃里克不好过。”

科伦拜恩枪击案之后，有很多文章都在描述学校的文化、氛围以及迪伦在其中的角色。2000年，丹佛地区检察官办公室青少年“归改”的主任雷吉纳·许尔特编汇了一份报告。拉尔夫·拉金也将自己的独立和全面的调查汇集成册，在2007年出版了《了解科伦拜恩》（*Comprehending Columbine*）。这两份研究都发现科伦拜恩高中在学业上成就斐然，风气保守，这点是众所周知的。但他们也写了学校里欺凌现象严重。报告特地提到一帮体育运动员骚扰、欺辱、殴打学校里不起眼的学生。并且拉金指出，学校里更有传播基督教福音的学生劝人信教，他们自以为比他人道德高尚，认为穿着打扮异类的孩子是邪恶的，有针对性地盯着他们不放。

这份调查与我们后来听到的不少故事是一致的，这些孩子亲口跟我们讲述在身体上和精神上怎样受到同学的欺负。有一个故事尤其值得注意。1999年秋天，汤姆去警署将迪伦的车从拘留所开回来时，一名职员对他表示安慰，并且告诉汤姆，他儿子在科伦拜恩高中曾经被人把头发点着了，导致头皮严重烧伤。但是孩子却不让他父亲去找校方反映，因为他害怕会让境况变得更糟。他一边说着，一边浑身愤怒地颤抖。尽管事情已经过去了，但这位父亲对汤姆说的时候仍然很激动，当时他想去把学校“一块砖一块砖”地摧毁。

枪击案发生大约5年以后，我与科伦拜恩高中的一位指导老师有过谈话。他说道，在一次欺凌事件被曝光之后，学校对学生实施了更严格的监督。课间会有老师站在走廊上，午餐期间也有老师在餐厅看管。但是我们也一致认为，要全面控制2000名学生在校园里的言行举止，或是了解他们在冰激凌店、停车场干什么，这都是不可能的。尽管校方采取了一些措施旨在杜绝学生之间的冲突，但收效甚微。科伦拜恩高中对很多学生而言是个充满恶意、让人恐惧的地方，哪怕对最受欢迎的学生也不例外。何况迪伦和埃里克根本不是受欢迎的学生。一位邻居的儿子曾经在这里上高中，他对这起枪击案的反应是“我倒是奇怪这种事没早点发生”。这样的话我们听过多次。

许尔特和拉金都提出，老师们对走廊里发生的骚扰，甚至暴力都假装没看见，要么是因为他们不当真——“孩子就是孩子”；要么是他们站在受欢迎的运动员们一边，任由他们欺负别人。他们记录了一些事件，比如校方在收到具体不良事件报告后并未采取行动。如今你听到这些可能会吃惊，但是在1999年，欺凌现象尚未引起重视。当时既没有反对欺凌的联邦法律条规，也没有严格的学校条例，《纽约时报》也没有出版与之相关的书籍。同龄孩子之间的残忍行为，不像如今这样被当作公共健康问题来理解和对待。

汤姆认为，正如拉金所指出的那样，科伦拜恩高中的文化氛围是有害的，复仇的欲望是这两个男孩子袭击学校的动机。很多专家并不同意，尽管迪伦和埃里克是把炸弹放在了学校运动队队员通常坐的地方，但在袭击当天，他们并没有特别瞄准那些受欢迎的孩子或是运动员，甚至没有专门瞄准任何人（在兰曼博士所著《校园枪手：了解高中、大学和成人凶犯》一书中，记载了48位枪手。其中，只有一个枪手的专门目标是某位霸凌者）。另外，迪伦的日记里几乎没有提到欺凌，只是提到了他对那些运动员有些嫉妒，因为他们在学校里如鱼得水，有女生缘。

我个人对此立场属于较为中立的。欺凌，无论有多么严重，都不该成为报复或是暴力的借口，更不是大规模屠杀的借口。但是我确实相信迪伦被欺负了，而且和其他因素结合在一起，都与他的暴行有关联。基于迪伦的脾性和核心个性特征，欺凌对他造成尤其深刻的伤害。他不喜欢做错事，不喜欢输或失败，他的自我意识很强，对自己也很苛刻（没完没了地自责，恰好也是抑郁症的另外一个特征）。他喜欢凡事靠自己，希望给别人留下自强自立的印象。在他每次被欺凌时，这样的自我意识，必定都会被再次摧残。看来，这样的情形发生得很频繁。

一天，迪伦放学回家，衬衫上有一点点的番茄酱。他不愿意说是怎么回事，只说他过了“这辈子最糟糕的一天”。我不停地追问，但迪伦却不再吭声，我也就随他去了。“小孩子之间总会有合不来的时候。”我想，“不管啦，都会过去的，不然，会有人来跟我说的。”后来报纸的报道中提到这次事件远比我想象得要严重得多，一群男孩子恐吓迪伦和埃里克，推搡他们，朝他们身上喷番茄酱。单是这件事并不是这两个男孩组成致命联盟的直接原因，但共同受辱的经历，确实会形成将双方拧在一起的纽带。

汤姆和我还知道另一件事。高二时，迪伦在离学校挺远的地方有个停车位。跟那些新生对峙事件发生几周之后，迪伦回来跟汤姆说，他的车开起来不对劲。于是，汤姆发现前车盖仿佛被人踩过，足以压坏里面的保险盒。迪伦说他没注意到。汤姆开门见山地问他，是不是那些新生故意搞破坏。迪伦说他不知道是什么时候或是怎么被破坏的，只肯定是在学校的停车场发生的。这辆车已经很旧了，我们从没指望这车能毫发无损地维持到迪伦高中毕业。然而我们没能将这事搞个水落石出，让我后悔不已。

汤姆和我并不觉得迪伦在学校不受人欢迎，他的朋友真是太多了。不幸的是，我们对他真实的学校日常生活几乎是一无所知。拉金在书里引用了一段迪伦制作的录像。迪伦和几个男孩子在走廊里，随意拍着录像。四个学生朝他们迎面走来，其中一个穿着科伦拜恩高中橄榄球队的队服，在与迪伦擦肩而过时，撞到了迪伦的胳膊肘。迪伦疼得叫了起来，录像机猛烈摇晃。运动员们大笑着，迪伦的朋友们嘀咕了几声，声音低得几乎听不见。拉金由此准确做出了结论：最让人心寒的是，迪伦和朋友们继续顺着走廊往前走，一副若无其事的样子。“显然这样的行为在学校已被作为常态而接受了。”拉金写道。此外，他还跟一些学生进行了面谈，也得出了同样的结论。

这也恰好跟我们经历的谈话不谋而合。迪伦的一个朋友先是跟我们说，从来没见过学生们互相恶意相待——又说，某次体育比赛期间，有孩子用装满烟蒂还吐了痰的饮料罐砸他们。另一个告诉我们，一群孩子开着车从他们身边路过时，朝他们扔玻璃瓶子和垃圾（拉金的报告说，学生中，开着车朝不起眼的学生扔垃圾是司空见惯的）。迪伦已经不再反抗，他对另一个被吓坏的孩子说：“这是常有的事，你慢慢就习惯了。”

迪伦对我们隐瞒他在学校的实际情况让我们很心痛。我至今还会做梦，梦中我发现了他深藏不露的痛苦。有一次，我梦见他还是蹒跚学步的年纪，我在给他脱衣服洗澡。当脱下衬衫时，我看到他的全身上下遍布网络状的伤口。就连写下这一幕，都让我忍不住痛哭。

我们是不曾察觉迪伦的难处，但这些难处并非罕见。美国疾病控制与预防中心在2011年的一项研究表明，在调查进行的30天之内，全国有20%的高中生在校园里遭受过欺凌。社交媒体上被欺凌的百分比更高。反欺凌倡导者认为，这个数字应该接近30%。

关于同伴的骚扰对孩子的影响已经有了众多的研究。在欺凌和大脑健康问题之间，毫无疑问存在着关联，且一直会延续到成年。杜克大学的一项研究发现，遭受欺凌的孩子成年后，患上陌生环境恐怖症、焦虑症、恐慌症的概率是从未被欺凌过的孩子的4倍。而对于欺凌者本身来说，发展成反社会人格障碍的可能性也同样增加了4倍。

抑郁和自杀与欺凌也有着密切的关联。无论是作为受害者还是欺凌方，产生抑郁、自杀倾向并将之实施的风险都更大。耶鲁大学的研究人员发现，被欺凌的受害者产生自杀念头的是其他孩子的2～9倍。

欺凌和暴力之间的关联也是存在的，只是更为复杂一些。被欺凌的孩子日后往往都会去欺负别人，这正是迪伦和埃里克的情况。拉金引用了一个孩子的陈诉，说迪伦和埃里克恐吓过她有特殊需要的弟弟（注：通常是指有学习障碍），以至于这孩子都不想上学了。研究人员将被欺凌和欺负别人的学生都称为“欺凌受害者”，发现他们在很大程度上会有心理问题。“数字就能说明问题，相比从未有过欺凌体验的孩子来说，他们患有恐慌症的可能性是14倍以上，患有抑郁的风险是5倍以上，有自杀念头和企图自杀的风险是10倍以上。”

迪伦从同学那里所受到的羞辱和贬损极有可能影响了他的心理状态。多年里，他对自己感到愤怒，到了一定程度，便将愤怒对准了他人。从毁灭自己的想法中得到慰藉，也渐渐包括毁灭他人。在本应是安全环境的学校里一再受辱，逐步使他的心理承受能力达到了临界点。

诚然，纵使迪伦受到了同学的侮辱，也不能为他的罪责开脱。同时，我深深地自责和遗憾，因为我没能设身处地去想迪伦的心理感受。我真该多花些时间和精力了解清楚学校的环境和文化（以及对迪伦是否合适），事实上，我关注更多的是学习方面。

间或，我会让自己幻想故事的另外一千种可能性，每一个幻想都会是从一所不同的学校开始。我最感到后悔的是，没有尽己所能地了解迪伦的内心世界。

* * *

在我参加一次预防自杀的会议时，一位父亲叙述，他是如何未曾识别出12岁的女儿发出的抑郁症信号的。他注意到她更爱发牢骚，也更黏人；抱怨不明所以的疼痛，儿科医生却什么也查不出来；胃疼、头疼，更不愿意上床睡觉——“就把这章读完，再读5分钟，我保证。”孩子会说——他丝毫没有意识到，这些都是这个年纪的孩子可能患有抑郁症的信号。

我也同样没意识到。几年以后，我对一位母亲说起这件事，她有一个11岁的女儿，她因而警觉起来，于是在已经为人父母的朋友中做了一次非正式的民意调查。他们的孩子黏人、多疑、睡眠失调等状况，是否作为孩子可能得了抑郁症的信号来看待？没有一个人给出肯定的回答。你会吗?

更让人不安的是，在那次会上认识的这位父亲告诉我，他女儿的主治医生对这些信号竟然也没有察觉——更不要说这孩子自杀的风险极高。在将近80%的自杀事件中，当事人在自杀前的一年之内都去看过医生，有近一半的自杀者在自杀前一个月看过医生。而迪伦，在他死前的几周，刚刚因为嗓子疼去家庭医生那里就诊。

作为医生，对病人定期进行抑郁和自杀倾向的筛查是至关重要的。老师、学校辅导员和教练们都是很有话语权的。有一些旨在提高人们的意识项目，例如“看门人计划”、ASIST（应用自杀干预技能训练计划）就会指导人们去识别常有自杀想法的人。这些干预手段是可以拯救生命的。

尽管迪伦很聪明，但他的高中成绩从来不是特别好。在高三最后几个星期，他的成绩实在下滑得很快，引起了两位老师的重视。他的头发留得很长却很干净，总是戴着一顶棒球帽，头发从下面露出来；脸上毛糙糙的，汗毛和胡须东一块西一块的。为此，所有人，包括汤姆和我，都在他的价值观方面找问题，而不想想哪里是不是不对劲。

这就是我们需要面对的矛盾之一。当然，如果得抑郁症的孩子仍开朗友善、容易相处和交流，那么帮助他们会更容易些。如果他们都长得像宣传册上的孩子的样子就好了——清清爽爽，魅力十足，手支着下巴，沉思地凝视着窗外的雨。现实中，心理状况不佳的青少年一般更加不让人喜欢：有攻击性，好斗；易怒，充满敌意和戾气；懒惰，牢骚满腹，常常失信；有时不注意个人卫生。然而，不管他们多么困难，仍会一再将亲人推开，这并不是说明他们不需要帮助，恰恰相反，这些表现正说明他们需要。

* * *

还是迪伦高二那年，接下来，他遭遇了最具灾难性的事件。

1月30日，划损书柜事件的几天之后，迪伦和埃里克因为打碎了一辆面包车的玻璃，偷走了一些电子设备而被捕。

那天晚上，迪伦本来是要跟扎克一家一起去参加教会活动，然后计划一起回我们家过夜。我和汤姆在客厅一起听音乐。晚上8点半左右，电话响了。是扎克的父亲打来的，听上去很不快，因为扎克跟女朋友吵了架，两人就先离开了。之后扎克又从行驶的车里跳了出来，好像受了伤，有点失去意识了。当时情况相当混乱，扎克的父母告诉我们，原本的打算得改变一下了。迪伦也不在教会了，他跟埃里克一起走了。

我谢了扎克的父亲，立刻打电话给埃里克的父母。他们也很焦急，不知道两个男孩子的去向。我们互相说好一旦有消息就立刻跟对方联系。没过几分钟，电话又响了，是警署打来的。迪伦和埃里克被捕了，被指控非法侵入及破坏他人财产。

汤姆和我开车到警署时，哈里斯夫妇已经在那里了。指控包括：非法入侵及盗窃，都是重大刑事罪；还有刑事性损坏，属于轻度过失。

当听到这些严厉的指控时，我张口结舌。我简直不敢相信，从来没有干过什么坏事的迪伦，居然能做出这种事，而且这很可能会对他今后的人生产生重大影响。我们夫妇从未被捕过，于是我们给一个当律师的邻居打电话咨询。他说，迪伦应该“和盘托出”。挂电话之前，他安抚我们说：“男孩子都会做傻事。他是个好孩子，不会有事的。”

我们等着，等待仿佛漫长无边。哈里斯太太开始抽泣。随后，孩子们从侧门走进来，身后跟着一位警察。迪伦戴着手铐从我身边走过时，我忍不住想吐。

我们又等了几个小时，不知孩子们会被送到拘留所还是能回家。终于，逮捕他们的警察建议他们参加一个“归改”项目，这是特地为首次犯法的青少年设立的。这个项目会提供心理咨询，监督社区服务；这样他们就不必被指控刑事犯罪，也免去被拘留。因而，他们被释放了。

在回家的路上，没人说话，我们三个人心里都是翻江倒海，愤怒、羞辱、恐惧和失望……到家已经凌晨4点左右，我们身体和精神都已疲倦至极。我们告诉迪伦，他要承担后果，现在我们先休息，之后再谈。尽管筋疲力尽，我还是无法入睡，直到太阳升起，才合上眼。

汤姆先醒了，等迪伦起来之后，他们俩出去走了很久。后来汤姆告诉我，迪伦因为这件事非常非常生气，对警察、学校，对生活的不公平。他气坏了，似乎不愿意承认自己做错了。

我心中很恼火，直到自己平静下来之后才能跟迪伦说话。主卧室在一楼，迪伦的房间在二楼，所以我们俩常坐在中间的楼梯上聊天。那天晚些时候，我俩坐在楼梯上开始交流。我在日记里记录了那晚的谈话，在迪伦去世之后我重温了无数次。

是我先开口的："迪伦，让我弄清楚这件事。你怎么能干出这种没道德的事？"他张开嘴要说什么，但我把他打断了。我说："等等。首先，告诉我是怎么回事。从头到尾，一个字别漏。"

迪伦跟我讲述了那个诡异的晚上发生的事情。扎克离开教会之后，他和埃里克决定去玩爆竹，于是他们把车开到离我们家不远的一片停车场（一些骑行爱好者会把汽车停在那里），然后去风景秀丽的山道上骑车。黑暗中，他们看见一辆面包车停在那里，里面没人。看见里面有电子设备，车又是锁着的，他们使劲想把窗户撞开。迪伦理所当然地说，那辆车是被遗弃了的，没人要。窗户撞不开，于是，他们就用石头砸碎了。

我问迪伦，用石头砸窗户的主意是不是埃里克想的。他说："不是，是我们俩一起想出来的。"

他们拿了设备就开车到附近一个偏僻的地方。几分钟以后，一位警察路过，发现了被损坏的面包车。接着又在不远处发现了这两个男孩坐在埃里克的车里，车里还放着那些设备。警官刚走近车，迪伦就承认了。

我听完了他的讲述，又问了一遍问题："你犯了罪，侵犯了他人。你怎么做得出这样不讲道德的事？"他的回答让我大吃一惊。他说："我没有侵犯个人呀，是侵犯一个公司。所以人家都要买保险就管上用了呀。"我惊得下巴都要掉了，叫道："迪伦！盗窃是侵犯他人财产，是犯罪！公司都是由每个人组成的！"我想跟他把道理讲清楚，"如果我们有个租户决定要从我们的一个公寓里把灯具偷走，那是算侵犯我们的财产，还是侵犯公司？"

迪伦让步了："好吧好吧，我明白了。"但我没有停止，接着解释说，面包车车主是要给保险公司付一定的自付部分的费用。"迪伦，所有的犯罪行为都是有人受损的。"我听说过一个故事，有个银行程序员设计了一个程序，将计算时几乎难以察觉的零钱数目偷偷转到自己账户里。"很快，你就能搞明白怎么这样做了，"我告诉他，"你觉得那样道德吗？"他说他知道不对，向我保证说再也不会重蹈覆辙了。

他做错了事，我要让他自己明白他错了。为了让他体会同理心，我让他换位思考，想想如果别人偷了他的东西，他会是什么感觉。"迪伦，如果你在生活中什么规则不遵守，至少也得遵循十诫吧，不得杀人，不得偷盗——"我顿了一下，在想还有什么诫命适用，但决定还是不要紧追不放了，"这些是你要遵守的。"

他说："我知道。"

我们沉默了，又坐了一会儿，接着我说："迪伦，你把我吓着了。我怎么知道你以后不会再干这样的事情了？"他说，他不知道，好像自己也被一时冲动干这种事吓住了。显然他看上去也很难受。这时候，我已经不生气了，心里充满了同情和怜爱。

从楼梯上站起来之前，我告诉他，他破坏了我们之间的信任，得受到更加严格的看管了，他的活动也得受到限制。他对此并不满意，说是已经要参加那个“归改”项目了，再受到惩罚就是不公平的，难道法律上的后果还不够吗？但我们不能放过他的行为，我说我认为他该去看看专业咨询师，但他无论如何不愿意去。当我告诉他，如果对他有益处，我们会坚持去寻求帮助的。他坚决地说：“我不需要心理咨询！我会做给你看的，我不需要！”

迪伦能够照常生活，不用去坐牢，为此我很感恩。他去世多年以后，我参观了一个青少年犯罪教管所。那时，如果迪伦要坐牢，就是去那样的地方。我才知道，我那么害怕迪伦要去的地方，事实上完全对他更有好处，比回去上学要好得多。科伦拜恩高中的校园氛围，对他是非常有害的。

所长告诉我们：“我们的目的是挽救这些孩子，并非惩罚。”他描述了那些帮助孩子们的资源，例如，他们会有专业人士来帮助情绪不稳定和创伤后应激障碍的孩子们，常见的例子就有被霸凌欺负的孩子。而迪伦，本来也可以在这个教管所受益。那些多学科的团队本来也能——肯定能——诊断出他的抑郁症和其他脑部障碍。在那里，工作人员与父母们保持着密切的联系，甚至还有一个计算机培训中心。

当我们为自己的所想而祈祷事情如愿时，我们都不知道错过了什么教训。当时，我们只是很感恩，迪伦只需要参加“归改”项目就可以了。但是现在，我禁不住想，如果当时送迪伦去少管所，可能会救他一命，也会拯救那些跟他一起赔上了性命的人。

* * *

过了两个月，“归改”项目才开始。与此同时，我和汤姆在家里也加大了管理力度。我们制订了一些宵禁时间，限制了他的社交活动，拿走了他的电脑和键盘，限制了他的开车时间。我们还定期查他的房间，告诉他闲暇时间不许再跟埃里克联系。他得跟我们在一起多待待，而且态度要端正。工作和参与学校排戏是正面影响，他可以继续。

听到这些新规矩，迪伦松了一口气，心甘情愿地接受了，但日子过得并不轻松。他看上去不爱交流了，而且我们一喊他做什么，他很容易生气。

他跟外面别人的关系也好不到哪儿去。偷盗发生大约一周之后，迪伦在一家商店找到了工作。他不喜欢这份工作，讨厌工作服上印有花的图案。他的工作态度颇差，很快就不干了。接下来，他又收到了一张超速罚单。不久之后，因为在回家的路上闯红灯，又被开了一张罚单，而抓住他的警察正是那天晚上因偷盗逮捕他的那位。

这张罚单之后，汤姆和我警告他必须改正。再犯错的话，铁板钉钉地会对他的未来产生更严重的后果。罪犯是不能投票或是当陪审员的，而且还会被剥夺公民权。再说，将来谁还会雇用他呢？

被捕的事过了一个月左右，我给埃里克的父母打了电话，看看情况怎样。我们都为孩子好，我想两个家庭可以保持联系，齐心合力帮助他们。哈里斯太太跟我讨论了禁止两个孩子接触的利弊。她提到了埃里克也动不动就发火，说他们打算立即给他找专业人士看看。我告诉她，我们也在想迪伦是不是要找一个心理医生。

我很倾向于将这两个孩子分开，不要有所接触。但是哈里斯太太不愿意在这种危机时刻，儿子再失去重要的朋友。我理解她的想法，但还是认为迪伦应该跟埃里克保持距离。我们最终同意还是将二人至少再隔开一段时间。

有些时候容易些，有些时候难熬一些。一天晚上，拜伦又任性地把工作辞了，然后给我们打了电话。我对两个儿子都很失望。上床以后，迪伦过来找我。他仔细、安静地听我讲述了我对拜伦的担忧，表示支持我在电话里对拜伦的态度，提了几个建议。我倾诉完了，他尽力安慰我。那天晚上，我很庆幸他没有进监狱，能够陪着我。

在等待“归改”项目开始的过渡期，迪伦和一个朋友发起了一个“假想棒球队”。这活动好像有益身心，我也喜欢跟他共同发起球队的男孩子。埃里克没有参加。迪伦还在另一个戏剧《音乐家》（*The Music Man*）担任了音响工作。我们在2月底去看了演出。学校的演出总是最让父母自豪的。那天晚上，我们也不例外，心中充满了对迪伦的骄傲。

3月，“归改”项目总算开始了，我们松了口气。在起初的调查问卷中，迪伦需要从一个长长的单子里选择与自己有关的问题。埃里克选了很多，包括愤怒、自杀和谋杀的念头。但是迪伦只选了两个：经济问题和工作。

采集信息过程中还包括了对我们家庭的全面评定。我阐述道，迪伦有时会“发怒，阴郁”，他的行为有时候会“对人缺乏尊重或是容忍”。那确实是我那一年对他的感觉，特别是被捕以后。他从不提高嗓门儿说话，也不在我们面前说脏话或是回嘴。但他谈论别人时，我还是能听到他不尊重人的声音。

在我看来，这是我能指出的迪伦最大的不好了。

后来，我的这些话被曲解成了呈堂证供，说我们对预警信号视而不见，容忍了他的攻击性，从而导致了暴力等事件的发生。而在当时的情况下，我只是很想让辅导师知道他最坏是什么样，以便专家可以帮助他。

当辅导师询问迪伦时，他承认吸过很多次大麻。这让我们很吃惊，于是到家之后，汤姆又穷追不舍地问了很多问题。迪伦起初不愿意透露是从哪儿拿到的大麻，但最后还是坦白是他哥哥的。汤姆又质问拜伦，警告他如果再带毒品回家，会亲自把他送交警察处理。

未成年人的记录通常是保密的，但在科伦拜恩惨案之后，迪伦的“归改”项目记录被公开了。他们说汤姆和我将吸毒的大儿子“踢出了家门”，这个说法让我惊诧不安。离家独自生活是拜伦自己提出来的，是在家庭咨询师的建议下才决定的。搬家的过程很平和。拜伦搬出去之后，跟我们还是经常往来，一周至少有一两次在一起吃晚饭。“归改”项目面谈时，迪伦说，他很爱哥哥，但吸大麻实在是浪费时间和金钱。

迪伦也承认喝过一两次酒，日记里他自述经常狂饮。他死后，我才知道，在网上和一些朋友口中，他的外号是“伏特加”，这个词里也含有他的姓名首写字母。

迪伦听说汤姆去质问了拜伦后十分恼怒。汤姆解释道，他会不惜一切代价保证孩子们的安全。后来，汤姆很自责，认为自己破坏了迪伦的信任，也损伤了父子的关系，因而导致迪伦对我们隐瞒了自己真实的一面。会不会因为担心爸爸会跟埃里克父母去谈，他就没有告诉我们他对埃里克感到恐惧？汤姆如果知道他们俩之间有哪怕是一丁点儿的危险，肯定会找哈里斯夫妇的。

* * *

多年以后，我在某处等着办事时，拿起了一本育儿杂志。上面有一篇《伦理育儿小测试》。我答对了10道题，只错了一道："你会读孩子的日记吗？"根据这份杂志的说法，正确答案是"不"。我知道在迪伦活着的时候，我也会这么说。但现在，我不会这么回答了。

我们搜查孩子的房间、读他们的日记都是在冒险。如果孩子们发现，会觉得我们背叛了他们。然而，他们可能隐瞒了一些问题，而这些问题是他们解决不了的。

当"归改"项目的辅导师请迪伦谈谈他的家庭关系时，他说："比一般孩子家要好。"他说汤姆和我是"支持他，爱他，信得过，靠得住"的父母。当对方问："你的被捕对全家有什么影响？"他回答："影响很不好。我的父母跟我都非常难过。"当被问到"你一生最大的打击是什么？"时，他回答说："就是那天晚上我被抓起来的时候了。"

信息采集面谈结束后，报告是这样总结的："根据口述，似乎不需要治疗。"尽管如此，当我们在3月终于见到"归改"项目派给迪伦专门的咨询师时，我问的第一件事就是，你认为迪伦是否需要心理治疗？迪伦进来以后，咨询师征求了他的意见。他说不需要。我对她有点失望，我早就知道迪伦的意思了。但是迪伦一再强调，他只是犯了个愚蠢的错误。"我会向你们证明，我不需要看病。"最后我们达成一致意见，随时监控状况，必要时就更改方案。

那一年，"归改"项目花去了不少时间。迪伦经历咨询、接受愤怒管理训练、上了道义课程，还参加了社区服务，加上补偿受害者的经济损失。他定期接受毒品测试。在我们看来，惩罚这么重，他该吸取教训了。

不太好的是，迪伦和埃里克上"归改"项目的时段时常被安排在一起，他们在学校也碰面。尽管他们俩从不提被抓的事，但朋友们看到他们的行动十分受限制，都明白他们是碰到大麻烦了。当朱蒂·布朗听说埃里克和迪伦做了犯法的事，她以为是因为埃里克曾经威胁过她的儿子布鲁克斯。

埃里克建了一个网站，上面充斥着仇恨的言论和暴力画面。他特别在上面威胁了布鲁克斯，甚至连他家的电话号码和住址都列在上面。直到科伦拜恩枪击案发生之后的那天下午，我才知道埃里克有这么个网站。但迪伦一直知道，在他们参加“归改”项目的面谈会的头一天，他还将这个网站告诉了布鲁克斯。学校过道上，他偷偷给布鲁克斯塞了一张字条，上面写着那个网址，并警告他别让埃里克知道。

这点也让我觉得十分震惊，他再一次想从埃里克的阴影下逃开，至少是试图提醒别人埃里克问题的严重性。大家都知道布鲁克斯跟父母关系很好，特别跟母亲很亲。迪伦必定设想，布鲁克斯会将这个网站立刻告诉妈妈的。的确如此，布鲁克斯的父母布朗夫妇立即报了警。警察火速发出文书，申请搜查哈里斯的住宅，但法官终究没有拿到搜查证。科伦拜恩枪击案之后，这些记录都消失了。

我们不知道埃里克的网站的存在是巨大的遗憾，也更说明了家长之间互通信息是何等重要，哪怕说起来不是那么愉悦。我理解朱蒂为什么没有跟我交流。当埃里克和迪伦被抓，她以为起因是对布鲁克斯的威胁，警方终于采取行动了。谁知道拘捕是为了盗窃呢，她对此毫不知情，正如我对埃里克的威胁恐吓毫不知情一样。一直到惨案发生之后，15个人死去，数人受伤，她才站在了我的门前将这一切告诉我。

* * *

偷盗事件发生之后，我们对迪伦加以严格管控，这让他觉得受了约束，也不给我们好脸色。由于“归改”项目检测结果并未发现他有什么心理问题，我们便包容了他的烦躁，同时尽量安排家庭活动要他参与。他还是那样，尽管那几个月有不少不快和各执己见的时刻，但总是有很多时光是开心的。

3月底，迪伦问我想要什么生日礼物，我说希望能跟他有些单独相处的时间，于是他请我出去吃了一顿早餐。我努力想让他多谈谈自己，可他总是三言两语略过，接着就关心我的工作和生活。他是个很好的倾听者，我都没意识到他是如何娴熟地将话题焦点从自己身上转移开的。面前的煎饼还没凉，我已经在喋喋不休地谈论自己的艺术创作和对未来的梦想，根本没察觉他早已将自己的内心紧紧藏了起来。

高二学年快结束时，好像事情都恢复正常了。迪伦下午和晚上都参加学校话剧《毒药与老妇人》（*Arsenic and Old Lace*）的排练。我们也开始讨论他毕业以后的去向。他感觉太辛苦了，不想马上读大学，我们劝他再考虑考虑。过了几天，他同意跟我们一道去学校看看大学资料。迪伦很聪明，但自从离开天才班以后，就再也没有动力好好学习。我感觉他在大学里倒是会如鱼得水，会有更多的自由去发现和追求他的激情。

4月20日，离他死亡之日整整一年之前，他和汤姆去看了那个赛季的第一场棒球比赛。接下来的一周，汤姆和我去看了话剧《毒药与老妇人》。迪伦的音响控制得很好，给演出大大地增色。尽管我不能说他兴高采烈，但是看上去情绪是平稳的，好像是在努力弥补所犯的过失。

来年的春天，我们却大吵了一架，激烈程度是前所未有的。事情发生在母亲节那天，也是我们在一起度过的最后一个母亲节。直到现在，一想起那天，我还是心痛。

我已经记不清到底是什么让我最后崩溃了。过去的一年，两个儿子惹的祸让我心神俱伤，迪伦持续的恶劣态度让我生气，甚至他把母亲节都忘了，我不由得为此难过。当我质问他时，感觉他不是在回答我，好像是在开玩笑，让人觉得非常缺乏教养。

我受够了他这个样子。我紧追不舍，一把将他推到冰箱上，用手按住他。接着我挥了挥手，以母亲的口气好好教训他一顿。我没有大声吼叫，但是我的声音里有着不可动摇的权威，我告诉他不能再用恶劣的态度和暴躁的情绪对人。“这个世界不是围着你转的，迪伦。你该想想家里其他人了。你要自己承担起责任来。”接着我提醒他，他把母亲节都给忘了。

我说教的时候，手牢牢地按在他的肩膀上。我多么希望当时我是将他拉向自己的怀抱，而不是将他推开啊！这都将是我终生的遗憾。

终于，迪伦用柔和却有点警告的口气说：“别再推我了，妈妈。我怒火上来了，不知道怎么能控制住。”这就够了，这就是我的家教风格。对于这场冲突，我自己也目瞪口呆，怎么就到了这一步。于是我退缩了。这是我们17年里最为严重的一次冲突。

之后，我们一起坐在了餐桌旁。我们俩都很沮丧，我为自己发脾气向他道歉，迪伦也道歉说把母亲节忘记了，还主动帮我做晚餐。那天下午，他出去买了一张卡片和一株非洲紫罗兰，种在一个小小的浇水用的罐子里。那是一份无比完美的礼物，因为我很喜爱小巧的东西，他小的时候我们一起收集过不少。我们互相拥抱。我注意到，他只是在卡上签了名字，而不是写上“爱你的，迪伦”。不过我觉得已经很好了。

我但愿我们没有吵架，特别是在母亲节吵架，但我当时认为自己做的是对的。当你觉得孩子走偏了路，而且越走越窄的时候，难道不应该跟他们面对面地交流吗？我明白，假如我只是拥抱他，告诉他，我爱他，仍阻止不了他后来伤害自己和他人。但是我宁愿在那时给他安慰——“来，坐在我身边，跟我说说，告诉妈妈怎么了”，而不是责怪他做错了什么，或是提醒他应该感恩才对。我希望我能聆听、感受他的痛苦。如果一切可以从头来过，我会告诉他：“你变了，妈妈感到害怕。”

* * *

如今我能看到，迪伦高二那年有很多值得三思的事情。

总体来讲，汤姆的身体越发让人担忧，家庭经济不稳定，拜伦和我们的摩擦不断，这些因素都会加大本来就脆弱的人患抑郁症的风险。被拘捕和在学校被欺凌，这两个社会因素也跟迪伦的抑郁症加重和自杀紧密相关。虽然父母对于青春期孩子的情绪异常烦躁和缺乏动力是司空见惯的，但对迪伦来说，这是抑郁的征兆。他精心掩藏了他酗酒的恶习，酒也是另一个高危因素。每当我们开始表示顾虑，他都会竭尽全力让我们放心。

那么，父母如果有疑虑，如何将青少年的各种行为（“很懒，态度不好，总是情绪激动”等）和真正的抑郁或是其他大脑疾病这两者区分开呢？发生在我身上的案例，提出了一个至关紧要的问题——如何辨别某些行为或者言语是确实值得担忧的。

这个问题，没有万无一失的回答。事实上，这些是行为医学上无解的难题。同时，美国自杀防治基金会的克里斯汀·茂提尔医生指导医学院学生和医生特别关注青少年的“种种变化”：睡眠模式、表现出焦虑、情绪变化，或是其他行为的变化，抑或他们的“个性”的转变。就单个因素变化来看，这些可能都不过是说明孩子某个时期压力太大。但这些变化在孩子身上综合发生了，就有可能是更严重的状况。就迪伦来说，他在高二那年，从一个基本不用我操心的孩子变得总让人头疼。16年风平浪静，忽然之间，他触犯学校规定，跟我们矛盾重重，与其他孩子有冲突，最终犯罪被警察拘捕。

惨案之后不久，玛丽·艾伦·奥图尔博士作为美国联邦调查局的分析专家和法庭行为顾问，曾为此编写了一份报告，标题为《从威胁评估的角度看校园枪手》（*The School Shooter: A Threat Assessment Perspective*）。她在报告中做出警示，不能只凭借孩子的自述来做判断，父母要观察孩子们的行为。如果他们有些行为习惯变化太大或是看起来令人费解，请务必向他人寻求意见，千万不要轻视或自欺欺人。

我们对孩子的爱，使得我们更容易忽视孩子的不良行为，或是为他们找借口。这点在那些“好孩子”身上发生得更多。对这些行为有清醒的认识并采取行动，简直是一场争战。但如果你不作为，可能会抱憾终生。

奥图尔博士建议，若是心怀担忧，就要向专家寻求帮助。如果专家确认孩子没事，那你就可以放心了；如果问题严重，那么心理医生很可能识别出来，并予以帮助。

迪伦拒绝帮助，他在日记里也说他想靠自己解决问题。以他的个性（以及他天生的固执秉性）来看，我现在仍不确信能否强迫他去接受什么治疗。就算我把他拽到医生那里，他也完全能一言不发地坐上一个小时。我曾经问过兰曼博士，对于拒绝合作的青少年应该如何对待。他说会让父母也进来一起参加就诊。往往跟父母沟通，专家就可以决定是否需要对孩子有进一步的干预，例如，是否需要跟孩子学校的辅导老师，甚至警方取得联系。

迪伦跟我们保证他会迷途知返，他也说到做到了。根据奥图尔博士的说法，这样的“修复”本身可能就是一个信号，在被性侵犯的年轻女性中表现尤其明显。一旦父母要干涉——“我不许你再见到约翰了”——年轻姑娘就会很积极地表面配合，让他们以为事情一切如其所愿了，而暗地里远非如此。

当然了，即使在专业人士的帮助下，也不见得能保证这些孩子会顺利度过危机。被捕事件之后，埃里克的父母确实也让他去看了精神科医生，甚至都开始吃药了。但这一切都没有阻止他一步步地策划并实施1999年4月20日的计划。

这些天，当我翻看自己的旧日记会读到一些内容，诸如“提醒迪伦去喂猫，但他态度很恶劣”。我的脑子会有一个声音忍不住地嘶喊：“你怎么会没察觉到这些信号？！你难道不知道青少年得抑郁症会时常表现为暴躁吗？”我那时确实不知道，而且不止我一个人不知道。现在，就在美国的某个地方，某个母亲正在生气地手指着自己的儿子，批评他忘记了喂猫。两只饥饿的猫在孩子脚边眼巴巴地看着他，围着他转。很有可能，这个孩子会平安无事地长大，再接着为了猫碗是空的，而好好教育他的孩子。

然而，对于某些家庭，结局就不是这么愉快的了。孩子本身的脆弱被周围不良环境触发，如果将两者混合在一起，就会朝着更加黑暗的未来，一发不可收拾。

第十四章

暴力之路（迪伦的高中最后一年）

我个人一直认为，科伦拜恩惨案最大的悲剧之一在于，你们和哈里斯家未曾跟公众分享丝毫所吸取的教训，也没有回应世上众多父母的质疑：你们观察到哪些暗示着他们心里充满了仇恨和绝望的信号？你们错过了哪些预警？你们家到底会不会一起坐下来共进晚餐？你们的儿子平时都谈些什么？如果时光倒回，你们会怎么养育迪伦？

让我最放不下的是，你们的儿子竟会对你们守口如瓶。我也听说过青少年很擅长隐藏东西，比如炸弹、枪支，或是对父母隐瞒秘密。我也并非不同意，但这不仅仅是藏东西那么简单。你的儿子满腔怒火和深陷痛苦，以至把几百名同学杀伤。几百个啊！你们居然没察觉你们的儿子内心的仇恨扭曲到了什么程度！你们之间是多么形同陌路啊，他有这样的计划你们竟然都不知道？怎么会有这种事呢？

我认为，公开谈谈这些教训，对你们、对大家都有益处。可以理解，这的确是非常困难和痛苦的。有没有人说你们是一对糟糕而且失职的父母？——是的——显然已经有人这么说了。在我看来，最重要的是，你们要站出来发声，尽管你们在这场悲剧中失去了亲生儿子已是惨痛之至，但是公开发声还能痛苦到哪儿去？更何况你们尚未表示任何痛悔赎罪的行为。

——*2007*年*9*月，摘自丹尼尔·莫索[1]的父亲汤姆·莫索的来信

我知道，人们都想看看在迪伦生命的最后几天是怎样度过的。于是，我打开了自己和迪伦的日记，画了两道平行的故事线。

威胁评估专家谈到一条“通往暴力之路”。梅洛博士解释说：“有针对性的暴力通常始于个人的失落或羞辱。这件事会成为一个决定点，让当事人相信，只有实施暴力才能彻底终结自己的痛苦。第一步是调查和研究做计划；下一步是准备，包括积攒武器和选择目标；再接下来，便是执行攻击计划。”

可能早在1997年4月，当他们俩开始自制小型炸弹，埃里克便走上了暴力之路。梅洛博士相信迪伦也是同时开始的。但是迪伦的日记却讲述着不同的故事，他认为等不到埃里克执行计划，自己早就没命了。迪伦的计划是自杀。直到1999年1月，情况发生了变化。

汤姆和我并非完全不知道迪伦高三的有些状况。我们仅仅是低估了他痛苦的深重程度，也低估了他将这样的痛苦一了百了的能力。

* * *

我们吃晚饭时，要求迪伦跟我们在一起待了一会儿。想跟他多互相沟通点真难啊，他总是要将我们推开。但我们不能放弃，得跟他多沟通。

——*1998*年*8*月*20*日，日记摘选

1 丹尼尔·莫索是1999年4月20日科伦拜恩枪击案的遇害者之一。

迪伦放学后去打工会路过家里。我给他做了个简单的快餐。他感觉不舒服，像得了感冒或是什么更严重的病。走之前，他拿了一张自己的照片要放在学校年鉴里。汤姆今天回来晚了。我做好晚饭时，迪伦下班回来，我们一起吃了晚饭。

——*1998*年*8*月*28*日，日记摘选

高二升高三的暑假，迪伦的表现是个典型的青少年，有时风趣，充满爱心；有时翻脸不认人，孤僻又暴躁，变得很自私。我一直觉得他对我们隐瞒了什么。

在家里，迪伦被管得挺严的。我们会查他的房间，确保他没有私藏毒品或是偷了什么东西。他的零用钱一直比较宽裕，但那个暑假总是手头紧。汤姆催他去找份工作，可他不想去快餐店打工，想找个跟计算机有关的活儿。他还在为那次犯错支付补偿金，同时帮我们和邻居干点零活挣点小钱。如果车险断缴了，我们就帮他贴补这个费用。

“归改”项目的首次面谈时，父母们都被告知不要跟工作人员联系。他们说：“如果我们不联系你们，就说明一切正常。”即便事后我们发现迪伦有时缺课或是去晚了，还是没有人跟我们沟通。面谈那天，第一个登记信息的人出去之后，又进来一位，做完自我介绍就再没有什么音信了。多年以后，我读到了第一位咨询师的笔记。她的笔记写道：“迪伦是一位不错的年轻人，有点与众不同，具有出其不意的幽默感，能让我开怀大笑。”

此后，我与那个暑假跟迪伦经常在一起玩儿的朋友们谈过话。我直截了当地问他们，有没有察觉到他表现出抑郁或是愤怒，可他们的回答跟我们的想法不谋而合——他看上去很正常。有些滑稽的时刻也记录在录像带上了。德玟的16岁生日聚会是夏威夷风情的主题，她送

给我一张迪伦的照片。照片上，迪伦穿着一件鲜艳的夏威夷风格的衬衫，戴着一顶草帽——是德玟借给他的。她在照片底部写道："我能看出，他不喜欢这套打扮，但他还是配合地穿上了。"她又跟我描述在生日聚会上，迪伦的胃口是多么好。

耐特时常在我们家留宿。他们俩会一直看电视看到很晚，直到除了电视广告什么也没得看了。他们会调低音量，跟着电视上销售员的声音编着对话，然后哈哈大笑。接着他们俩会去厨房把波兰香肠、苹果脆片、甜甜圈、玉米片和蘸酱什么的一扫而光。汤姆曾说，我们得成批量地买奥利奥饼干才行啦。

虽然表面上一切正常，但在迪伦8月10日的日记中，他给暗恋的女孩写了一篇充满感情的永别留言。事实上，他的日记就是对她的倾诉，而这段话算是自杀留言。

高三开学之前没几天，迪伦找到了一份工作，在一个计算机店里做技术支持。他自愿穿上了店里带领子的衬衫和黑色长裤的工作服。第一天他就工作了11个小时，回家时又累又自豪。汤姆和我不禁感叹，如果他以后打算从事计算机方面的工作，这就是个开头，以后工作的日子长着呢。

秋天临近，学校让应届毕业生交一张照片放在学校年鉴上。我们请了当地一名摄影师。那个摄影师很聪明，建议迪伦请个朋友来一起拍照，这样迪伦可以放松点。于是扎克过来了。有一张照片我很喜欢，是在离我们家不远的山谷里拍的，迪伦站在粉红色的石头中间，神情悠然。然而后来，其中一张却被刊登在了《时代周刊》的封面上，上面的大标题是《隔壁的怪物》（*The Monsters Next Door*）。

* * *

迪伦上高三了，我们全家的生活也慢慢安定下来。

拜伦总算在一家汽车行找到了喜爱的工作，汤姆和我为此小心翼翼地乐观着、自豪着。他的上司是一位成熟又会鼓舞人心的导师，见拜伦很急切地想学东西，他的上司也很愿意教导他。为了离车行近些，拜伦就换了住处，新住处离我们家也更近，我们见到他的次数也多了起来。汤姆和我看到大儿子仿佛是一夜之间长大了，心里真是无比喜悦。他甚至领养了一只猫，对猫咪精心照料，我看到真的很感动。

事实证明，这份工作成了拜伦生活的转折点。他渐渐成长为一个真正的男子汉，直到今天都是一个工作认真努力、负责、不断进取的成年人。

汤姆和我在市中心又买了一处房子租了出去，同时将我们住所外面加盖的单间也租了出去。这些额外的收入让我们的经济状况得到了缓解，尽管这样还是得为迪伦的大学学费操心。最重要的是，汤姆开始同时吃几种药，新的药品作用结合起来，使他长期的疼痛得到了一定程度的缓解。他还得做几个手术，但身体状况比以前已经好多了。

我在新工作岗位上也安定下来，感觉一周工作4天也不错，能有更多的时间下厨了，我用美食吸引大家回来一起吃饭，炖牛肉、做千层面，这种墨西哥的千层面软软的，兄弟俩都很爱吃；还有迪伦最爱的南瓜味蛋糕、大桶的西米布丁。我一做西米布丁就是三份：一份现吃；一份冷冻起来，想吃的时候可以拿出来；另一份给拜伦带回去。几乎每个周日，全家都会一起吃晚餐。拜伦和迪伦在厨房里惯例地玩着游戏，将毛巾抽来抽去地打着玩儿。他们都长大了，可对我们来说，其实还是孩子。

我也有时间能用在我对艺术方面的业余爱好上了。我一直很喜欢将三维的世界转换到二维空间。多年来，我断断续续地上过一些课程，与朋友们在周六的早上去学素描。但是我需要照料家人，协调何时开车接送孩子，还要工作，有时候几个月飞快地过去了，都没有一个空闲的下午能留给自己。

那年，我的创造力忽然大爆发，可以一连几个小时专注地画一幅素描或水彩画，将其他一切置于脑后，只想着如何用颜色和形状如实地将眼前的景象展现在画作中。这是我从未经历过的。

那些日子，我的日记里写的也是这些占据我心思的事：粉笔的白、混沌的色彩、阴影不好画、构图、细节和笔下的形状。在科伦拜恩枪击案前夕，我对这无关紧要的爱好占据了我的身心，使我忽视了迪伦的痛苦和他的计划，感到深深自责。多年之后，我才能重新拾起画笔。

* * *

明天，汤姆手部需要做一个手术。

——1998年11月5日，日记摘选

今天我们在医院待到下午5点，然后在晚高峰开车慢慢挪回家。路上我们买了中餐外卖，取了药。迪伦在家，我们能在一起吃饭，还挺高兴的。他的车坏了，只好在家等着朋友晚上9点来接他去看电影。我好想跟他多待会儿，可他总是不在家。他现在处在关键时候，得好好为将来做打算了，可他却毫不在意似的。不过，至少今晚他很开心，能和我们一起吃晚餐。

——1998年11月6日，日记摘选

迪伦今天很可爱，过得也很开心，他说想去亚利桑那州上大学，好躲开这里的冬天。

——*1998*年*11*月*9*日，日记摘选

去年的问题似乎已经过去了。迪伦的情绪还是时而暴躁，时而低沉，可青少年不都是这样吗？有时我们会注意到，他看上去有些疲倦，可他在计算机店的工作时间有时很长，还要上微积分课、视频制作课和英语课。一大早还有保龄球课，确实够辛苦了，累些也可以理解。

他已经不需要我们催他了，会记得去见“归改”项目的咨询师，去当地公园参加社区服务，配合去做常规毒品测试。尽管对他来说，毒品从来不是个问题，我们还是觉得测试让人彻底放心。渐渐地，那些限制一个个解除了。课程越来越紧，不允许他在计算机店工作太长时间，二十一点比萨店在招工，他就回去打工了。

1998年9月11日，是迪伦17岁的生日。他要的礼物有些与众不同，是一个黑色的小冰箱。他说明年上大学可以带去放在宿舍里。我们满足了他的心愿。他很喜欢这个小冰箱，坚持放到自己房间里。耐特知道后，立刻跑来，带来了他送的礼物——给迪伦独自享用的一大桶炸鸡。

那个月，他主动去给学校万圣节话剧《弗兰肯斯坦》做音响控制，又恢复了与布鲁克斯的友谊。他们俩在头一年因为布鲁克斯和埃里克之间的矛盾不怎么来往了，这次一起合作排话剧，很快就又像老朋友一样了。

为了这部话剧，迪伦找来了一系列不常见的背景乐，衬托出了特定的阴森效果，为此他深感自豪。之后，剧组人员特地录制了一段视频感谢戏剧课的指导老师。视频中，布鲁克斯、扎克和迪伦挤在一起做着鬼脸，说希望戏剧课老师给他们买啤酒或是给他们一点报酬，他

们好将这些经验传授给下届学生。朱蒂·布朗为了庆祝话剧杀青还举办了聚会，她在聚会上给迪伦拍了一张照片，照片上他和其他人一起开怀大笑，看起来开心极了。

迪伦承诺，圣诞节前会完成申请大学的事项。我们还是得催他一两次，最终他以一贯的认真态度完成了申请，汤姆和我给他把了关。我们希望他考虑几个规模小点的学校，但他不感兴趣，只申请了两所科罗拉多州的大学和两所亚利桑那州的大学。当他终于把这四份申请发送出去时，我们好好庆祝了一番。

那年圣诞节过得平静而温馨。跟往年一样，迪伦负责挑选装饰和圣诞树。他总是会挑一株大得勉强能装进车里的树。每年这时候，我都要拽着汤姆和兄弟俩去参加一些节日活动凑热闹，像情歌合唱会啦，或是去动物园举办的节日活动。那年的圣诞节我们去了一家摩洛哥餐馆吃饭，坐在地垫上，没有餐具，就用面包片将各种调味品做出的菜舀起来吃。

迪伦问汤姆是否可以借点钱买圣诞礼物。于是，圣诞节的清晨，我在圣诞树下收到了一本硬皮的日记本。我真的很感动，因为这份礼物太完美了，考虑周到，又不奢华。然而我不知道的是，四个月之后，我会在这本日记上倾诉我无尽的悲哀。

汤姆和我给迪伦买了他一直想要的黑色皮夹克。汤姆认为迪伦身材瘦长，穿这样的衣服不好看，虽然私下里，我也是这么觉得。可学校里已经有好几个男孩子有类似的衣服，而且他也买了一件黑色的棉外套。老师或是其他人在学校走廊看到他和埃里克会开玩笑说："你俩看上去跟穿风衣的黑手党似的。"他觉得挺逗的。在他死后，我才知道，当时学校里有一大批孩子穿黑色的长风衣，声称自己是"风衣黑手党"。

枪击案之后，很多人对迪伦与“风衣黑手党”之间的关联被传得沸沸扬扬的。人们都认为这是一条解开谜团的线索，被我们错过了。风衣黑手党是一群对死亡痴迷的哥特迷吗？还是“后纳粹主义者”或者撒旦教徒？抑或是自杀邪教组织？对于迪伦和风衣黑手党的关联跟大多数类似线索一样，调查结果是一无所获。事实上，风衣黑手党就是一群孩子，他们之间有的是朋友，有的不是，他们都喜欢穿某一类衣服，将自己与学校其他穿得比较保守和传统的孩子刻意区分开。迪伦和埃里克都没想过自己是其中一员。他们的朋友克里斯是“风衣黑手党”成员。

无论我们的看法如何，但这件衣服看上去也没什么害处。圣诞节的早晨，迪伦打开这件礼物的时候欣喜若狂。

* * *

艰难漫长的一天总算是结束了。汤姆今天做了手术。我们4点就起床了，然后6点前到了医院。经过13个小时的等待之后，我只想回家。好在我回家了，因为我不在家的时候，迪伦没有负起该担当的责任。他睡过了头，错过了课，我到家时他还在睡觉，需要干的事一件也没做（比如照看家里的猫）。我怎么把这孩子养育成这样了？

——1999年1月11日，日记摘选

汤姆今天出院了……迪伦一直见不到人。想跟他说说话，然而再努力也是徒劳。他都不跟汤姆打招呼或是问问他情况。太奇怪了。

——1999年1月12日，日记摘选

1月，枪击案发生的三个月之前，汤姆做了个手术，换了部分肩关节。晚上我回到家，发现迪伦没做我嘱咐他的事。我不记得具体到底是什么事了，可能是没把晚餐要用的西蓝花切好，或是去买点牛奶什么的。电话留言机上有个留言说他那天有一节课没去上。而且猫也没喂过，迪伦一直在屋里睡觉。当我在医院照顾他爸爸时，他却没有担当，我很失望也很生气。

记不清多少次，我跟自杀者的家属分享这段过往。“我真不懂，为什么她管不好自己的事情！”最近，一个母亲说着说着就泪流满面，“我跟她讲，不能这么自私！”——这场争吵的四天之后，她的女儿自杀身亡。有时候，孩子在学校有麻烦或是跟你态度不好，并非意味着你的批评就是纠正他，而是意味着他们需要帮助。

迪伦总是看上去很疲倦，我担忧他的学业和在比萨店的工作是不是让他超负荷了。汤姆手术那几天，我们都为他疏于打理的生活和寡言少语的样子感到有些不安。于是几天以后，汤姆刚好一点，我们就带他出去吃饭，去的是一家中餐馆。就餐期间很愉快，我们悬着的心有点放下了。

回过头来可以看到，无论我们什么时候表现出对他的担忧，迪伦是如何能够熟练地一一化解。我不清楚他是在管理自己，还是在管理我们，他是盼望一切都会好起来，还是根本没意识到情况有多糟糕。他总是做正确的事，总是能将自己的事情照管好。于是当他说他没事，我们便相信了他。

与此同时，他的日记却表明，他的思维发生了翻天覆地的变化。1月20日，他在日记里写道：“我在这里，依然孤独，依旧痛苦。”他尚未自杀，但是心中充满了愤怒。兰曼博士注意到，他在日记表现出的反常越来越频繁，也越来越激烈，甚至到了读不懂的地步。“我爱她，这旅程没有尽头……开始了，必须结束……我们要快乐，才能活在当下……我看她什么都好，心里很平静。我多么爱她啊，无边的纯洁。”

他写的时候可能喝醉了，但字里行间有一种幻想成真的感觉。“那些场景、图像，碎片般的快乐，仍是会袭来，一直都会。我爱她，她爱我。我知道她和我一样不愿意再这样痛苦下去了。是时候了，是时候了。”3天以后，1月23日，他背着我们跟埃里克和萝宾去了坦纳枪展，还买了手枪。在枪击案中，他们用的就是这些手枪。枪展上，他们还遇到了马克·马内斯。这个年轻人后来卖给他一把半自动左轮TEC-9步枪。

讽刺的是，1999年的冬天是我最快乐的时光。汤姆手术后的那个周末的下午，拜伦回来了，三个男人在车库都倒腾自己的车，零部件散落一地。汤姆的胳膊不能太使得上劲，但是他可以指导兄弟俩。三个人开着玩笑，相互帮衬干着活。

我待在温暖的屋里画画，炉子上炖着一锅墨西哥肉酱。他们三个进了屋以后，我们一起看了一场丹佛野马球队的比赛。我沉浸在一家人欢聚的喜悦里。时光飞逝，迪伦秋天就要去上大学了，我一分钟也不想错过。拜伦走了以后，迪伦和爸爸开着汤姆精心维护的古董车去租了一部电影回来看。在回来的路上，汤姆头一次让迪伦开了自己的宝贝车，到家以后，迪伦止不住地兴奋。

那天真是完美无憾，我在当晚的日记里写道：“我觉得好幸运，很感恩。今天真是无比珍贵的一天。”

当然，迪伦这么容易就骗过了我们，我为此思考过多次。在现实中，他依旧一丝不苟地计划，使得他的生活得以继续，也使我们相信他走上了正轨。这个现象在有自杀念头的人里并不少见。有些人确实是走出了抑郁阶段，而有人却是去意已定，反而觉得解脱了，两者的外在表现是很难区分的（福斯勒博士长期与美国联邦调查局合作，擅长与挟持人质者谈判。他在教授学生危机场合的谈判技巧时，指导学生要注意，当谈判貌似进行顺利时、挟持者突然开始合作时，务必要警惕，因为这可能意味着他已经决定去死了）。但我还是不敢将那个与我一起看电视剧时开怀大笑的孩子，与地下室录像里的那个制订计划并枪杀同学的孩子联系起来，我不敢相信会是同一个迪伦。

其他人也被骗了。那个周末之后过了两天，我们接到了“归改”项目咨询师打来的电话。咨询师建议迪伦和埃里克可以提前结束这个项目，除非我们有什么反对意见。这个消息太棒了，因为在“归改”学员之间，提前结业是很罕见的，只有5%的学员能做到。咨询师说，两个孩子表现都很出色，他确信两人都改邪归正了。这是枪击案发生10周之前的事情。

人们对这个细节觉得尤其难以接受，但我毫不讶异。迪伦是我一手带大的，曾经坐在我的膝盖上、帮我收拾洗碗机……若是连我都不知道他在想什么，让一个陌生人从何谈起？阿德里安·雷恩博士在他的著作《暴力解剖》（*The Anatomy of Violence*）中，引用了一项研究。实验中，把一群孩子留在房间里，屋里放着一个玩具，研究人员告诉孩子们，他们离开之后，不要看那个玩具。接下来，视频作了实录，他们是否看过玩具都被记录了。研究人员回到屋里，询问他们是否看了玩具，答案也都被记录了下来。他们的回答是真是假？

接着，把这些问话的录像给大学生们看，让他们猜孩子们是否诚实。他们只猜对了51%，只比碰运气好过一丁点儿。然后，鉴于海关人员有着丰富的查获走私物品的经验，雷恩博士又请来这些专业人士辨别，结果他们只猜对了49%，准确率比抛硬币碰运气都低。

然后，研究人员又将警察带进来看了录像。他们仅仅猜对了41%，比碰运气的准确率都还差得远。原以为看透小孩子容易，谁知道，就连4岁的娃娃都能让专业人士真假难辨。雷恩博士以调侃的语气总结道："各位家长，你们自以为对孩子一天都在干些什么知道得清清楚楚，但实际上，你们连刚会走路的娃娃都搞不清。情况就是这么不乐观。抱歉，各位想弄明白哪些孩子是在撒谎，你和我一样，真的没什么运气可言。"

这样的信息对我是个安慰，却又是那么冰冷。我毫不奇怪迪伦和埃里克能骗过老师、学校咨询师，甚至是埃里克的精神医生以及"归改"项目的专家。但1999年4月之前，我都会毫不迟疑地跟你说，他骗不了我。

* * *

迪伦的"归改"咨询师打电话来之后的一个星期，他的大学申请录取结果陆陆续续到来了。迪伦被科罗拉多州的一所大学录取，另一所被列为候选，亚利桑那州的两所学校也都录取了他。他对科罗拉多那所学校不是很关心的样子，却对能考虑亚利桑那州的大学感到挺开心的。

我开始一边为埃里克和迪伦结束"归改"项目准备庆祝晚餐，一边心里想："他的生活总算开始有样子了……"尽管这整整一年我们都在努力将他俩分开，可对他们之间关系的顾虑逐渐消失了。当然，虽然埃里克表现得有些冲动和情绪化，但他父母管得很严，而且他也开始去看心理医生。他们即将高中毕业，犯的那些错误都即将成为过去。我们两家都对他们的成就有所认可。生活给我们足够的机会来庆祝这些事，我们有那么多的收获，值得让我们感恩。

在那之前的几周，我曾经问过迪伦，他的朋友们都是怎么打算的。他说，耐特、扎克，还有其他几个都准备去上大学。埃里克想去加入海军。跟哈里斯一家共进晚餐之前，我问迪伦，埃里克的最新计划是什么。他告诉说埃里克参军的事没成。埃里克合计着，还是得跟父母住在一起，边工作边上社区大学。

这次聊天时，迪伦的眼神儿飘忽，让我有点担心他是不是也在重新考虑上大学的计划。那起初的兴奋之后，他又有些沉默寡言，比平时更加郁郁不乐，好像有心事。

“你确定想去离家那么远的地方上大学吗？”我问。有些朋友的孩子刚开始就是在家门口的社区大学，我也想提醒他这个选项。“我绝对想走远点儿。”他语气坚定地说。我点了点头，觉得自己明白了，他或许有点紧张，这很自然，但他心里也有思想准备。现在我明白，当时他并不是指去上大学，而是在谈论结束自己的生命。

几天之后，我收到了“归改”项目正式结束的书面通知。他的最后一份报告，日期是2月3日，咨询师在其中写道：

预后：良好。

迪伦是一位聪明的年轻人，具有很大潜力。如果他能挖掘自身潜能，有上进心，就能在生活中做得很好。

建议：顺利结业。

迪伦以自己的表现得以提前结业。他需要保持进取之心，在良性道路上发展。他的天分足以使他实现任何梦想，但是他要明白，为此努力奋斗也是必不可少的。

我总算长嘘了一口气——迪伦总算步入正轨了。我对那起偷盗事件反应可能过激了。人人都说，这两个男孩就是干了件傻事。

迪伦的日记却不是这么说的。那时，事态已经朝着恶劣的方向发生了转折。如果有机会让时光倒流，我会到孩子的房间里仔细检查，不仅仅是查找来历不明的毒品，也要寻找一扇能够打开他内心的窗户。如果迪伦还活着的时候我就能读到他的日记，我愿以一切去换取这个机会。那样就可以把他从那可怕的深渊中夺回来，也夺回那些无辜丧失的生命。

2月底，迪伦和我聊天，谈到他即将结束的高中生涯。他提到了一个毕业生之间的恶作剧。我心里想，肯定全班都要参与啊，也问了问细节。他小声说，不想告诉我。

他和汤姆都喜欢开玩笑，但是一想到那个恶作剧，我就有点不安。“归改”项目的咨询师说得很清楚，如果再惹麻烦，哪怕微乎其微的事，比如把别人的房子在万圣节时绕上卫生纸，可能都会影响到他的前途。如果他再犯一次错误，就会留下犯罪记录。

“你想都别想。”我警告他。他说：“妈，别担心。我保证不会惹麻烦的。”尽管“归改”项目正式结束了，但迪伦跟咨询师还有一次会面。于是我打电话给咨询师，请他务必确保迪伦意识到情况的严重性。我不想他参与任何可能让他卷入混乱的事，不管是多么搞笑，抑或是集体活动。

咨询师在最后一次会面跟他谈了这个问题，将规矩讲得很清楚。迪伦再也没提过这个恶作剧。

* * *

哎呀，我吃得太饱了，跟埃瑞克和他父母一起吃晚餐刚回来。我们在一起庆祝埃里克和迪伦提前“归改”项目结业。但愿他俩别再惹麻烦啦，一年之后这些记录就可以删除了。唉，我还记得一年前的遭遇！

——*1999*年*2*月，日记摘选

2月2日，我们跟哈里斯一家，在当地一家牛排店碰了头。离上次见到他们过了快一年了。我们6个人坐在一起，4个父母坐在一张桌子上，埃里克和迪伦坐在旁边。

埃里克的母亲说，还不确定接下来他会做什么，我兴奋地回道：“迪伦秋天会去上大学。”我内心很是宽慰，因为迪伦比埃里克有更加具体的打算。我永远都为当时表现出的愚蠢的傲气而羞愧。

2月中旬的一天，迪伦穿好衣服下楼，准备去上班。但那天他本来是不用去的，因为埃里克的狗病得很重，所以他去给埃里克顶班。我也很喜欢那只小狗，所以为埃里克难过，尤其是要失去一只从小到大陪着自己的宠物。迪伦离开家的时候，我抱了抱他，告诉他我很自豪，因为他工作认真负责，还是个忠实的好朋友。

同一个星期，另一天，我们坐在一起，讨论录取他的大学要拿到学位毕业都有哪些要求。看到他所需选修的那些课程，我们俩都很兴奋，开始商量着去看看校园，汤姆在一旁仔细研究那些申请经济资助的表格。

2月底的一个晚上，我给汤姆和迪伦准备了一个惊喜，带回家几个水果派和一部经典日本电影《七武士》（*Seven Samurai*）的影碟，这是一部20世纪50年代由黑泽明导演的经典日本影片。迪伦曾经在某堂课上听说过，所以对这部电影很好奇。我从来没看过，倒是知道美国20世纪60年代有一部西部片——《豪勇七蛟龙》（*The Magnificent Seven*）是根据日本版翻拍的。那晚外面很冷，还下着雪，非常适合在暖和的屋里，一边大快朵颐，一边看电影。可影片一开始，我就有些担心可能没选对片子。不知道迪伦能不能看下去，因为这是一部又长又老的黑白片子，讲的是16世纪发生在日本一个村庄里的故事，全靠字幕来理解。

我错了。迪伦看得很入迷，我们都很入迷。没想到，可怜的拜伦在中途回来了，尽管我们都听不懂日语，但拜伦试图讲话时我们还是阻止了他。他坐下来跟我们一起看了会儿，却提不起兴趣，我原以为迪伦会那样的。仅仅过了几分钟，拜伦在我额头上亲了一下，走出了门。我们全神贯注地看着电影，都没跟他说声再见。

电影结束了。汤姆、迪伦和我三个人还坐在沙发上，谈论着精彩片段。迪伦懂得制作录像和调控音响，对影片里的技术挑战和水平大加赞赏。他对剧中在瓢泼大雨中的纷繁打斗的场景更是惊叹不已。后来我知道这个场景激发了诸如马丁·斯科塞斯这样的大导演的灵感。他欣赏这部电影所展现的深层次的艺术感，让我倍感惊喜。

3月的第一周，汤姆要进行一次换掉右肩关节的手术。迪伦说要跟朋友们去山里做一个视频作业。我问迪伦，同行的人都有谁、由谁开车，其中有两个孩子我没见过。3月的科罗拉多还是冬天，我提醒他带上厚衣服、食物和水，以防万一天气有变。我吻了他一下告别，还让他跟我保证不会侵犯私人领地财产。他让我放心，还说那地方是公众领地，有一个同伴很熟。他告诉我，他们将在自然背景里拍一段动作场景，会用玩具枪作道具。实际上，他们是去拍“堡垒射场”的录像。直到惨案发生四年之后，我们才看到这段视频。画面中有迪伦、埃里克和马克·马内斯，有一把枪就是他卖给这两个孩子的。他们三个人在视频里用藏起来的武器横扫一气。

3月11日，我请了一天假，我们三个人去参观科罗拉多州那所录取迪伦的学校。他对这次参观不是特别感兴趣，还说想搬到沙漠气候地区。当我们到了学校计算机房时，他的态度变了点，表现出了一点兴趣，我为此很高兴。高中时，他的成绩一直让人捉摸不定，因为他从小就表现出了天分，反而在高中期间并不突出。看到他在校园的样子，我感觉他在大学会展翅高飞的。

那天晚上，汤姆和我参加了高中的家长会。一周之前，我们收到了期中报告，他的成绩明显下滑，特别是微积分和英语两门科目。这肯定是所谓的“毕业前综合征”，一般高三学生在被大学录取之后都会这样，但我还是想跟老师了解一下。

迪伦的微积分老师跟我们说，有时候上着课他会睡着，有时候还会不交作业。以前他就为此告诫迪伦，也为迪伦不上进而感到失望。我也为迪伦的松懈而不舒服，但还不至于有所警觉。

“他对你没有不尊重吧？”我问道。

老师笑着回答道：“哦，那倒没有。迪伦是不会的。他从来不会不尊重人。”我怀疑可能是因为迪伦比同学小1岁，导致他不够成熟；还可能是因为他本来就打算在大学里再上一次这门课，所以现在就不认真听课了。紧接着，我担心这是在给迪伦找借口，就闭了嘴。

当我告诉老师，迪伦已经被亚利桑那州的一所大学录取了时，他似乎有点惊讶。我们提到另外一所亚利桑那州的大学时，他笑着说：“哦，那个呀，所有的运动员没被加州大学洛杉矶分校录取的话，都会去上那个学校。”我们跟迪伦转述了老师的话，于是他改变了想法，不想去参观那所学校了。这次谈话的结果是，如果迪伦好好上课，把作业补上，就不会挂科。

接着，我们又跟迪伦的英语老师交谈了一番。兄弟俩都是她的学生，跟她谈话觉得很熟络。她说，在期中报告发回家之后，迪伦补交了一些作业，成绩也从D进步到了B，听了之后，我松了一口气。老师还表扬了迪伦的写作能力，这让汤姆和我惊喜不已。我们一直认为迪伦只是数学方面很强，拜伦才是在语言方面有天赋的那一个。

一番表扬结束后，老师说话的口气有些改变。她说，迪伦交了一篇作文，内容有些让人不安（汤姆记得老师用的词是“震惊”，当时他还以为指的是文章内容与性有关）。我们询问细节内容时，她只是说那篇作文的主题比较晦涩，还用了一些不好的词语。为了解释迪伦的作文是怎样的令人不安，她提到了埃里克的一篇作文。埃里克的作文是以一颗子弹从枪中射出的角度来写的。班里同学听到，都觉得很逗乐。迪伦的故事却相反，是灰暗的，一点儿也不好笑。

老师对这篇文章的评语，在一年之后我才得以读到。评语写道：

我感到很是不快，因为你在文中使用了污言秽语。我们之前已经讨论过，可以用“*$!?**”这些符号来代替。在给你这篇文章打分之前，我也想跟你谈谈。你很会写故事，也很会讲故事，我对此有些疑问。

交谈中，汤姆问道：“他这么写，我们需不需要注意一下？”迪伦的老师认为自己能够应付这事。她要求迪伦重写一篇作文，并且打算将原文交给迪伦的咨询指导老师看看。开会前，我总会计划一番，于是我问：“那么，如果你和指导老师认为还是有问题，会给我们打电话是吗？”她表示肯定会的。

她将作文交给了指导老师，迪伦因为其中使用的词语受到了责备。科伦拜恩惨案发生过后，我跟这位指导老师有过会面。他也受了很大打击，为自己没有在发生问题的萌芽时期就准确意识到危险的信号。我能理解他。如今的公立学校都有了威胁评估协议，如果放到今天，迪伦的作文（有可能是埃里克的）是否会让人觉得有必要给他们做个评估？我接触到的专家对此的意见分成了两派。这样说来，这两篇文章都没引起足够的警觉和关注也是完全可能的。

我们没有将这篇作文当成一个危险信号。那天晚上以及接下来发生的事情也使得它不再那么重要了。除了我们，没有人等着跟英文老师交谈，于是我们就接着聊了下去。我提到看过的一篇报告，讲的是X代和Y代孩子的区别。我们聊了聊学区的语文科目要求，以及一本必读书目，《一路上有你》（*A Prayer for Owen Meany*）。

由于年纪差不多，我们三个谈起了青春时光。这倒让迪伦的老师想起了一件事儿：有一次，她拿了一张20世纪60年代的民歌唱片到班上让学生们听，唱片名字是《四强风》（*Four Strong Winds*）。这首歌讲述的是移民的艰难生活，她每次听都会流泪，可是学生们听了却哈哈大笑。

汤姆和我觉得有点奇怪，于是倾身询问："迪伦也笑了吗？"她给了肯定的回答。我心里不是滋味儿，感觉有些失望。他常常跟我们一起看老电影，我没想到他是这个样子的。汤姆和我为迪伦和学生们的冷漠跟老师道了歉。我们三个人又如同老朋友聚在一起，为如今的年轻人感叹起来。最后，我们友好地握了握手道别了。

我们在回家的路上没有谈论迪伦的作文，而是他对那首歌的反应。老师分享一首感动自己的歌曲的时候他居然大笑，这让我感觉很不自在。平时，汤姆很珍惜那些旧书、旧的科学杂志、老旧的汽车零配件，以及一堆堆没用的旧货，让我很是抓狂。但是那天晚上，当汤姆拿出老唱片，我却特地赞赏他有个性。我们坐在客厅，喝着茶，沉浸在歌曲的感伤气氛中。

汤姆借机给迪伦上了一堂课，也跟他开个玩笑。当他听到迪伦的车靠近时，将那首歌准备好了播放。迪伦走进来，我们跟他讲了老师提到的事情。后来，汤姆说，他记得是当天晚上谈的那篇作文的事，可我的印象是在第二天早晨才提。我们说着话，汤姆按下了播放键。终于，迪伦听出了是那首歌，知道是事先策划的，忍不住大笑了起来。

"你干吗要放这么难听的歌？"

“怎么难听了？”我问他。他说他讨厌里面“古怪”的语气。我们跟他讲了这首歌的意思。“认真听，先别抱有成见。”汤姆要求道。迪伦没有反对，听完了歌。然后，他承认，这首歌并没有那么难听。

我们告诉他，学生的大笑会让老师的感情受到伤害，借此让他意识到尊重别人的感情是多么重要的事。他当时承认了自己的不对。然后，我们三个坐在沙发上，看了一部我们最爱的电影，希区柯克的《迷魂记》（*Vertigo*）。准备睡觉的时候，我和汤姆感觉已经尽力给迪伦提供了指引。我永远也不会知道，迪伦是装着对别人在乎，还是从来没在乎过。

第二天早晨，我让他把那篇作文拿给我看看。他说在车里，没时间去找。“那么，今天放学给我看吧。你什么时候回家？”他说：“我今天没时间，还要去上班呢。”我看了他一眼，说道：“不许找理由。”又不容商量地说：“我要看那篇作文，你今晚回家就拿给我。”他答应了。但当晚，汤姆和我都把这事儿忘了。

做事半途而废，可不是我的一贯作风，但是确实有一些意义的：说明我相信迪伦在心理上是健康的。我从来没想过那篇作文反映了他内心确实有着严重的问题。我知道里面有些不好的语言和灰色的主题，但是我相信语文老师和学校的指导老师能够处理好。如果说对迪伦什么方面感兴趣，我更想了解一下迪伦的写作技巧。

迪伦死后一年多，我终于读到了那篇作文。警察还给了我们一些迪伦的物品，其中就有那篇作文。文章的主题——一位身着黑衣的男子在学校里开枪扫射那些受欢迎的孩子——着实让人心惊。但是我从一个艺术家的角度，不禁想，如果在事发前读到这篇作文，我当时会觉得有危险吗？艺术角度的表达，尽管有时并不是那么美好，却是饱含有益的一面的，可以释放人的情感。暴力，对年轻男孩子的吸引力很大，对此我十分痛恨。我都没法看完一整部的电影《黑色通缉令》（*Pulp Fiction*，又译《低俗小说》），做什么都比这个要好。然而我怎么也没想到，迪伦居然能够将那样的暴力变为现实。

* * *

那年春天，每当他不忙或是没什么事儿的时候，我注意到他总是走神或者无精打采的。案发前大约一个月，他坐在沙发上，眼神空洞地盯着不远处发呆。我走了过去。

“你最近话很少啊，亲爱的。你确定一切都好吗？”

他站起身，说：“好啊，我就是有点累，作业很多。我去做作业了，做完要早点睡。”

“好吧。”我说，“想要我做点吃的吗？”那几个月，他越来越瘦。他在家吃得很好，可我猜想不在家时，是不是吃得不好呢？于是我常会给他做个法式吐司或是煎饼什么的加餐。

他摇了摇头，上了楼，我就接着收拾厨房。我很自信我的孩子会什么都能跟我说的，并且相信他会在需要的时候跟我诉说心事。

我并不是说对于他的反常毫无察觉，而是不知道面临的是生死攸关的情况。我忧心的只是迪伦不太开心。

惨案之后的每一天，我都会在脑中回放那场对话，都会想象自己跟着他上了楼。遥远的眼神——乔伊纳博士称这样遥远的眼神为“千尺外凝神”——这是离自杀已经不远的征兆，却经常被忽略掉。几百次，我想象着跟着上楼，强求、哄骗、贿赂迪伦：告诉我，你怎么了。告诉我，是什么感觉？告诉我，你需要什么？告诉我，让我来帮你！我甚至想象着，在他的房间里挡住他的路，不让他离开，直到他告诉我他在想什么。每一次这样的假想都是以同样方式结束：我将他最终抱在怀中，知道究竟该说什么、如何让他得到所需要的帮助。

50岁生日时，我约了一个朋友下班以后见面喝一杯。我告诉汤姆，如果我回家晚了不要担心。我猜朋友们可能正在计划给我一个惊喜聚会。果真如此，我到餐馆时发现已经有十几个亲爱的朋友和同事在那里，还有汤姆。聚会正是他组织的。他这样做让我觉得很温暖。当我和朋友聊天时，汤姆叮嘱我别吃太饱。“我们还要出去吃晚餐。”他低声说。

迪伦和拜伦在家等着我们，他们俩穿得很正式，已经准备好出发。拜伦送给我一盆室内植物，迪伦送了我一张CD。路得和唐在餐厅跟我们碰头——他们是另一个惊喜。那天晚上我一直很开心，记忆中仿佛是最开心的一晚了。然而，我根本没预料到，一场可怕的灾难即将到来。

当我们离开餐厅时，唐拍了些照片。迪伦整个晚上都很安静，明显地注意着自己的言行，有点不自在但是仍保持礼仪，他在社交场合一贯是这样的，像往常一样为能吃一顿大餐而高兴。在他去世后，我第一次看到那天晚上的照片。照片中，他看起来心烦意乱的。

第二天一早，我们三人出发前往亚利桑那州。虽然我只睡了几个小时，但我期待着跟汤姆和迪伦一起度过一些时光。第二天，汤姆让迪伦开车。我们希望通过这次旅行，来帮助他提高在高速上的驾车水平。头几个小时是让他试一试。他的眼镜戴得有点歪，棒球帽反戴着，将座椅放倒成半躺姿势，他只用左手的食指按在方向盘上开车。我坐在后座，抓住门把手，默默地祷告。最后，我要求他放慢速度。汤姆试图让我们俩都保持平静。我注意到他也系紧了安全带，而平时都是需要我提醒他的。

迪伦的驾驶技术一点一点地改善，他能一连开几个小时了。最后，他开车的时候，我睡着了，等我醒来的时候，看迪伦开车的样子像个职业车手。我为此表扬了他，他显出很高兴的样子，可能是为我不再唠叨而高兴吧。他戴着耳机听电子音乐，直到汤姆问他能否让我们也听听。汤姆喜欢爵士乐，我更偏好古典音乐。所以当我们都喜欢他放的音乐时都很惊喜。终于，从科罗拉多州的山脉逐渐变成了一片片的沙漠植被，这景象映入我们眼中时，汤姆就接替了驾驶位置，迪伦拿起相机，一边拍照，一边说他很期待来沙漠地区的大学念书。

我们那次的旅行是成功的，在结束时，迪伦已经拿定了主意：他想去亚利桑那大学。于是，我们跳过行程上的另一所学校，直接回家了。我们停车加油的地方旁边有一株仙人掌，有迪伦身高的三倍。我们让迪伦站在旁边拍了张照片，这也是在他死后才冲印出来的。照片中，他双臂朝外伸展站着，显得很不自然。现在在我看来，那个姿势仿佛是拿着一支看不见的枪。在酒店，迪伦在房间里看了一部电影，汤姆和我单独度过了一个晚上。

第二天早上，我们收拾好准备去吃酒店的早餐时，迪伦戴着他最喜欢的棒球帽。这个帽子是我们俩合作完成的：帽子上的字母B代表波士顿红袜队，是迪伦从另一顶戴旧了的帽子上小心剪下来的。我将这个字母缝到了一顶新帽子的后面，他反着戴，也能露出这个标记。这顶帽子效果特别好，他到哪儿都会戴着。

汤姆穿着20世纪50年代风格的衣服走了过来，让迪伦别戴着这顶帽子去酒店餐厅吃自助早餐。迪伦争辩说我们这是在度假，他戴着这顶帽子也没招谁惹谁。我向汤姆投过去一个“别为小事儿较劲”的眼神，同时又不想在孩子面前有损他的权威，于是我拿起了箱子。

“我把箱子拿到车里去，你们俩商量吧。”

但我忘了拿车钥匙，于是我在清晨的冷风中，靠着车，回忆起孩子们小的时候，汤姆坚持要他们把衬衫塞到裤子里、把皮鞋擦得锃亮才能去教会。而牧师的孩子都穿着T恤衫和牛仔裤。他对那顶帽子老是喋喋不休的让我一直很生气。

结果，迪伦最后独自走过来，头上什么也没戴。我想告诉我站在他这边，那顶帽子没什么，但是我没说。我只是说："很抱歉一大早就这样，看来你决定不戴那顶帽子了。"迪伦的声音带着倦意，却有事过境迁的决心："小事而已，不值得吵架。"

坦白地说，我很吃惊。我以为十七岁的孩子可能会嘟嘟囔囔地抱怨。"哇，迪伦，我真没想到啊！"我错把他的好说话当成长大成熟了，还因为他能控制住自己的情绪表扬了他。我原本是在等着他跺脚咆哮，向我透露憋在内心的怒火。现在回想那时的情形，我怀疑他是否早就觉得一切都无所谓了。

我们返程的路上还发生了一桩怪事。迪伦急着回去见朋友们，我和汤姆为此而耿耿于怀。我们三个在普韦布洛市的一个麦当劳停下，吃了个简单的午餐。店里挤满了人。一大群青少年占着靠墙的几张桌子。我们刚把三明治打开，迪伦倾身过来悄声说："我们走吧，那些孩子在笑话我。"他说话时，几乎看不到嘴唇动。那些孩子们吵吵嚷嚷的，很开心的样子。没有人注意到我们一丝一毫。

"放松点儿，迪伦。没人在看着你。"我说，"再说，如果你不想让别人注意到你，那你干吗穿着一件拖地的长皮夹克呢？"但是迪伦却愈加坚持了，神经质地朝后看着那些孩子，而对方根本毫无察觉。他很不自在，我们也没辙了，只好狼吞虎咽一番，赶回了车里。那些孩子自始至终都没抬眼看我们一眼。余下回家的路，平安无事。

这趟出门之后，迪伦立刻恢复了他繁忙的社交生活。耐特过来玩，晚上没走。一天晚上，迪伦跟萝宾一起复习微积分，结束以后问我能否为他的毕业舞会支付开销。他居然想去参加毕业舞会，我真是惊呆了。后来我知道，他的朋友们也没想到。他好像是在拿自己逗乐一般。

第二天晚上，3月30日，我参加了学校为毕业生举办的家长会，遇到了朱蒂·布朗。自打我们因为上次的雪球事件通过电话之后，只短暂地见过一面，还是在学校话剧结束之后。我们急切地想了解对方近况。没多久，对话就转到了共同的对艺术的爱好上去了。我们谈到了我的人物绘画课，还有她上过的一些课，还看了看我放在车里的几幅画，之后就分手告别了。谁都没提起埃里克。

* * *

对于因自杀而失去至爱的人来说，人们问的最痛的问题就是，我们是否拥抱、亲吻孩子。它显而易见，是如此尖锐（哪个母亲不会拥抱自己的孩子呢？）。这个问题带来的痛楚，更是因为迪伦生命中最后两周的一个拥抱。

一天下午，我俩在楼梯脚下擦肩而过。想都没想，我伸出了手臂，环抱了他。

“我很爱你，”我告诉他，“你真的很棒，爸爸和我都为你骄傲。”他将左手轻轻地搭在我的后背上，几乎感觉不到。对彼此之间大夸特夸的赞美，我俩会用娱乐般傲然的口气回答。他这次也是那样表示了感谢。可我不想让他觉得是在开玩笑，而是真心的赞美。于是我捧着他瘦削的脸颊，让他直视我。

“我不是说着玩儿的，迪伦。我真的很爱你。你真的很棒，爸爸和我都为你骄傲。”

他低头看着我，有点难为情，低声说了声谢谢。

多年以来，这一幕还在我的脑海里回放。为了不让它在一次次的回味中变色，我写了下来。几乎是电影一样的镜头，两个人在过道相遇——他的手放在我背上——我捧住他的脸，这段回忆是最痛苦的片段之一。并且，至今我都不清楚，那一刻迪伦的脑海中在想什么。

* * *

4月4日，虽然有点迟了，但我还是打算做个晚餐，将复活节和逾越节一起庆祝。我小时候家里也是这么做的。

我跟迪伦说的时候，他笑了，让人觉得不快，仿佛是个笑话似的。接着，他声明说他不会出席。我请他再考虑考虑，他最后同意了。那天我在厨房里忙活了一整天，很开心，有个邻居过来跟我们一起吃了晚餐。虽然我们没能完成所有复活节和逾越节的宗教程序，但是在一起度过了愉悦的时光。

4月初，我们一家人还去吃了火锅，庆祝汤姆的生日。拜伦和迪伦开一辆车，我和汤姆开一辆，好让兄弟俩聊聊。那是兄弟俩最后一次单独相处，拜伦事后含泪回忆说，当时迪伦表现得毫无异样。

吃饭时，大多时间是拜伦在说话。迪伦特别安静，我担心是不是他觉得被我们忽略了。很多父母都会有这样的顾虑，怕一个孩子感到父母爱另外一个更多。迪伦还是插话说了几个笑话，我整晚想起就乐得不行了。后来我们却都想不起来笑话说的是什么了，因为我不够专注，现在想起来就会崩溃。

晚餐后，我们回到家，围在一起吃蛋糕、拆礼物。因为汤姆的关节不好，我给他买了一个小小的石凳，好让他在花园里打理心爱的花草时可以休息。兄弟俩齐心协力将它从我的后备厢抬到了花园。拜伦送了我一张CD，迪伦的礼物是一盒小型雪茄烟。以后每年迪伦生日那天，汤姆都会抽一支。

枪击案发生四天前，我跟朋友去丹佛艺术馆看了图卢兹·罗特列克的展览。汤姆和迪伦在家研究亚利桑那大学的地图，寻找离中心校区最近的宿舍，看看怎么让使用面积最大化。完事后，迪伦去店里拿了毕业舞会要穿的礼服。他将礼服连袋子挂在衣橱里，以免出褶皱。在所谓的地下室录像带里，我们还在背景里看到了这件礼服。

汤姆和我都注意到了迪伦那个星期有点不好惹，我觉得肯定是因为毕业舞会才这样。萝宾去外地参加教会活动了，周六下午才赶回来，时间有点紧。迪伦要去挑选花束，安排晚餐和接送。这些都不是他所擅长的。

周五，迪伦问，埃里克是否可以来过夜。我们同意了。几周前耐特来那次是在客房睡的，还没有打扫。猫病了，也在里面吐过，于是汤姆和我将吸尘器拖到楼上，叫迪伦自己把房间和卫生间在朋友来之前都清扫干净。

迪伦说埃里克根本不在乎房间干不干净，还因为我们让他打扫房间很不耐烦。我训斥了他：“埃里克可能无所谓，但我们在乎。如果你打扫你自己的房间，那么爸爸可以清洗卫生间，我清理客房。一起动手，会快些。”几分钟以后，迪伦说有事就出去了。我不以为然，他肯定是在拖延，更有可能是把什么不想让我们看到的东西拿走了。迪伦回来之后，我们时不时地探头到他房间看看进程如何，却没发现什么异常。

埃里克是晚上十点来的，我已经睡了。他带了一个很大、很沉的行李包，汤姆跟他打招呼时，他正把包拖进门。迪伦和朋友们经常会带些电脑和视频设备什么的去某个人家，所以汤姆也就没多想。他跟他们说饿了的话家里有一些吃的，然后道了声晚安，就休息了。

我们一夜无梦，早晨我下楼做早餐，发现埃里克已经走了。前一天为了打扫客房闹成那样，但是那张床都没有人睡过。

* * *

我们都专注为迪伦的毕业舞会做着准备。真的太可爱了。A来了，我们照了些照片。萝宾和迪伦大概是六点出发的，今晚可是大日子！

——1999年4月，日记摘选

4月17日，星期六。汤姆和我在家一切听调度，帮助迪伦为毕业舞会做准备。

迪伦一早起来，比前一天平和多了。他好像在尽一切努力向我证明他并不紧张。我问他是否担心萝宾从机场赶回来会迟到，他耸了耸肩，说："没什么大不了的。如果来得及，就来得及；如果没赶上，就没赶上呗。我不担心。"

下午，他洗了个澡，头发还没干，就将礼服拿到我们房间，那里有个全身的镜子。他没怎么穿过这么正式的衣服，汤姆帮他理顺了礼服，告诉每件是怎么穿的。他穿着黑色的袜子，白得发亮的衬衫，前面有浆洗得硬硬的褶皱，看起来，他好像比父亲高出一大截儿，其实他们俩只差了两英寸。

汤姆费力地扣着那些小的金属和塑料扣子，迪伦耐心地站在那里。打领结时可难住了汤姆，于是迪伦自己琢磨了半天，总算戴上了。他们俩合作起来总是很圆满，这回又完美地解决了这难题。我坐在床边陪着他们，告诉迪伦，他装扮整齐，看上去像李·马文在电影

《女贼金丝猫》（*Cat Ballou*）里身着西部华服的样子。那是一部我们一家人都喜欢看的电影。他们俩都笑了。

我拿着相机，迪伦耐着性子让我拍了几张，不一会儿就跟以往一样觉得不自在了。我试图趁他不注意抓拍他在镜子里的样子，可他抓住一条毛巾，挥动着挡住了镜头。在他死后几个月之后，我用了个假名去将胶卷冲印了出来。那张照片上，迪伦的脸在毛巾后面只能看到一点点，看到带着倦意的眼眶下有点顽皮的笑容。

那一整年，我们都建议迪伦去剪头发，可一点用也没有。但我终于说服了他，只为这毕业舞会，用我的一根橡皮筋将头发扎到了脑后。他将自己的眼镜揣在口袋里，还戴了一副小框的太阳镜。我们觉得他看上去真的很帅。

我们的租户艾莉森也过来了，还主动给我们仨拍了张合影。照片上，迪伦开玩笑地摆着专业大牌的姿势。他精心的装扮与我们褪色的法兰绒衬衫和老旧的牛仔裤形成了鲜明的对比。他还是戴着太阳镜。回想起来，他生命的最后几周都是戴着深色的眼镜。如今我相信，当时他是把真实的自己掩藏在了眼镜后面。

汤姆还记得给录像机充了电，赶在萝宾到来之前给迪伦拍了一段很短的录像。因为父子俩都不喜欢拍照，所以录像里，他们对话的样子显得有点生硬。之后的日子我们看过很多次这段录像，也给不少人看过。迪伦在录像中举止再正常不过了，让人难以相信随后会发生那样的惨案。

父子俩闲散地聊着棒球，迪伦穿着礼服，模仿着他的偶像巨怪强森投球的样子。汤姆说了几句有关人生成长的话，迪伦说他以后不会生孩子。汤姆说，可能长大了想法会变的。迪伦说：“我知道——我知道，有一天我回忆起今天，会说——我想什么呢！”一切都像极了一场预言。迪伦不同意录像，汤姆还是坚持要录，迪伦从旁边的灌木从上抓起一把雪，揉成雪球，玩笑着朝汤姆砸过去。录像也就到这里结束了。父子之间浓浓的爱意，让我想起来就心碎。

萝宾按时来了。她穿着一件深蓝紫色的裙子，漂亮可爱。迪伦给她戴上花，她费劲地将一朵玫瑰给迪伦别上。汤姆在一旁录像，我开着狗仔队式的玩笑，指点他们往旁边站一点，不拍上后面的车。迪伦在此之前跟我们强调说他们只是朋友而已，所以当他用胳膊搂住萝宾时，我有点惊喜，心中怦然一动。

汤姆拍的录像的最后几个镜头里，迪伦和萝宾两人对着摄像机在微笑着。随后，两人都有点不好意思，但又甜丝丝地笑了。

* * *

凌晨四点，我听到迪伦的车回来的声音。尽管很累，但我还是很兴奋，爬起来去问问情况。

我们在楼梯脚旁碰了个面。他看上去累极了，却是满脸喜色，一个孩子刚度过一个有重大意义的夜晚，就是这个样子的。他照旧不愿主动谈什么的，所以我绕着圈子问他些擦边问题，诸如吃了什么啦、跟谁一块儿玩了等等。他说跳了舞，这真让我没想到啊！他对我帮他买了舞会的票和租礼服表示感谢。他眉飞色舞地告诉我那天晚上他很开心，我很喜出望外。

我亲吻了他，道了声晚安，转身准备回去睡了。他叫住了我："我想给你看样东西。"他从口袋里掏出一只扁平的金属酒瓶。瓶子顶端已经裂了，但是有人费了不少劲，勉强补了起来，还能看到拙劣的补丁。

"这是什么？"我追问道，"你从哪儿搞来这玩意儿的？"

他说他捡到的。我问里面装的是啥，他说是薄荷酒。他不愿说出是在哪儿弄到这酒的。我刚要开口展开我对酒精的坏处的长篇大论，迪伦举起了一只手阻止了我。

“我想让你知道你可以相信我，相信萝宾。我把酒瓶装满了，准备今晚喝的。我给你看看，只少了一点点。”他坚持要将酒瓶递给我，让我仔细检查，好似他在表演魔术一般。“我们就在一开始喝了点儿，后来再也没碰了。看见了吗？瓶子里的酒几乎是满的！”我确认之后相信了。

“我只是想让你知道，你可以信任我。”他再次说。尽管我仍然感到猝不及防，但还是感谢他能对我说这些，我又加上了一句：“我确实相信你。”接着就放心地去睡觉了。我从来没有想过他会在高中毕业之前滴酒不沾，但至少他告诉过我了。

在这万籁俱寂的夜晚，母子之间的私密谈话时刻，我曾经无数次地在脑海中回放。回头看去，这个酒瓶的对话可能是迪伦对我开的最残忍的玩笑了。他是在故意操纵我的神经，让我相信他，而事实上他在私下谋划着一场屠杀？他是在嘲弄我吗？如果他已经打算几天后就身赴黄泉，还有什么必要获取我的信任呢？是他想让我放心，还是为了防止我搜看他的房间？

我曾经跟一位心理学家分享过这件事。他问我：“你怎么知道他不是真诚地这么说的呢？也许他就是想让你放心，但是这件事跟之后要到来的事之间没有什么关联。”和许多其他事情一样，到底真相如何，我永远也不会知道了。

* * *

舞会之后第二天，周日，迪伦睡到很晚，起床后下午去了埃里克家。他看上去疲惫不堪。周五晚上朋友来家里过夜，周六毕业舞会又睡得很晚，应该都是这样吧。我做了一大锅蔬菜汤，但是拜伦有安排了，迪伦直到后来才回家，所以汤姆和我两个人吃的晚饭。4月19日，星期一，迪伦跟我说晚上不回来吃饭了，打算跟埃里克去一家牛排馆，就是两个月前，我们和埃里克一家一起吃饭的那家餐厅。

“是什么特别的日子吗？”我问（迪伦一般跟朋友出去都是吃快餐）。他说，埃里克有几张那儿的折扣券。在我看来也不需要什么原因，还有三周就高中毕业了，他们就要打开新的生活篇章了。想庆祝就庆祝，也无可厚非。我祝他过得开心。

大概八点半，他回来了。我在门口迎了他。“怎么样？”“挺好的。”他一边脱着沾满泥的鞋子，一边说。我总是想多知道些，接着问：“你们吃什么了呀？”他抬头看着我，歪了下头，给了我一个“行了，妈妈”的表情。我突然想起他们去的是牛排店呀！“哈，牛排呀！”我们俩都笑起来。

汤姆在客厅看书，我问迪伦要不要跟我们坐一会儿。他说他有好多事儿要完成，可能一晚上都要在屋里赶功课了。他躲躲闪闪的，急切地想上楼，我以为他有些临近学年结束的作业没做完。电话响了几声，是迪伦接的。我不记得那天晚上自己是否跟他道了晚安，或是亲吻了他。我至今都在为这模糊的记忆而试图原谅自己。

第二天早晨，我摸黑起床去上班。我还没叫他起来去上保龄球课，他已经从楼上蹦下来，路过我们房间。我打开门，想在他走之前说句话，但屋里一片昏暗。

我听到大门打开的声音：“迪伦？”我在黑暗中叫了一声。

“再见！”除此之外，他什么都没说。

第十五章

间接伤害

我真的没有理由活下去了。周三，我要去做钼靶检查。我甚至幻想得了绝症，就可以问医生："我还能活多久，一切就都能结束了？"我一事无成，生活索然无味。我幻想着在那场灾难中献身拯救一个孩子，或是将自己主动交给恐怖分子，换取飞机上其他人的性命。

——*2001年1月*，日记摘选

2001年的情人节，也就是迪伦参与科伦拜恩大屠杀近两年之后，我被诊断出患了乳腺癌。

从某种程度上来说，我对此并不奇怪。有一种万圣节的服装你见过吗？就是那种穿上后，看着像有一把斧子从胸口凸显出来的样子。那就是我每时每刻在体验的感觉。心是拥抱和抚育孩子的所在，而我的心犹如一颗早已引爆了的炸弹。我的儿子已经死了，还有13个人因他而死。如果说我得了乳腺癌属于间接损害，这也是说得通的。

从小，我对死亡就心怀恐惧。我本来已经焦虑到了崩溃的边缘，被确诊得了乳腺癌之后，对死亡的恐惧感迅速攀升。汤姆带我去最喜欢的中餐馆吃饭。饭后，我打开幸运饼时，里面没有幸运签。

肿瘤医生跟我谈话时斟酌再三。诊断算早的，肿瘤也不大。她认为我的病情不需要化疗，通过放疗就可以控制住。在悲剧发生后，由于焦虑和持续的胃病，我的体重已经掉了25磅，本来就不能再瘦下去了。我的精力和体力被悲伤和犯罪感极度消耗殆尽。治疗方案最终是我自己的决定，但真相在我和医生之间是心照不宣的。但我已经不堪一击，根本无法承受残忍的化疗，于是选择不做了。

我们社区设有苏珊·科曼乳腺癌基金会扶济项目的分部。确诊后，会有乳腺癌的幸存者到家里来探访，带来一些资料和鼓励（针对自杀者的家人，美国自杀防治基金会也有类似的探访，称为“幸存者扶济项目”。我也列居基金会在本地的董事会，目前正在将“幸存者扶济项目”引进到科罗拉多州）。当看到志愿者带来资料时，我摇头拒绝了。我确实需要支持和鼓励，但不是为了癌症。

放疗导致我疲倦不堪，身体不适，但我早就是这个状态了。在亲友和了不起的医疗团队的帮助下，我完成了治疗。最后一次放疗结束后，诊所的员工送给我一张卡片。可能他们对所有的病人都是这么好，可这举动却让我悲从中来。我逃到自己的车里，放声大哭起来。

我不知道自己为什么会哭，可能是因为我已没法想象被人关爱的感觉了，或是因为治疗结束，就意味着我要回到现实中，为迪伦悲伤，为他不可理喻的行为继续遭受折磨。

对于逃过癌症的魔掌的前后，我没有太多可说的，这似乎有点可笑。身处其中那段时间，我当然不会无动于衷。我接受了治疗，心怀感激地继续着生活。但当我从癌症中康复之后，我意识到，我在本章开头所摘录的日记中所描述的是违心的——我，并不想死。

汤姆总是说，希望迪伦把我们也一起打死算了，或是他从没来过这个世上。我也祈祷自己能在睡梦中平静地死去，以免再次醒来面对痛苦，意识到所发生的一切是事实，不是噩梦。堵车的时候，我也会幻想着用自己的命去换那些在学校里被枪杀的生命；或者有别的机会能牺牲自己，多救几个其他人。死亡意味着解脱，那么为别人而死，会使我不堪的生命终究有点意义。

从乳腺癌的魔爪中幸存使我看到——或许我们都应该看到，生命是一份礼物。对于这份礼物，我的工作、未来，都需要一种纪念它的方式。

第十六章

全新的认知

失去过亲人的人都知道，第二年比第一年更难度过。第一年，要努力适应刚刚发生的悲痛，过一天算一天。第二年，你会意识到，失去了生命之海的海岸线，内心一片荒芜，被巨大的孤独感笼罩。你意识到，这将是永恒的状态了，没有回头路。

我的痛苦远不止于此。我心里清楚，还有那么多的家庭因为我儿子也在经受同样的痛苦。那些视频里，迪伦充满仇恨和愤怒的模样，与我记忆中那个活泼可爱的孩子进行着无休无止的拉锯战。有时，仿佛我心中正在进行一场激战。

还是有些缓解的办法的。尚且无法下笔画画，但有时我躺在那里，在想象中作画。具体来说，我想象着自己在画一棵棵的树。

我一直都很喜欢树，受到树木坚韧的精神和品质所鼓舞——那些树结、疤痕、斑点，虽伤痕遍布，却生机勃勃。它们为人们提供树荫、氧气、食物和庇护，毫无怨言。树木扎根于大地，却志向远大，永不停止自己的追求。脑海中画着一棵棵的大树，像是朋友一般，成了我安全的港湾，给了我的心灵无比的安慰。但是我依旧无法在纸上作画。

的确，我追寻着将生命重新整合，却做不到。直到我和其他幸存者一样，找到了两个至关重要的营养元素：首先，我找到了一个归属——社区；接着，我有了能够为这归属而去付出的途径。

* * *

认识了C，她的儿子D在12岁时，因为那天在学校里不太顺心，自杀了。一年半过去了，她还是不停地哭泣。在回家的路上，我也痛哭着，意识到自己是多么需要支持团体。今晚要把猫关好，这样我应该能睡着觉了吧。

——1999年7月，日记摘选

枪击案发生不到3个月，上司派我去参加一个地区会议。与会者都是康复方面的专家。我犹豫着要不要去，虽然跟同事们相处的情况已有好转，可我不太确定能否应付得来更广泛的接触面。最终，我请求会议组织者将我的名牌留着，等我去了再找他们要。那时，处处小心已经成了我日常生活的一部分。

当我去领名牌时，一位女士抬起头来。“苏珊·克莱伯德？”她问道。我全身一下子绷紧了。多年来，我都会这样。这位可亲的女士长着深色头发，她从桌后伸出手来握住了我的手。“我是西莉亚。我想让你知道，许多人懂得你正在经历的一切。”她的声音很温暖，但没有笑。她接下来的话让我明白了原因：“去年，我12岁的儿子自杀了。”

无数人对我表示同情，我也收到过许许多多充满怜悯的信件。朋友和同事对我都很好，可我总觉得，他们与我的经历遥不可及。西莉亚握着我的手，告诉我：“许多人明白，你正在经历着什么。”她把我拉回了世界，给了我深切而自然的宽慰，仿佛一个孩子一被母亲抱到怀里就会立刻停止哭闹一样。我问西莉亚是否有时间坐下一起聊聊，她说半小时之后，结束会议登记工作就可以了。

接下来的30分钟完全虚度了。有一半时间我躲在卫生间哭泣，然后，我在昏昏沉沉地游走。我太需要跟另一位孩子死于自杀的母亲交流，这种需要比我预想中强烈得多。当西莉亚伸出手时，我便抓住了，如同在半空中抓住了一根救命的绳子。

我们在大厅绒布沙发上待了将近一个小时，手握着手，互相倾吐心声。我很小心地没有对她泄露跟迪伦有关的细节，怕把她卷进什么法律风波中。同时，她自己的故事，我听得也要心碎了。她的儿子还那么小就不在了！至少我还见到了迪伦长成了年轻人的模样。

我知道不光是我，许多母亲也不知道自己的孩子有问题。跟孩子同样是自杀身亡的母亲进行沟通，这样的机会却寥寥无几。西莉亚如此美好、聪明细致，让我很受益。她的样子让我任何时候都倍感钦佩。她思想丰富、举止镇定，好似一剂止痛药。在此之前，我稀里糊涂地接受了有关自杀的诸多无知的迷思般的说法。

当我们流泪拥抱告别时，我心里对她有了无比的亲近感。人们总是摇着头说："真的没法想象你是什么感受。"他们说得对——我没有指责谁的意思。谁能想象得出这样的日子呢？若不是亲身体验，我也没法想象啊。无论再怎么被关爱和支持包围着，我仍然觉得自己脱离了正常的体验，迷失了自我。我渐渐认识到，这样的感觉，恐怕正是迪伦在生命最后阶段的感受。

在西莉亚将手放到我的手上之前，我看不到解脱，也看不到地平线上有任何迹象预示着会有转机。就那么一个动作，她将我与其他幸存者连接了起来，他们欢迎我的加入，毫无偏见、不带仇恨。第一次，我感到一丝曙光，或许我的余生不必在孤独的星球上独自旋转，在旁人无法明了的感受中挣扎。

茫茫人海中，有那么一群人，他们把我当作姐妹、伙伴和灵魂伙伴看待——他们接纳我，让我也能对他人有所付出。

* * *

迪伦死后的第二年，我终于找到了归属。

我们在自己的家园被深度隔绝，感到很是痛苦。我以前总是会跟附近星巴克的店员聊天，也知道超市所有收银员的名字。科伦拜恩枪击案之后，我看着人们的肢体语言和面部表情心中忐忑不安，不知他们是否会认出我。认出的人，99.9%会说些友好的话。然而，在曾经那样亲爱的家园周围，却要像一只动物般战战兢兢地度日，让我很受打击。

已经有很多文章描写过利特尔顿悲剧过后的情景。如同人的身体在被侵犯之后会进入震惊状态，社区也是如此。正如克林顿总统在当天晚间的讲话中说的："如果这事能发生在利特尔顿这样的地方……这里并非毒品肆虐的市中心，或是什么没有信仰的走廊地带，比如纽约、洛杉矶等。利特尔顿的市民都是规规矩矩的公民，在市郊有着不错的住宅，孩子们都是高高兴兴、健健康康、衣食无忧的样子。我们理所当然地认为，学校必定是安全的。"

事件发生后的几个月里，当地每一个人都失去了安全感，惊恐万分。整个地区都处在神经紧绷的状态，人们有各种各样的反应。有人选择了饶恕和同情，有人愤恨不已；有人抨击社会制度；有人被怂恿而发声，获得了足够的重视；有人真诚地感到站出来说话能给予人帮助。

谴责之声传得沸沸扬扬。一方说，枪太多了，才是问题所在；另一方说，枪支不够，每个老师都应该配备防御武器；宗教右翼人士呼吁，缺乏家庭教育才是症结；还有人提出，宗教权利使大家为逝者哀痛。众说纷纭，逝者被深深地哀悼，伤者得到了医治。大家磕磕绊绊地重建社区家园，重新建立安全感，找回自己。

对于悲剧，人们有一种自然反应：要找到其所含的意义。这是怎么发生的？谁该为此负责任？汤姆和我是主要嫌疑犯。“这些孩子，只有在自己家里耳濡目染，才学会对别人如此仇恨。”社论疾呼着。我们所读到的、听到的，都令人苦楚；然而，远远不止我们，周遭的气氛使得人心涣散，各执一词。

刺猬在被侵袭时会采取防御措施，蜷成一团保护自己柔软的心脏，把尖刺朝外御敌。人，也是这样。那些天里，利特尔顿小镇上有许多“尖刺”戳来戳去，学校、媒体、警察——似乎每个人都不自觉地抵抗着悲剧侵袭，又不知不觉地对他人发动攻击。

警方的工作做得很细致，尽管如此，媒体还是挖掘到了信息，他们得知警方当初没有认真跟进朱蒂·布朗针对埃里克一次次有关的报警。案发当天，警方就发出了搜查令，上面大段引用了埃里克的网站内容，说明他们对此早就知道。网页中一桩言论甚至还被调查过：当刑侦官发现有证据表明埃里克在制造雷管炸弹，曾经申请过住宅搜查令。但法官没有见到和批准搜查令，住宅也从未被搜查过，直到悲剧发生之后，调查报告才被昭示。

公众对警方失去了信心，要求公开更多信息。一般来说，未成年人的尸检报告是不公开的，但有些重要的发现早已被广而告之了，比如，迪伦体内不含毒品。人们想知道迪伦死时胃里有什么食物残留，或是他的器官都有多重，有什么意义呢？即使律师据理力争，我们还是输了。整个尸检报告被公之于众，我觉得难受极了。到了这个地步，我们都没法保护迪伦。

媒体的声势减缓些了，但当地每天的新闻报道几乎都有与科伦拜恩枪击案有关的头条报道。有些记者跟踪挖掘调查进程，试图了解学校里到底是何等情形，有些就没那么讲情理了。当迪伦和埃里克躺在血泊里的照片被登上《国家询问报》头条时，看来已经没有什么底线是不该跨过的了。不过，后来我也发现，很多新闻人员也因为在利特尔顿的这段时间，精神受到了打击。

同时，汤姆和我身处风暴眼可怕的寂静之中。最亲近的亲友给了我们无比坚定的力量和支持（也为我们抵挡了外界的攻击），我们两人之间的关系却越来越紧张。我找到了自杀者家人为伴，归属感增强了，情绪得到了缓和，但我和汤姆之间却越来越难相处了。

* * *

朋友莎伦也因自杀失去了亲人，她明白我需要与其他孩子死于自杀的父母连接起来。她了解我的组织能力可以做好协调和管理的事，人们都会请这种人筹备会议，负责财务或是做会议记录。于是，枪击案第二年之后，莎伦给我布置了任务。她将我介绍给了一个规模不大的团体，一些女性联合在一起，为科罗拉多自杀防御联盟组织做志愿者。

第一次参加会议时我很害怕。这些人会论断我吗？我不敢奢望他们能够理解迪伦的所作所为，更不要说我的经历和感受了。十分钟之后，我与另外五位母亲坐在了一张餐桌旁，她们的孩子都死于自杀。桌上准备了一个个花盆，里面种了勿忘我的种子，我们一起动手将蝴蝶结系在花盆上。房间里的氛围没有偏见，只有爱、诚意和无处不在的悲伤（六位母亲中，有三位都曾患有乳腺癌，这让我更加肯定了我的非科学理论，一颗炸弹在胸口爆炸会是怎样的结果）。与其他人相处时，我总紧绷着神经，在那里，这种感觉消失了。无论迪伦做了什么，我终于有机会能够将他当作自己的亲生儿子来为之哀恸，这个机会对我无比珍贵。

最近，我在《纽约时报》上读到一篇文章，作者是精神医师帕特里克·奥马利。他在文中描述了一位病人起初抗拒，之后参加了一个失去孩子的家长的支持团体，从中得到了安宁。“在这个团体中，人们不需要装腔作势。在这里，人们理解到，不必强求一切都能成为过去。忘记一切也意味着失去一份神圣的拥有。”当我和支持团体在一起时，迪伦就只是一个自杀身亡的孩子。没有人原谅他的恶行，也没有人轻视我的哀伤，或是看轻我想念死去的儿子的权利。

接下来的周末，我参加了自杀幸存家属联盟的午餐会，由莎伦主持。我们准备的“勿忘我”花盆摆放在餐桌中央。第一次，我与相同体验的人坐在了一处，我感到自己紧紧抓住了一根细弱的丝线，从而没有最终失去理智。

我不必对他们声明，我对迪伦在想什么、盘算什么一无所知。他们都对此深有体会。“归根结底地说，有人对你没说实话，你觉得自己跟个傻瓜似的。”一位女性说道，然后我一下子就哭了起来，把自己也吓了一跳（另一件自杀亲属活动中常发生的事，就是你从不会是独自哭泣）。他们知道我被愚弄的感受，也知道在儿子最需要的时候，我没能帮助他的那种羞愧。

正如我对西莉亚那样，对于遇到的每一个人，我都加以审视，试图探求到底是什么潜在的问题给他们也带来了这场噩梦。这个母亲是不是比较冷漠，还是心不在孩子身上？这个父亲是不是虐待或是忽视孩子？这些人——也包括我自己，是不是有什么共性？或是都缺少了什么？理所当然地，人们也是这么审视我。

然而，这些人友好、聪慧有趣、善良——他们是正常人，倾诉着自己的故事，有小学老师、社会工作者、卡车司机、牙医、牧师、全职妈妈……无论作为什么角色，父母、姐妹、丈夫、妻子或是孩子，他们对亲人都很关注，积极参与各自的生活。他们都深爱着自杀身亡的亲人，跟我一样，其中很多人都误解了亲人所表现出的反常迹象。

自杀很难看。羞辱围绕着它，对世界嘶喊着，生命以一种失败的方式终止了。这是大多数人都不想听到的。我们的文化氛围导致人们认为，自杀者都是脆弱的，他们缺乏意志力，采取了懦夫行为。我们认为他们自私、行为过激。如果他们真的在乎家人、配偶、工作，就会想其他办法走出困境。这些陈腐的观点被广泛认可，很多自杀者身后的家人也这么认为，然而却都不是事实。困惑、愧疚、悔恨、自责，时时伴随着这些亲人。

一天下午，我跟一位老朋友吃午餐。这位朋友并没有亲人自杀。他问道："会不会终有一天，你会原谅迪伦？"我目瞪口呆地坐在那里，突然意识到，我们的生活已经在两条岔路上了。我的脑海中浮现出电影《普通人》（*Ordinary People*）里的场景，泊杰湿漉漉的手从唐纳德的手中滑落，沉到了水底。我组织了一下思绪，尽量不带情绪地回答道："原谅迪伦？我要做的，是饶恕我自己。"迪伦跟泊杰一样，从我手中滑落了下去，是我让迪伦失望了，不是反过来他让我失望。

如果"自杀"是难以思考或谈论的，那么"谋杀式自杀"简直就是不可思议了。我不仅没能阻止迪伦自杀，也没能阻止他杀害别人。

这些年里，我参与自杀者家属的活动和工作，亲眼看到这方面的教育普及和防御确实是可以拯救生命的。然而，我开的第一个会以及接下来的几十个会议，使我对一个现实坚信不疑：这种事完全可能发生在任何人身上。这个现实，让我得到些安慰，又令人毛骨悚然。

很多人都没有意识到任何问题，或是与我一样，低估了问题的严重性。直到灾祸袭来，无法逆转时，我们才如梦初醒。哪怕是专业人士有时候也不能确定所面临的情形是否生死攸关。一位心理学家曾谈到她自杀的儿子。她在业界备受尊重，受过专业训练，明白所有该做的事情。即便如此，她也未曾预料到儿子会自杀（我们千万不能就此下结论，认为自杀是无迹可寻的，只是我们有时无法识别自杀的迹象罢了）。

还有些人觉察到了危险的信号，却不知该如何施以援手。有一位母亲，她的儿子曾经数次因躁郁症住进医院，医生建议出院之后，需要继续治疗。事实上，就在他开枪打死女朋友以及自杀的当天，他还去见了牧师和精神科医生。

这些故事让我意识到，我们是在与怎样的一个仇敌对抗。第一次会议午餐结束的时间，有三件事清晰地在我面前展现：

一、预防自杀，除了深爱对方并且让对方知道你的爱以外，还有其他事情可以去做。我们对迪伦无尽的爱不足以挽救他，或是其他受害者的性命。与会的所有人都就此产生共鸣。

二、我们中的很多人无法识别危险的信号。在很多情况下，我们都没意识到有什么理由去提高警惕。

三、我领会到，尽管对于抑郁症和自杀风险的状况存在有效的干预方法，但我们不能判断这些到底多有效。写到这里我很犹豫，因为担心有些需要帮助的人因此不去寻求帮助了。然而，那天我遇到的不少人也曾经试图帮助过亲人与长期的精神疾病争战。他们坚持了几周、几个月、几年，甚至几十年的治疗，经历了一轮又一轮的药物治疗或是住院。有些干预获得了成功，有些失败了。很多人每天都生活在恐惧之中，担心他们的亲人，或是每每与自己自杀的念头搏斗着。

找到一间好医院还能住进去很不容易（到底住院治疗是不是治疗自杀的最好方法，几乎很难达成统一意见，近期的一些研究表明或许并不是）。医院急诊室的工作人员缺乏脑部精神疾病方面的训练，对于出院以后病人可能出现的危险状况，医院也与家人沟通不足，难题种种。我第一次理解了，确定针对性强并且恰当的治疗方法存在着很大的挑战。

第一次参加自杀干预组织的活动，对我而言是一个全新的开始。我们面对的问题是多面的、极其复杂的，要想改变现状，路还很长。

* * *

参加自杀预防峰会，我的情绪像坐过山车一样起起伏伏。终于，我在电梯里说出自己的身份后，有人拥抱了我，我哭得很厉害。我感到自己敞开了心扉。

——2002年5月，日记摘选

对很多人来说，这情形似乎不足为奇：我坐在科罗拉多州自杀预防联盟会议的登记处接待着人们，给大家找出名牌，如同西莉亚两年前招呼我那样。不同的是，我也佩戴着自己的名牌，上面贴着一个贴纸，贴纸的颜色表明我的孩子是死于自杀。那天我坐在桌子后面，感觉到心怦怦直跳。如果有媒体出现认出我，我会不会猝不及防？会不会有人意识到我是谁，然后将唾沫吐到我脸上？

我迎接前来的与会者、回答和介绍发言人的相关问题、指引卫生间的方向。除了偶尔会有人来表示同情，没有人说任何不妥的话。

那天是个分水岭，打那以后，我正式加入到预防自杀和暴力的活动中。我协助做登记和准备会议手册、与数千人一起参与社区的活动，为预防自杀集资募捐。我开车接送发言人、为竞拍物品打包、去打印公司取手册。我跟人们交谈、拥抱，聆听他们的故事。

近来，美国疾病控制与预防中心的数据显示：在美国，居前十的死亡原因包括糖尿病、老年痴呆症和肾脏疾病等，自杀也位居其中。然而，用在预防自杀方面的项目资金远远不及其他几种疾病。或许是因为人们被误导，认为自杀是当事人主动的选择而非一种疾病。预防自杀项目的资金很大一部分是来自当事人的亲人。他们用做义工或是捐款的形式表达自己的哀伤和无助。与所有其他非营利组织的项目一样，自杀预防组织的资金短缺、人手不够。我很快发现，由于我有管理经验，在这上面可以起更大的作用。很久以来头一遭，我感到自己可以有所贡献。

我并非完全是为了服务他人。在一个团体里，为了一个共同的目标与人们肩并肩而努力，对我自己也是一份礼物。即便因为种种原因，我不能正式参加一个支持团体，通过做好在这些会议上的工作，也可以与其他自杀者的亲属联系在一起。能与这了不起的事业紧密关联是神对我的优待和眷顾。我做过很多工作，也有很多爱好，曾经都为其很投入。作为阅读方面的专家，我教过孩子们学习阅读方法，我也帮助残疾的成年人学生完成大学学业。然而，我在自杀预防方面的工作，仿佛才是真正的呼唤，在黑暗中的道路，在歧途中，让我得以矫正前行的方向。

多年来与残疾人士合作，我领悟到，深沉的损失常常对生命带有着浓厚的感恩，对喜乐有更深的感受，更强的活在当下的能力，这是未曾受创的人无法体会的。自杀未果的幸存者也是如此。我们的泪多，笑也多。

有人告诉我："你不能同时又哭又笑。"我发现笑声能够重新校准我内心那疯狂摇摆的陀螺仪。我喜欢看《宋飞正传》（*Seinfeld*）、《台词落谁家》（*Whose Line Is It Anyway?*）等节目，让我忍不住放声大笑的电影，比如《他们叫我"三位一体"》（*They Call Me Trinity*）。我读喜爱的幽默作家写的书，诸如艾尔玛·邦贝克、戴维·巴里和比尔·布莱森。上下班的路上，我在收音机里听音乐幽默大师的作品，如怪咖艾尔·扬科维奇（Weird Al）和P.D.Q.巴赫。我也听喜剧。喜剧让我觉得亲切，最好的喜剧也源于伤心的故事。我最喜欢的几个喜剧演员，诸如玛利亚·本福德和罗布·德莱尼，也公开谈论自己与精神疾病争战的经历。

通过与其他自杀者和自杀幸存者的家属的交往，我也学会了对论断我的人也能赋予怜悯之心。

有一天，我无意中听到一个同事在说："你没法让我信服自己的孩子正经历着这一切，而作为母亲却一无所知。"这位女士对我一直很友好，她认为我知道迪伦的计划却袖手旁观，任由他继续策划伤害自己、谋杀他人。她的话将我一下子打回了迪伦去世后的旋涡里。

这些话在我脑海中挥之不去，于是我跟一位同伴提起，她也有亲人死于自杀。她点了点头，说："我曾经想对说这些话的人回敬过去：'如果这发生在你家，你就不会再这样论断我。愿人生给你机会知道，你的话是多么愚蠢和残忍！'"我震惊了。她在任何情况下，一向都表现得宽容大方，我从来没见过她这样。

她继续说道："当然，我不希望这事会发生在任何人身上。他们也只是试图说服自己，这样的事情是不会在自己身上发生的。"那时，我们在停车场，她指着我车前座上一盒预防自杀的信息小册子，说："我们在跟无知打仗，不是吗？"她说着，摇了摇头，"上帝知道，我也没想到这事会发生在我身上。"

她的话让我明白，为何我对自杀预防组织有如此强烈的归属感。这是一项草根行动，是由母亲、父亲、伴侣、子女的联合行动。我们奉献自己的时间，因为我们相信自己的亲人本来并非走投无路的。我们的亲身经历证明，无知可能是致命的。这使得我们所做的工作更为紧迫。

在迪伦去世后，我收到过数百种为迪伦赎罪的建议，而这份工作就是最终的答案。我不必再想着在恐怖袭击中牺牲自己来换取孩子们的生命。我可以为网站写稿，填写电子数据，在会议厅里发手册，到机场去接演讲人。自杀预防社区的活动教会了我微小而简单的工作也可以拯救生命。

我读了我能拿到的书和文章。我参与那些会议的工作，也是为了可以听讲员所讲的信息；我在网上找学术文章来看，哪怕我只能看懂总结那一部分；我参加网络研讨会，钻研教育资料，尽量提问，讲座结束去跟演讲者要来课件回家学习，以免自己漏掉什么。

最终，自杀者家属这个组织帮助我看清了迪伦的行为是病理性行为。然而，在这个认识过程中，我培养了积极分子所具有的激情。在迪伦身上所发生的一切，从深度和广度以及概率来说，都是罕见的。但它已经成为这个问题的缩影，而我却浑然未觉。

在任何会议上，我都会遇到失去亲人的人。有些家庭几代人都有自杀、暴力行为、毒瘾或其他大脑疾病；也有些人家族史上根本没有异常；很多人不止一个亲人自杀；有些人是本人自杀未遂，来分享他们的故事，让别人从中学习；有些人在帮助死者家属，而其他人每天都在辛苦地努力，好保全所爱的人或是病人的性命。我们怀抱着同一个信念团结在一起，对我们失去的亲人来说，一切都可能已经太晚了，但我们所做的可能会拯救其他人。

即使在这里找到了集体的感觉，我仍然是与众不同的。逐渐将迪伦的死亡作为自杀来理解，为我提供了一定程度上的安慰。我必须承认，确实有想到此为止的私心，但我从来没有如此愚蠢地欺骗自己。因为那天迪伦夺走的，不只是他一个人的生命。

在我接受了迪伦的抑郁症以及他渴望自杀身亡之后很久，我还在努力接受他有暴力倾向这个现实。在地下室录像带中看到的那个暴戾的人，我完全无法辨认。那是个陌生人，占据了我儿子的身体，而迪伦在我屋檐下长大，我坚信已经将自己的价值观完全传输给了他。我教他说“请”“谢谢你”“握手要诚恳”的人，杀害了其他人，甚至还计划了更大的毁灭性行动。

了解他的死亡是自杀，对我是重要的第一步。这只是一个开始。

第十七章

审判

我试图在内心寻找平静，却不见踪迹。写作、绘画都不起作用。我每时每刻都感到处在灾难的边缘；想起迪伦，我依旧哭泣不止，为他所做的一切痛恨自己。他在录像里的形象刻在了我大脑里。好像他的生命尚未盖棺论定，我的悲伤还没启程，也还没能全面地看待这一切。无论我想到什么抚慰自己的方式，最终都成了一把双刃剑。

——2003年8月，日记摘选

科伦拜恩枪击案发生4年之后，法院通知了我们前去做证提供口供的日期。终于，4年来，悬挂在头顶的无名的恐惧和悲伤，凝结成了日历上的一个日子。

律师解释说，提供陈述口供是在庭外宣誓做证。如果案件发展到将由陪审团进行审判，原告可以用这份口供作为诉讼收集的证据。汤姆、我和哈里斯夫妇都要花一天时间，回答一小部分受害者父母的问题。这些父母的孩子是被迪伦和埃里克亲手杀害的，我们将近距离面谈。我知道，他们眼中的悲伤是由我儿子一手制造的。想着想着，我的心里充满了恐惧。

对于将面临的财政灾难，我已经听天由命了。媒体将我们描绘得很有钱，有一部分原因在于我的祖父曾经是成功的商人，但他把遗产都捐给了慈善机构。在电视上，空中拍摄到我们的住宅，看起来如同一个巨大的基地。但实际上，它只是一座亟待修修补补的房子。我们保不住房子，所以宣布破产了。跟儿子造成的灾难来比，这又算什么呢？

提供陈述口供的过程会举步维艰，然而，只要坚持到底，无论结果是什么，至少是告一段落了。

* * *

夜里做的梦，让我在上班的路上一直哭。梦里，迪伦还是个小婴儿。我试图把他放下，可哪里也不安全，我怎么也放不下心。我在一个宿舍楼里，找到了一个满是抽屉的房间，里面像停尸房或墓地那样。所有的女人在房间里都有地方安放她们的宝宝。但我忘了事先在抽屉上写下迪伦的名字，所以他无处安放。他很累，需要休息，可我都没能给他找到个稳当的地方。

——*2003*年*4*月，日记摘选

我们已经成了众矢之的，这次提供证词更是对我们作为父母的能力的决定性评估。我们的命运最终将会掌握在别人手里，而这些人连我儿子都没见过，与我们家都没有过互动。其实，无须外界的什么委员会来提醒，我早已是一败涂地。每天我都能列出几百件能够重新来过的事情。

很有可能，我们得承担法律责任。地下室录像带中，迪伦和埃里克挥舞着武器像玩玩具一般，自杀和谋杀的企图都一览无余。汤姆和我已经认出，其中一个片段是在迪伦的房间里拍的。这就说明，至少有一个晚上，他们用的武器是放在我们家的。录像里，迪伦愤怒的样子使人们不由得对整个家庭进行质疑。说什么才能让人们相信，他把暴力倾向藏得严严实实？尽管事实如此，但我看不出有谁会相信，毕竟我都很难说服自己。

那些日子，我经常想到在某个风险项目教课时遇到的女子。午餐时，她跟我讲述过自己的往事。那时，一位同班同学总是偷她的午餐钱，使她没钱吃饭。终于，她不想再饿肚子，于是告诉了父亲。她父亲将她一下子扔进浴缸，用皮带开始抽打，直到把她打得站不起来。

“往后，你自己处理不了的事情，别来找我！”父亲告诉她。第二天上学，她带了一把耙子，痛打了那个偷她钱的孩子。从那之后，就没人敢欺负她了。“这是我爸对我做过最好的事了。”见我瞠目结舌的样子，她毫不掩饰地笑了起来。

我被这个故事震惊、困扰了多年。前往法庭的路上，关于到底怎样做才算好父母，我想了很多。当时，我坚定地认为她父亲的行为是虐待，但她叙述时的语气却充满了爱意与尊重。她相信父亲的养育方式是恰当的，迫使她能够应付身处的恶劣环境。那么，我是不是没抓住重点？话说回来，我哪里还有资格去论断别人？也许大家都竭力在自身的经验和知识范围内获得更好的资源。

我唯一知道的是，不管迪伦是被如何培养大的，他还是参与了这场屠杀。我不知道怎么能让受害者的亲属了解到他在家不是被这样教导的。即使我能解释清楚，也丝毫不会减轻他们的痛苦，永远不会。

* * *

我们最初的道歉以及在案发一周年纪念日的声明都发表在报纸上了。然而每当某个熟人对媒体说了什么话，总是会被拿来断章取义。

我们经常被威胁、恐吓，却无法为自己辩护。这让别人坚信，我们怀揣着不可告人的秘密。

我给每位受害者家人所写的信，每一封都下笔艰难。无论我是多么渴望与他们取得联系，之后也就没有再打扰他们。我每天都会念经似的默念他们失去的亲人的名字。除了从媒体读到彼此的信息外，律师是我们之间唯一的共同接触点。

我想填补这道鸿沟。我从研究的暴力事件中明白，如果施害者的家人与受害者亲属一起坐下来道歉、哭泣、拥抱，可以显著减少创伤。想象中，这是不可能的。然而，对双方的人性予以认可似乎是最好的举措。虽然这样的互动必定会痛苦不堪，但我对此却十分渴望。

最终，我不得不放弃了这个想法。因为除了我之外，没人想进行会面。我不能强迫别人跟我见面，重温打击。每个家庭都需要适合自己的恢复方式。我只能在这里说，如果和我会面将有助于任何受害者的家人，我一直都愿意配合的。

多年来，我们与几个受害者家属有接触，我相信这对双方都是一种愈合。悲剧发生之后，一个被害男孩的父亲主动与我们联系，2001年12月我们邀请他到家里。他的气度完全超出了我的想象。能够当面为迪伦的行为向他道歉，对他失去孩子表达我的悲伤，对我是一种极大的解脱。我们一起哭泣，分享照片，谈着孩子们。告别时，他说，他不怪我们——这真是我所盼望听到的最有祝福的话了。

大概在同一时间，另一个被害的女孩的母亲也提出见面。她很直率、善良，我立刻就喜欢上了她。那次会面，我们都流下了泪水。我也能有机会道歉，问问她女儿的逸事。她也问了问迪伦，想知道他是什么样子。我为此非常感动。这位母亲有着坚定的宗教信仰，她认为女儿的死是上天安排好的。我告诉她，我也恨不得能同意她的说法。

无论怎样，认识她让我有些释怀，相信她也从中得到了安慰。

我还收到了一名被害女孩的姐妹的来信。信中写道，她认为父母不该对孩子的行为负责。我们也收到了戴夫·桑德斯孙女的来信。她说她并不恨我们，也不怨我们。我很珍惜这两封信，还会时不时地拿出来翻看，从中得到抚慰。

提供证词的4年后，也就是枪击案发生的8年后，我见到了另一位儿子被杀害的父亲。在我们录口供的那段时间，有36个家庭对我们提起诉讼，当时我只见到了两位家长。离开庭的日子一天天逼近，谁会在那里？法庭上会发生什么呢？我心里一点底儿都没有。

* * *

我仍然在恐惧、焦虑和疯狂的感觉中挣扎。没有安全的地方可以停放我负担过重的心。我感到害怕、被鞭挞，站在精神失常边缘。我不断意识到我在审视自己的心态，在思考死亡。在恐慌来袭前，我都还好。我要努力正常起来，但我害怕我永远不会再好转了。

——*2003*年7月，日记摘选

离开庭的日子越来越近了，我的压力也越来越大。有一天晚饭的时候，汤姆和我就“来世”这个话题聊了很久。

即使在迪伦去世后，我还是为他忧心。我害怕因为他的罪行，他的灵魂无法得到安息。我得知他活着的日子其实很难熬就已经非常痛苦了，但想到他死后还不得安宁，更让我寝食难安。

当我们准备睡觉时，一阵恐慌突然袭来。这不是我第一次经历了。小时候，我非常胆小，容易精神紧张，经常在深夜焦虑不安，但那个夜晚是我有生以来最糟糕的一次。我完全失去了理智，颤抖着哭了起来。

从那以后，这种恐慌持续了很久。有时候毫无征兆就会来袭，在五金店、开会时，或是开车时，如同海啸一般，巨大的恐慌会突如其来地发作，我眼前一片漆黑。这样让人无能为力的恐惧比悲伤更为糟糕，有时候会持续几个小时，甚至一整个下午，一波接着一波。我喝了几杯甘菊茶，去食品店找到的各种治疗焦虑症的顺势疗法都试过了。我很怕在做证的过程中坚持不下去，在臆想中折磨着自己：站在证人席上时突然发作会怎么样。

重读那时的日记，对我现在相当有启发。很明显，每一页的文字都表明，我处于恐慌之中。

* * *

按规定，我不能透露有关证词的相关情况。我只能说，那是个非常痛苦的经历，而且令到场的各方都相当失望。

在这里，我想表达自己的愧疚之情。我想向那些家人当场致歉，但律师不同意："这不是道歉的时候或地点。"当时，我要是再争取一下就好了。在我看来，那些未曾说出口的歉疚，让屋里的每个人直到今天都耿耿于怀。我写这本书的原因之一，就是想表示我深深的歉意。

神经科学家都喜欢说，行为是人的天性与养育方式之间的相互作用所产生的复杂结果。在将来某些时候，我们可能会知道，到底哪些具体的神经递质组合会导致人犯下难以言喻的暴力行为。如果有一天，神经生物学家能够精确定位大脑中负责同情和良心的机制，我一定会欢欣鼓舞。目前，从诸如阿朗戈博士那样的研究人员那里，我们已经了解到自杀死亡的人与其他人之间的大脑的确是有不同之处的。肯特·基尔博士和其他人也通过研究证实，实施谋杀的凶手，其大脑与普通人存在差异。

我花了很多时间想了解迪伦是否有暴力倾向，以及我们是否该为此负责。在我还怀着迪伦时，我从不喝酒。无论是身体上，还是言语上，或是精神上，他都没有受过任何家里人或其他人虐待，也并非在贫困的环境中长大。据我所知，他也没有接触过重金属或有害元素，否则可能会与暴力行为有关联的。我们作为父母都不曾滥用酒精或毒品，他是被精心抚养大的。

即使迪伦生来就有暴力的倾向，然而，生理不是命运。是什么力量加剧了他的暴力倾向呢？科罗拉多州州长在枪击案后首次公开发表讲话时提到，孩子的抚养方式可能是其中一个因素。

但汤姆和我清楚地知道我们这些年是怎么养育他的，而且确信答案不在这上面。

这就是我想在证词中说的话，并非我试图证明自己的清白，或是颠倒黑白，而是因为这是个能帮助我们了解类似科伦拜恩的悲剧是如何发生的重要机会。迪伦不是在家里学会暴力的，也没有跟谁学着去隔绝自己、充满愤怒或心怀种族主义，更没有在家里学到对生命漠不关心，这些我都一清二楚。

我想说，迪伦是被深爱着的。幼儿园放学后，我握着他笨笨的小手去吃冰激凌的时候，我爱着他；给他无数次读着苏斯博士的《口袋里的毛怪》（*There's a Wocket in My Pocket!*）时，我爱着他；在洗掉他那件染上草色的小号的棒球联盟的球衣，好让他在第二天能穿上时，我爱着他；在他死前的一个月，我跟他一起看《凤凰劫》（*Flight of the Phoenix*）、吃爆米花时，我爱着他。我仍然爱着他。即使我对他的所作所为感到深恶痛绝，但我还是爱着我亲生的骨肉。

道德、同理心、伦理，这些都不是上一次课就可以学会的，而是蕴藏在与孩子一起相处时的点点滴滴之中。我将自己的信念教导给了儿子们：己所不欲，勿施于人。我们应该帮助邻居，不求回报；邻里间要互相帮助；进门的时候要为后面跟来的人把门拉住；要有绅士风度……

我是一名教师，我所了解和在乎的，以及我的价值观，都倾注在了孩子身上。去一趟杂货店，并不只是去买东西把冰箱塞满，而是借这个机会让孩子了解如何选择最新鲜的苹果，并且思考种植这些水果的农民的辛苦工作，以及讨论水果和蔬菜对身体健康成长的益处，还有机会介绍“洋红”和“朱红色”这样的词汇。我给迪伦示范如何小心地将水果放进篮子。结账时，我们让拿着一两个物品的老太太先走；结账时，我们会看着收银员的眼睛，礼貌地道一声“谢谢你”。在停车场上，我会担心遇到粗心的司机，所以一边拉着他的手，一边将购物车放到位，以免被撞。

随着男孩们的成长，我的做法略有变化，但始终如一。从棒球赛到开车回家，将运动传递的竞技信息与同情心相结合，对他强调“对手跟你是一样的，需得将心比心”。每当有机会，迪伦就会去我单位，尽管我从未将所教的学生当作教育迪伦的渠道，但他还是有所收获。通过亲身接触我的学生，他比大多数孩子的学习渠道强多了，他知道那些学生不仅仅只是得了大脑性麻痹症或是被截了肢的残疾人。他明白，即使遭遇不幸，人也可以再创有意义且有成效的生活。

同样，汤姆也努力帮助儿子们成长为男子汉。通过运动让他们理解公平竞争的含义、明白全心付出努力的重要性，以及拥有团队精神的乐趣。他们还会一起修理东西，教他们科学、工程和建筑方面的技能，让他们体会到解决挑战后的满足感。更不用说教他们节俭，修理坏了的东西，而不是扔掉，从中品味到欣喜。他督促他们做家务、不抱怨，也提醒他们在母亲节或其他特殊日子里要记得妈妈。

我们能做的都做了。后来我做的一些研究说明，确实有些交流方面的事项是我需要注意的。我但愿能重来一遍，多听少讲道理；宁愿安静地跟他坐一会儿，而不是喋喋不休地用自己的想法填补寂静。我但愿自己多认可他的感受，而不是试图说服他别那么想；我但愿当感觉什么地方不对时，我从来没有接受过他那些回避跟我交谈的借口——我累了、我要写作业，等等。要是我当时就陪着他静静坐在黑暗里，即使被他推开，也要跟他重复我是多么关心他。但愿我曾将其他事放下，专注于他，不停地追问。但愿我更留意那些被忽视的迹象……

即使有这些遗憾，但并没有明显的迹象表明他正在计划破坏性的行动。我听到不少孩子得了重病或是患有暴力倾向的故事。目前的医疗系统常常将他们置之不顾。我对他们只有怜悯之心，我觉得必须重整体制，予以援助。来听听这些吧！一位妈妈说她10岁的儿子，有一天他差点用厨房里的剪刀把她捅死。还有一次，事态发展失控，因为担心妹妹卧室的门都挡不住哥哥的怒火，她不得不报警。父母常常不得不向刑事司法系统求助，让他们介入以控制有严重障碍的孩子。尽管司法系统管理大脑疾病患者的能力也极其有限，但那些父母走投无路。除非有钱去看私人诊所，否则，这些家庭只有两个选择：对问题视而不见，或是报警。

对这些母亲来说，问责，早已超过理论研究了，而到底该怎么办，是实实在在棘手的难题。

尽管我对这些母亲满怀同情，然而，我本人的情况却是大相径庭的。迪伦没有像其他孩子那样表现出具体和明显的危险。他好好地去上学，晚上规规矩矩去上班，还申请了大学。在实施计划的前几天，他还像往常一样和我们一起吃饭，轻轻松松地聊天，吃完饭还把脏盘子放在水槽里。

没错，他总是一头钻进他的房间，但他并没有离群索居。他在家里接触不到武器，也没表现出对武器的痴迷。他跟许多青少年差不多，有时会不讲理、易怒。但我们从未见过他在地下室录像带里所表现的暴怒的样子，一丁点儿也没有。他没有威胁过我们，也没有过肢体冲突，或任何间接暗示伤害他人的计划。汤姆和我都没有——从来没有对他感到害怕。

我们以为自己的育儿方法基本上是成功的。迪伦是一个忠诚的好朋友，有爱心的儿子，似乎也是正在成为一个负责任的成年人。他汲取了我们尽力传输的“三观”，他的日记便是佐证。他的日记中，充满了内心与良心的争战。然而，在他生命的尽头，还是什么东西战胜了他的价值观。

并不是所有的影响都来自家庭，对青少年来说尤其如此。“培育”是指一个人遇到所有的环境因素。迪伦对无情和血腥的电影感兴趣，例如《落水狗》（*Reservoir Dogs*）和《天生杀人狂》（*Natural Born Killers*），可男孩不都是这样吗？我们没有买那些电影碟片，也从没带他到电影院去看过。他满17岁之后，我们也没有反对他在家看。我们想，他有工作和收入，如果他想看，怎么都能看到。但我们的确跟他提及了我们的顾虑。

他也玩《毁灭战士》游戏，这是最早的第一人称射击游戏之一。但我不喜欢这个游戏，主要是担心迪伦花了过多时间在这上面会与朋友生疏——这根本就是杞人忧天。与其他所有事情一样，虽然我不喜欢电子游戏，觉得玩那个很浪费时间，但我更相信迪伦内心的良善。我从来没想过，他居然能够从在屏幕上杀人，上升到在现实中用枪对着人群横扫。

回想起来，这是一个错误。现在有研究显示，《毁灭战士》这样的暴力游戏会降低人的同情心，增加攻击性行为。批评者又指出，尽管数百万人都玩这些游戏（估计有一千万人玩过），但真正实施暴力的只有一小部分人。但法医、临床心理学家杜威·康奈尔博士跟我交流了他对娱乐暴力的看法。他曾发表200多篇心理教育论文，在他的著作中包括对少年凶杀案、学校安全、欺凌等的研究，以及威胁评估的研究。

“抽一支烟不会让你得肺癌，还有些人抽一辈子烟也不会患肺癌，但这不能说明两者之间没有相关性。娱乐暴力可能不足以解释枪击案的发生，但却是一个毒性因素。当与其他因素和遗传合并起来考虑，那么一小部分最脆弱的人在吸烟后就会患上肺癌。这个说法同样适用于娱乐暴力和暴力行为之间的关系：最脆弱的人尤其面临风险。”然而，汤姆和我从来不觉得迪伦脆弱，其他人也不觉得。

迪伦的脆弱性可能使他很容易受到另一个有毒因素的影响——埃里克。我从来不觉得迪伦是个追随者，因而这没引起我的警惕。他生性随和，典型的家里排行老幺的性格。小时候，拜伦想玩什么游戏，他就跟着玩。总体来说，汤姆和我不用硬逼着叫他做什么事。我也有很多机会观察迪伦跟朋友们的互动也是协商解决问题。我从来没有感觉到扎克或是耐特占他的上风。如果耐特想吃比萨，而迪伦想吃麦当劳，他们就会共同商量出一个方案。

我仍然不赞同迪伦是一个被动的追随者的说法。埃里克的感染力是不可否认的，他巧妙地把成年人甚至心理健康的专业人士，包括辅导员和精神科医生都愚弄了。然而迪伦如何能摒弃17年来耳濡目染的“三观”，我没法予以简单的诠释。两个人中，埃里克可能是一心想杀人的那个，但迪伦却自愿跟随了。他没有断然拒绝，也没有向我们或老师，或任何朋友泄露丝毫。相反地，他接受了埃里克的方案，参与了令人发指的恶魔般的阴谋。

我永远不会知情迪伦为什么会跟定了埃里克所提议的暴力行为。迪伦的日记清楚地表明，他深度缺乏安全感，觉得自己不够好，没救了。埃里克可能让他感觉到了被认可、被接受，从而大大增强了自信，这都是他在别人那里得不到的。接着埃里克给了他一个机会向世界展示他们真实的自己是如何强大有力。

亚当·兰克福德博士引用了“渴望名声、光环或是关注”作为“大规模枪手”的动机。拉尔夫·拉金称之为“为恶名而杀”。在宗教恐怖主义方面著作甚丰的马克·尤尔根斯迈耶称之为“暴力的公开展现”，并认为此类行为具有象征意义及战略性目标。著有《暴行》（*Rampage*）一书的社会学家凯瑟琳·纽曼将其直接与枪手“扭转形象”的愿望联系起来。她说，校园枪手是在寻找一种试图改变他们旧有的公众形象的方式，他们或是被说成“傻帽儿”“呆子”，或是不合群，而以更引人注目的形象来取而代之：危险、暴力、反英雄做派。

在陈述证词的过程中，没有人询问我们日常育儿的纪律、电影、电子游戏、毒品、酒精、着装、烟火，以及迪伦的友谊等方面是如何处理的，对此我非常讶异。诉讼程序范围的职责倒也不是深入察看事件的根本原因。法庭本就不是讨论欺凌、枪支安全、学校氛围，或不成熟的青春期大脑的地方。我自己还没有开始跟这些方面的专家进行交流。然而，即便在这个早期阶段，有一点我很清醒的：我没有——也不相信我将迪伦培养成了杀手。

迪伦在世时，如果我真的认为他有非常严重的问题，会不惜代价去帮他治疗恢复。如果我早知道埃里克的网站或枪支或迪伦患有抑郁症，会采取不同的干预措施。我采取了我所了解的最好方法来养育我的儿子，而非那个我无比陌生的凶手。

* * *

不出所料，这次提供证词也与以前一样被媒体大幅、狂热地进行了报道。诉讼记录被密封起来，再次呈现给公众一个印象：我们隐瞒了事实。

我倒是想公开这些记录。有什么不能呢？我已经厌倦了这些认为我在瞒天过海的暗示，同时我也竭尽全力地寻找答案。也许，我还是天真地希望公布这些记录，最终会让人改变看法，不再认为这场悲剧的发生只是源于某个独立的原因。而且，与地下室录像带不同的是，公布那些记录不存在被仿效的风险。

不幸的是，这不是我所能决定的。两名凶手的四位家长都做证了，律师未能就各方的最大利益达成协议。最终法官做出处理决定：将记录封印20年。

我做证时，没能将自己想说的话都说出来，但是我想，如果受害者的家人能见到我，听到我说的话，就会明白：无论迪伦犯罪的背后的动机和推动力是什么，都不是从我们家里开始的。然而，次日的媒体报道让我知道自己是多么蠢，话题再一次回到原点："稍有意识的父母都会知道，他们的儿子在计划什么，而我们毫无察觉，意味着我们做父母的不负责任。"没有什么会改变人们的看法。

我撕碎了手中的报纸，然后用力捶打着床，直到哭出声来。尽管我感到很受伤，却也理解他人的想法。我曾经也相信好的父母应当了解自己的孩子在想些什么。如果换个位置，迪伦好好地坐在学校图书馆里赶作业，却被某人的儿子枪杀了，我也会指责他的家人。

* * *

做证之后，我依旧觉得压力很大、失眠、无法集中精力。十天后，我们听说原告决定庭外调解。律师表现得很乐观，似乎这是一步巨大的解脱，但我一点不觉得精神振奋。没有任何法律方案可以减轻我胸口的恐惧，我感觉走投无路，束手无策。

随着药物和心理治疗，我的恐慌症得到了控制，不再频繁发作。我们重新回到了生活中——继续过失去迪伦的生活，并了解他所做的事。

第十八章

错误的问题

悲伤有其自然的生命周期。

很多人都告诉我，大约7年以后，失去亲人的哀伤会逐渐缓解，我也是如此。到了2006年，我开始感觉好了点。我对迪伦的思念未曾减少一分，每时每刻都会想到他和那些受害者及其家人，痛苦和悲伤填满了我的心。但我不再整天哭泣，也不再像行尸走肉般苟活。法律上的限制解除了，我开始考量能否通过公开演说，为促进公众更好地理解自杀现象出点力。

通过参与自杀预防工作，我遇到了另外两名谋杀式自杀者的家人。我们在一起谈心，彼此都从中受益。大多数自杀者的家人在内心与悲伤、内疚和屈辱做斗争，但一个人在生命的最后时刻还杀害了别人，这就又改变了人的想法，也让哀伤更加错综复杂。作为家人，你会不停地责问自己：是不是自己做了什么，才导致亲人走到杀人又自杀的地步？与此同时，媒体的种种报道、评论更是雪上加霜。

这些杀人后再自杀者的家人，跟我一样相信，自杀才是死者背后的驱动因素。然而，人们坚持认为这些行为都是彻头彻尾的谋杀。我们想说明，“谋杀式自杀”从根本上是自杀的一种表象，帮助人们了解自杀预防也是预防谋杀式自杀。所以，当得知科罗拉多大学在博尔德举办的一个主题为“暴力侵入大学校园”的会议时，我决定组织一次议题为“谋杀—自杀”的小组讨论会。

汤姆本来就为我沉浸在预防和抚慰自杀群体的活动中感到困扰，尤其是在我研究谋杀式自杀以后，他的负面情绪愈加强烈（他称我们的小组为“亚当斯之家”）。我想，他是认为我不肯前行，拒绝将生活继续下去。说实话，有时候我也觉得他想的没错。我搜罗了大批关于青少年大脑的书，都是关于自杀、谋杀式自杀和暴力的生物学，想从中寻找不为人知的真相和现实，尽管这些情况会让人觉得不自在。

我这么做，或许一部分源于忏悔，另一部分也是自我保护。如果我对最糟糕的情况有所了解和准备，那么当最糟糕的状况来袭时，就不会措手不及。尽管如此，我做这一切就是想弄个水落石出：那个在我们家里，我们的眼皮子底下养大的迪伦，怎么能做出这种事？

* * *

我想大声宣布，迪伦是我的儿子。我想站出来告诉人们，我对惨遭他伤害和杀害的生命感到无尽的悲伤和愧疚，但我还是爱着他。可惜，我还没准备好。

会议开始前几个星期，我与朋友一起去看她女儿大学的戏剧表演。本该是个美好的周末，然而校园里那些生机勃勃的年轻人触动了我的心。自上次跟迪伦一起去亚利桑那州大学之后，这是我首次重返大学校园。每看到一个高高瘦瘦的男孩在那里享受着大学时光，我的心就会揪紧。

漫步美丽的校园，我的恐慌症再一次发作了——这是自做证之后的第一次发作。接下来看演出和晚餐时，又向我袭来。第二天早晨在酒店房间等着朋友来接我时，我不停地转换着电视频道，猛然看到了拍摄于1955年的歌手莉莲·罗斯的传记片《伤心泪尽话当年》（*I'll Cry Tomorrow*）。苏珊·海沃德叙述道："罗斯大量酗酒，引发了莉莲的精神崩溃。就在那个时刻，一阵惊恐又向我袭来，我觉得简直会送命。"

那个周末只是个开始。从那以后，我的大脑如同加速弹簧卡在一个定点。以前恐慌发作，我老想着死亡；但这一次，我的脑海里全是恐惧。我变得对"恐惧"产生恐慌。

那一阵子，不管什么事都能诱发我的恐慌。开车经过曾经办过迪伦案子的验尸官办公室时，轰的一声，恐慌袭来；看老电影时，一个牛仔把炸药扔进谷仓，轰的一声，恐慌就会袭来；看到灌木上开着的红色的花，也会这样；我一直有消化系统的毛病，因此不敢吃饭，担心会因肠胃不适导致又一次恐慌发作。

这些恐慌的袭击都是提醒迪伦死亡的诱因而触发的，我的治疗师觉得是创伤后应激障碍的表现。她对治疗方法了然于心：服用处方镇静药。可我怕因此会上瘾，所以我只吃一半或四分之一的剂量，能让我的焦虑感稍微弱一些，但不足以让我感到愉悦，或是心灵得到安宁。私底下，我体会到的痛苦证明我有重要的做人和品德上的缺陷。"别再想了！"我恶狠狠地自言自语，"该干什么干什么，你自己应该能想明白的。"

治疗师认为，我在精神上还没准备好即将在小组讨论会上抛头露面。可我无论如何也得遵守承诺，同时，我强迫自己在公众场合下显示"一切正常"的想法又使得压力陡增。我想证明，恐惧不能将我挟制住。在这证明的过程中，我却不知不觉给自己挖了一个陷阱。

随着讨论会的临近，我的恐慌发作得越发频繁，也越来越激烈。一天晚上，我开车回家的路上，情绪的浪潮铺天盖地而来让我无法招架，我简直确信要出车祸了。在那以前我从来没真正有过自杀的念头，但那个时刻，我盯着副驾驶的座位，心想：如果那里放着把枪，我会开枪把自己打死，了结这一切。我紧紧抓着方向盘，清醒地对自己说："不能再继续这样了。"

在一些人的协助之下，我完成了讨论小组的活动。根据治疗师的建议，朋友事先将我对问题的回答录了下来。开会时，我若是说不出话来，只要按播放键就行了。末了，有一半时间我是靠播放录音完成的。那天的讨论，对每一个出席的人都很艰难，但总体来说，那是一次成功的活动。会后评估显示，我们真的使人们对谋杀式自杀的案例有了新的理解。有人称之为一种"启示"；还有人向我们致歉，因为她从前对我们的案子的看法偏颇了。

我开始按照处方服用镇静药，通过药物和精神治疗以及大量的走路，那使我几乎虚弱不堪的恐慌感最终开始消退。

我已然明了，焦虑感将是我需要与之共存并管理的大脑障碍疾病。即使不处在焦虑的当口，其发作的可能性也始终存在。为此，我仔细监测自己对压力的反应，如同给有中风风险的人监测血压。我冥想，练瑜伽，做深呼吸，每天锻炼，如果还需要额外的帮助，就会去找治疗师，服用抗抑郁药物。随着时间的推移，我学会倾听自己的内心，认可焦虑的出现是哪里不对头的表现。

随着岁月的流逝，汤姆和我之间的鸿沟越来越大。我们几乎不再有共同点，无法心意相通。2014年，我们决定分手，结束了43年的婚姻。我彻底意识到继续留在婚姻关系中比分开的压力更大，离婚便成了一个迫不得已的决定。我们结束了婚姻，好拯救我们的友情，我们会永远关心对方。我为此满心感激。

终于从那些恐慌发作的黑暗中浮出水面，我觉得像是《绿野仙踪》（*The Wizard of OZ*）里的桃乐茜小心翼翼地走进了全新的安全世界。我将经历的种种危机视为启发，使我能懂得和了解迪伦的生与死。

* * *

世界卫生组织（WHO）将精神健康定义为："一种精神状态：每个人都意识到自己的潜力，足以应付生活的正常压力，有效地工作并取得成果，能够为所属社区做出贡献。"

我的焦虑症让我感受到，被困在病态的精神状态中是什么样的感觉。当大脑受损时，我们无法控制自己的思绪。无论我如何努力用意志来与之抗衡，都那么无能为力。我生平第一次体会到，失去心智是怎样的无助。

这种体会使我对其他遭受类似痛苦的人赋予了极大的同理心。多年来，我一直在努力了解迪伦到底是怎么回事。接着，我的理智失控，进入了窥视镜的另一面。那是一片私密的领地，是喷吐着火焰的地狱。在那里，不由自主的胡思乱想占据了我的心神，胡乱下达着指令。

然而，真相既让人觉得悲伤，又觉得可怕。我们永远不知道自己（或是我们所爱的人）可能会遭遇到严重的脑部健康危机。

我的情况好转一些之后，简直不敢相信脑海中曾经有过的那些扭曲想法。第一次，我体会到迪伦当时的状态，他以为自己是在朝着一个正确的方向在努力，然而却事与愿违。

迪伦和埃里克的所作所为，我仍然不能理解。我不懂，世上会有哪个人能做出这样的事来，更别说是我的儿子了。我痛苦地发现，同情死于自杀的人相对来说是容易的，但迪伦还杀了其他人，这是我永远没法想通的、没法停止纠结的问题。

他是个恶魔吗？我花了很多时间左右盘算这个问题。最终，我不这么认为。大多数人认为自杀和暴力一样，是个人做出的选择，是可以用意志控制的。然而，我们从与自杀者的亲人交谈中得知，那些自杀者的决策能力，已经以某种我们并不明了的方式发生了变异。哈佛大学的心理学家和自杀研究人员马修·诺克博士用了一个我非常赞成的词汇：决策性功能障碍。如果对这些人来说，痛苦到了无法忍受的程度，自杀似乎是唯一的出路，那么自杀的念头真的是他们自己所能控制的吗？

当然，迪伦并不是简单的自杀身亡的。他还实施了谋杀，他杀了人。我们都会有发怒的时候，甚至幻想把别人杀了泄愤。到底是什么使得我们绝大多数人想到杀人就感到震惊和害怕，而有些人真的就会付诸行动？如果有人选择伤害他人，是什么在掌控着他的神经，使得他做出那样的选择？如果邪恶真的是良心缺席的结果，那么我们要问的是：是什么使这些人与自己的良心隔绝了？

我从自身争战的经历中发现，在某种程度上，当我们的思维支离破碎无计可施时，只能任其摆布。迪伦生命的最后几个月，他违背了一生的道德教育、同情心和良知。我所挖掘出来的信息都支持我这个想法：他的思维已经失常了。

大脑疾病不是一张通行证。迪伦犯了罪，我相信在临终时刻，他能够分辨对错，也深深知道自己错了。但是，如果要将防范暴力作为一项事业，那就必须考虑在当事人决定实施暴力时，抑郁症和大脑功能障碍所起的作用。

当然，这么说是很冒风险的。大脑疾病对自身和他人都有危险，这是最为普遍的和具有破坏性的迷思，而且这个说法很大程度上也是错误的。大多数大脑疾病患者和得其他疾病的人一样是不具有暴力倾向的，但一部分人是有的。我们必须公开、公正地讨论大脑健康和暴力的交叉点，首先要做的是要抛开偏见。

你或许能一口气说出几个奥运金牌得主和明星四分卫的名字，谁伤了膝盖，或是棒球大联盟中动了汤米·约翰式手术的投手。但是我们大多数人都说不出一个与抑郁症挣扎，甚至战胜了抑郁症或其他情绪障碍的明星的名字。即使是名人也害怕因此失去工作或被视为对自己的孩子有威胁性——财富、权力和公众的热爱都无法抵御偏见的影响。

我个人患焦虑症的经验让我体会到，公开你的痛苦会带来怎样的风险、羞辱和痛苦。我相信我是一个诚实的人——有时这未必是什么好事。然而，当我经历着恐慌的一股股刺激的时候，我也为自己不能控制问题和局面而深感羞愧和难受。由于害怕被视为虚弱或不稳定，我在很大程度上掩饰着自己。在同事和朋友面前，我尽可能隐藏我内心的狂风暴雨。

尽管我脑子里的各种想法几乎要将我毁灭，但我仍然可以轻易地掩饰自己。我相信我的同事和关系一般的熟人都注意到我状态不是太好。“苏珊看上去是不是太瘦/不稳定/脸色太苍白/分神……？”有时候可以有个好理由，可以说是着凉生病了什么的。“难怪她看上去很累的样子，难以想象她所经历的一切啊！”就像我曾对汤姆说过的：“肯定是迪伦的课程负担太重了，他看起来很累。”“他宁愿玩电子游戏，而不愿跟父母在一起，孩子到了这个年纪都是这样！”

当从焦虑症的危机中走出来，如果从另一个角度去看时，就可以看清楚，焦虑是如何将我与他人隔开的。另外，这样的体验使我能与内心压抑着巨大痛苦的人产生共鸣。只要人们得到救助，这些问题大多数是可以治疗的。然而，许多人却拒绝求助，害怕他人的偏见是原因之一。

好比是膝盖受了伤，你不会等到走不了路再想办法。你会将关节敷上冰，把腿抬高，暂时停止锻炼；几天后还没有任何改善的话，你就会预约骨科医生去检查。但不幸的是，大多数人直到事态演变成危机之前，不会及时去看心理健康的专业人士。从没人指望“膝盖”靠自制力和信念就能愈合。然而，由于羞耻感和偏见，我们却期望能用自己的脑子把事情想明白，不需要求医。

一旦焦虑症得到了控制，我从危机中透过气来，事情突然变得很明朗：大脑健康危机是一个健康问题，与心脏出了状况或韧带撕裂是一回事，也是可以治疗和治愈的。但首先要能识别并做出正确的诊断。每天，钼靶检查都在帮助医生们及时诊断和治疗癌症。而在50年前，这些可能都会被错过。我得过癌症，存活了下来，因此，希望有一天，我们也会有大脑健康方面的有效筛查和干预措施。

我们真的得行动起来。像许多其他疾病一样，大脑疾病若不能及时被识别或进行治疗是很危险的。破坏性冲动的受害者往往是患者本人。在某些特殊情况下，他们对他人也可能会实施暴力行为。这样的行为没有必然性甚至可能性，也不大可能发生，但是它确实会发生。如果大脑疾病得不到及时的治疗，很有可能会危及患者及其身边的人。

如果这些受着折磨的人得不到相应的救助，他们自身及周遭的人群就面临更大的风险。在这样的情况下，患者常会自己用药或是通过喝酒（甚至是酗酒）来得到释放。而滥用药物和酗酒更增加了他们实施暴力的可能性。

每当我为写这本书而采访专家时，我都会问他们一个问题：如何不带任何偏见地谈论大脑健康或精神疾病与暴力之间的关系？肯特·基尔博士简单明了地总结道：“要想消除旧有的有心理健康问题的人等同于有暴力倾向的人这样的错误观念，最好的方法就是对他们施以援手。”

* * *

人们很难通过分析得知到底谁会真正实施暴力，但暴力是可以预防的。其实威胁评估方面的专业人士有一句话：无须等到预测到危险才实施预防，更需要的是人们能够更容易获得脑部健康方面的干预治疗。

这个领域的先驱者里德·梅洛博士使用了比喻：心脏病专家可能不知道哪个病人会发病，但如果对所有的病人在已知的危险因素方面进行治疗，如高胆固醇等，那么病人心脏出问题的比例就会下降。若是医生更加密切地关注高危患者，诸如吸烟者和超重者，这样一来情况又会好一些。如果医生更进一步地确保已经发病过的心脏病患者遵守心脏健康计划并遵医嘱服药，心脏病发作的概率就更低了。

一些类似的分层制已经在部分学校中展开。在第一层，大脑健康筛查、急救渠道、解决冲突的方法以及参加自杀预防教育课程都应该普及到每个人。如果孩子们对朋友有这方面的担忧，可以通过“同伴干预”项目教他们如何为朋友向成年人求助，而不必担心后果。

第二层主要是关注于训练孩子们如何安全度过艰难时刻，比如，失去父亲或是母亲、遭受同伴的戏弄甚至是欺凌，或已知高危人群中的常见状况。举例来说，对于同性恋、双性恋和变性孩子被欺凌的风险异乎寻常地更大，对这些孩子可能还有更多的帮助项目。

当孩子表现出某种特别值得关注的问题时，就需要启动第三层次的干预措施。也许他/她正经历着情绪失常，曾经谈过自杀，或者跟迪伦一样写了含有暴力或令人不安的文章。在这层干预中，这个学生会被引荐给经过特别训练的老师和其他专业人士。他们会与学生面谈，观察学生的社交媒体等迹象，并与朋友、家长、当地执法部门、咨询师和师长交流。

这些措施的真正好处，并不在于要抓住潜在的校园枪手，而是在于能够有效地帮助识别学校里那些正在各种各样的问题里挣扎的孩子，比如，欺凌、饮食失调、自残、未经确诊的学习障碍、毒瘾、虐待或被虐待等。在极少数情况下，干预团队没准会发现学生已经制订了具体的意欲伤害自己或他人的计划，此时可能就要执法机关介入了。在绝大多数的情况下，能让一个孩子得到所需的帮助就已经是成功了。

“涉及有针对性的暴力行为的人，通常是由于某个潜在的问题，”兰达佐博士告诉我，“常常是某种精神健康问题。一般情况下，如果心理健康问题及时进行有效治疗是有救的。毫无疑问，在精神卫生资源方面做得更好有助于预防暴力。”

如果我们对预防暴力事件采取认真对待的态度，那就必须承认，如此轻易地获得枪支所要付出的社会代价。迪伦实施暴行，不是因为他能买到枪，而是对精神脆弱的人来说，高度致命的武器唾手可得是极其危险的。这些已经一再被验证，当我们谈论如何能够使社区成为更健康、更安全的家园时，必须把这些作为方程式的一部分来斟酌。

* * *

如科伦拜恩高中，或弗吉尼亚理工学院，或是桑迪胡克小学这样的悲剧一再发生，每个人问的第一个问题总是“为什么会发生？”或许这个问题就问错了。我逐渐认识到，我们更该问的是“如何防止？”

总是试图解释事情为什么会发生，往往导致我们锁定到简单的答案之中，却没有可行的解决方案。遇到生活中必然的挫折，只有精神不正常或是有自杀倾向的人才会把死亡看作合理的、符合逻辑的解决方案。将自杀视为对失望的自然回应是危险的，归根结底是当事人精神上患有某种疾病。

我相信，在科伦拜恩高中发生的枪击案也是如此。迪伦在许多方面是脆弱的，毫无疑问，他幼稚、郁闷，可能也正经历着深重的痛苦、严重的情绪或人格障碍。汤姆和我没有认识到这些状况，如果早些知道，我们一定会限制其他因素对他的影响——暴力娱乐、与埃里克的交往等。我们的未知未觉促使这些因素加剧了他的状况。

问“如何”而不是“为什么”，能够让我们如实构建一步步走向自我破坏行为的过程。一个人是如何走上伤害自己或他人的道路的？大脑如何阻止自我控制的能力、自我保护能力和良心？如何尽早识别扭曲的思维？如何能在不同阶段辨别最有效的治疗方法，并确保它们在所有医疗环境中都可以用来帮助病人？

我们还要多久才能认识到大脑健康也一样是健康方面的问题，并制订常规来好好维护它呢？

这些是迫切需要我们关注的议题。“为什么”只会让我们感到无望，而“如何”会将我们指向前方，向我们展现所需采取的行动。

通过学习，我已经对此有了诸多的了解。大脑健康不是一个“我们与他们”对立的状况。我们每个人都有可能遭这个罪，这是大多数人在生命的不同阶段确实会经历到的问题。我们教孩子要注意保护牙齿、均衡饮食营养，以及学会财务管理。然而，有多少人教我的孩子要关注精神健康呢？作为成年人，我们自己知道该怎么处理和应付吗？

我不知道。我生命中最大的遗憾是未曾教迪伦该如何关注自己的精神健康。

结语

可预知的折痕

苏珊·克莱伯德，科罗拉多州分部。丧生委员会。1999年，我的儿子迪伦在科伦拜恩枪击案中自杀身亡。我依旧在探问“为什么”。我支持在此方面的研究工作。

——这是我参加2015年美国自杀防治基金会时，起草的自我介绍

我不能从令人窒息的犯罪感里逃脱——为没能拯救迪伦，为他身后留下的创伤，他亲手制造的惨祸，一天也逃脱不了。

16年来的每一天，迪伦和埃里克杀害的每一个人都驻留在我的脑海里。我思考着他们生命的最后一刻——他们的恐惧和痛苦。我想到那些爱他们的人，父母，当然还有戴夫·桑德斯的妻子、孩子和孙子孙女。我想到他们的兄弟姐妹、表亲和同学。我想到那些受伤的人，其中不少遭受了永久性残疾。我想到被科伦拜恩事件触及的生命——遇难者的小学老师、保姆和邻居，因为迪伦所做的一切，这个世界对他们而言，成了更为可怕和无法理解的地方。

迪伦杀害了那些人，他所造成的损伤是无法估算的。我想到他们原本该有的家庭，他们本该会在少年棒球队当教练，他们本该创作出音乐作品……

我但愿当初事先知道迪伦的计划从而能阻止他。我恨不能用自己的性命去换取他们的生命，纵然我心里有一千个“但愿”，但我知道都是回不去的。我尽力去正常生活，向那些被我的儿子摧毁的生命致以歉意。我所做的工作也是对他们的纪念，而且我好好工作，也是为了守护我对迪伦的爱。无论他做过怎样的事情，他依然永远是我的孩子。

我经常想着当初看着迪伦折纸的情景。大多数人折纸时，对纸张边缘对齐很讲究，可四年级时候的迪伦折纸时很马虎，折出来的东西也只是一般般。然而每当遇到复杂的图样，他只需看上一回就能将它照样折叠出来。

我喜欢一边喝着茶，一边静静地坐在一旁，看着迪伦的手像蜂鸟一样快速运动，亲眼看见一张正方形的纸在他手里变成青蛙或熊或龙虾。我总是惊叹不已，一张如此平平常常的纸经过一番折叠，就突然被赋予了新的意义。接着，我会惊叹完成后的样子，复杂的褶皱被隐藏起来毫无破绽。

在许多方面，这个经历反映了我在科伦拜恩事件之后的经历。我必须对自己、儿子和家人重新建立翻天覆地的认识。眼睁睁地看着一个男孩变成了一个怪物，然后再还原成一个男孩。

折纸不是魔术，即使是最复杂的式样也是可知的，可以被图解然后理解，大脑疾病和暴力行为也是同样的。眼下，我们的使命就是要将它们图解。抑郁症和其他大脑疾病并不会损毁人的道德指南针，这些潜在的威胁生命的疾病却可以损害一个人的判断力和扭曲人的现实感。我们必须把注意力转向研究并提高对这些疾病的认识，消除最需要帮助的人的迷思。我们必须这样做，不仅是为了那些正在遭受痛苦的患者，也是为了无辜的人们。否则，也许继续会有人成为受害者。

有一点是肯定的，如果我们能够在人们遭遇生命危机之前，为他们提供更好的帮助，对所有人来说，世界都将会成为更加安全的地方。

致谢

如果没有罗拉·塔克，这本书是不可能完成的。如果没有罗拉将我的文字奇迹般地转换到能够出版的水平，成百上千的纸张和无数个小时的头痛就付之东流了。在我们合作的数年中，对我来说，罗拉远不止一个作家。她是文字的助产士和外科医生、精神治疗师、调研者、结构建筑师、导航员、帮手、精神导师和朋友。她既是迫击炮，又是石匠，彻底打破一堆砖，重建成坚实的壁垒。在我们联起手来之前，我一直陷在困境之中。读者早已知道结局，还如何能讲好故事？如何在事后才得知关键信息的情况下，实时诠释相关的重要事件？如何在故事始末以不同的语气讲述？罗拉帮我解决了这些问题以及无数其他情况。她拥有不可思议的能力，能将不同的事件逻辑性地串联起来。她知道如何挖掘细节，也知道什么时候该放弃。她对文字间的细微差别以及词语的言下之意尤其敏感，这点时常让我惊叹。能有机会与罗拉合作，让我的生命变得更加丰盛。我将永远感谢她坚强地承接了主题如此沉痛的一本书的编辑工作，与我一起肩并肩地走过了这段艰难的路程。我会一直对她的专业水平致以深深的敬意和无限感谢。

在我为这本书寻找合适的出版机构时，我现在的代理人，“同路出品公司”（Side by Side Literary Productions, Inc.,）的劳丽·伯恩斯坦帮我找到了。她的出现仿佛是惊人的巧合。在第一次交谈之后，我就知道罗拉就是最合适的人选。她会捍卫我的权益，帮助实现我的愿景，她为此而付出的努力不可计数。我要特别感谢她的眼光和指导，使此书的层次跨越了原来的构思，并引荐我认识了罗拉和皇冠出版社。她是我的恩人，我的捍卫者，我深深感谢她在整个写作和出版过程中的辛勤工作和巧妙的协助。

我感谢安德鲁·所罗门所做的一切。我们会面之前，我听过他在丹佛举行的一个心理健康活动中发表的讲话。我受到极大的鼓舞，马上买来他的书《正午的魔鬼：抑郁症导图》（*The Noonday Demon: An Atlas of Depression*）。当安德鲁后来问他是否可以为他要写的另一本书而采访汤姆和我时，我毫不犹豫地接受了（并鼓励汤姆参与）。这本书就是后来出版的《那些与众不同的孩子》（*Far From the Tree*）。在接下来的几年里，我非常感激与安德鲁在一起的每一分钟。不仅仅是因为他的机智清晰的思路，敏感而了不起的思维，更是因为他从见面的那一刻，就鼓励和支持我要出书的想法。他不仅花了大量时间读了我的章节，在手稿的各个阶段也读了全部草稿。他提供了非常宝贵的反馈。最后，我还很感激他愿意为此书添上精彩的一笔，为它写了序言。我很荣幸认识他，并永远感激他的慷慨相助。

我对皇冠出版社的合作伙伴的感谢几张纸也写不完。感谢这支非凡的队伍，一路搀扶着我，最终能使这本书得以出版。在此无法将所有人一一列出，但我衷心感谢他们所奉献的卓越才华和大力支持。特别感谢我的编辑罗杰·肖勒，他高超的社论眼光和敏锐度，从第一天开始就竭尽全力做好这本书；感谢他了不起的助手德拉里·迪亚兹；感谢出版商莫莉·斯特恩，她对这个项目及其使命的衷心的热诚是无与伦比的。我的宣传队远远超出了我的期望。感谢发行人大卫·德克、公关主任卡里沙·海斯、发行助手安斯利·罗斯勒，他们都是上天给我的礼物，与他们的合作充满了愉悦。希望他们知道我是如何感激他们给我的引导和友谊。也特别谢谢助理营销总监萨拉·培克德米尔。

非常感谢皇冠高级制作编辑特里迪尔、副主编劳伦斯·克劳斯、室内设计总监伊丽莎白·兰德弗莱施、创意总监克里斯·布兰德为本书设计了别具一格的封面。谢谢总监兰斯·菲茨杰拉德，将此书的发行扩大到了世界各地。最后，同样重要的是，衷心感谢皇冠出版集团总裁玛雅·马维基。感谢她对我的全然信任，并帮我为此书竭力宣传给大众。非常感谢戴夫·卡伦和我交流他对科伦拜恩悲剧的研究，并帮助我重新回忆事件细节。当我需要精确的事实的时候，他不辞辛苦地搜索了成堆的史实和参考资料。

我感谢美国自杀防治基金会（AFSP）的首席医疗官克里斯汀·茂提尔博士，在我刚开始做研究时就给我指引了正确的方向，并阅读了我的手稿，提供反馈和建议。以及这个组织的美国首席执行官罗伯特·盖比亚。他们愿意分享他们在自杀和心理健康方面的专业知识，对此书有着非常宝贵的贡献。

我感谢许多其他专家愿意接受访问、分享资源，并帮助我跟可以回答具体问题的其他人取得联系。无论他们的研究是否直接涉及科伦拜恩悲剧，他们所有的人都帮助我了解脑部健康的复杂性，以及预防对自己和他人实施暴力这项事业所面临的挑战，他们随时解答，为我多年的困惑提供了答案。

非常感谢维多利亚·阿朗戈博士、布拉德·布什曼博士、杜威·康奈尔博士、德韦恩·福斯勒博士、锡德拉·高曼-梅勒博士、詹姆斯·霍顿博士、托马斯·乔伊纳博士、肯特·基尔博士、彼得·兰曼博士、亚当·兰克福德博士、里德·梅洛博士、特里·莫菲特博士、凯瑟琳·纽曼博士、德布拉·尼霍夫博士、马修·诺克博士、弗兰克·欧什伯格博士、玛丽·艾伦·奥图尔博士、阿德里安·雷恩博士、玛莉莎·兰达佐博士和杰瑞米·雷切曼博士。同时，感谢玛格丽特·莫里茨博士和泽伊内普·图菲克希博士对于媒体如何适当报道重大暴力案件方面的重要看法。

非常感谢律师盖瑞·劳佐和弗兰克·帕特森，不仅是悲剧之后，在悲痛万分的时候他们给了我连绵不断的关怀，也接受了我为撰写这本书的采访。我们之间的对话帮助我回顾了曾经一起走过的法律上的路径。

我非常感谢耐特，作为迪伦亲爱的朋友，在以后的几年中依旧把迪伦和我们当作朋友来对待。迪伦死后，他跟我分享了很多他们在一起度过的快乐时光。对于耐特愿意重温过去，并为这本书不遗余力，我真的无比感激。

我怀着谦卑的感恩，感谢许多亲爱的朋友、邻居、同事和自杀者的家人对我从未间断的友善和支持。无数的人以难以计数的方式，帮助我坚持了下来。

感谢我的弟弟、妹妹支撑着，如同天使一般看顾我度过漫长而困难的旅程，他们毫不动摇的付出，是我坚强的后盾。

最后，最重要的是，我要感谢拜伦和汤姆。尽管他们不太同意，但没有阻止我将此书努力出版。虽然他们都明确表示不想再牺牲自己的隐私，掀起痛苦的回忆，或是再次聚焦在生命中那宁可忘记的片段上，却依然对我表示了尊重。为此我永远心怀感激。我感谢他们的爱、勇气和理解。

拜伦，你的爱和支持是我一生中最伟大的祝福。没有它们，我不会有力量写这本书。汤姆，我们的友谊饱经风霜，我永远珍惜我们的友谊长青。

注释

第七章

91页　迪伦毕业舞会的舞伴萝宾，为两名凶手买了三把枪。

此事以及本书其他许多事实的来源为杰斐逊县警方报告。这些文件可在数个网站上找到，包括www.columbine-online.com/etc/columbine-faq.htm，于2015年5月访问该网站。

第十章

138页　这场屠杀是经过精心策划的。

凯特和兰迪当天所告诉我们的，我能记得的不多，也无法做笔记。所以我借杰斐逊县警方报告和其他报告，重建了事件始末。我非常感谢戴夫・卡伦对细节一丝不苟的精神，协助我确保这部分信息的准确性。同时，如有任何出入，本人负全责。

148页　对话记录。

与社会学家泽伊内普・图菲克希的交谈，于2015年2月15日。

150页　2014年出版的《ABC新闻》。

P. Thomas, M. Levine, J. Cloherty, and J. Date, “Columbine Shootings’ Grim Legacy: More Than 50 School Attacks, Plots” (October 7, 2014), www.abcnews.go.com/US/columbine-shootings-grim-legacy-50-school-attacks-plots/

story?id=26007119，于2015年5月访问。

经过一个月的调查，《ABC新闻》发现：至少有17次袭击和36起被控策划或是对学校严重的恐吓事件，都可以与1999年科伦拜恩高中的那场屠杀挂上钩。

150页　接触自杀或自杀行为，可能会影响其他易感人群。

此项研究的综述可以在reportsonsuicide.org网站上找到。我强烈建议所有记者在报道自杀事件时，可作为指南参考。reportsonsuicide.org/wpcontent/themes/ros2015/assets/images/Recommendations-eng.pdf，这些指南准则是与以下单位合作开发的：

美国自杀学协会、美国预防自杀基金会、安尼伯格公众政策中心、美联社责任编辑会、奥塔哥大学坎特伯雷自杀研究项目、新西兰基督城、哥伦比亚大学精神病学系、ConnectSafely.org、情绪技术（机构名）、国际预防自杀协会媒体与自杀特别工作组、维也纳医科大学、全国精神疾病研究联盟、国家心理健康研究所、国家新闻出版社、纽约州精神病学研究所、物质滥用和精神健康服务管理局、自杀意识教育之声、预防自杀资源中心、疾病预防控制中心（CDC）和加州大学洛杉矶分校公共健康与社区健康科学学院。

150~151页　美国139场大规模枪击事件之间有着千丝万缕的联系。

Zeynep Tufekci, “The Media Needs to Stop Inspiring Copycat Murders. Here’s How”, The Atlantic, December 19, 2012, www.theatlantic.com/national /archive/2012/12/the-media-needs-to-stop-inspiring-copycat-murders-heres-how/266439, accessed May 2015. Christopher H. Cantor, et al., “Media and Mass Homicides”, *Archives of Suicide Research,* vol. 5, no. 4 (1999), doi:10.1080/13811119908258339.

151页　梅根·莫里茨，记者兼教授。

莫里茨执导了纪录片《报道科伦拜恩事件》（*Covering Columbine*），探讨媒体对这场悲剧的报道对社区和参与报道的新闻工作者的影响。

151页　弗兰克·欧什伯格博士是一位精神病学专家。

与欧什伯格博士的对话，于2015年2月2日。

153页　2014年，一家加拿大保守派的电台。

据国际公共电台报道：www.pri.org/stories/2014-06-10/candadian-news-network-refuses-broadcast-mass-shooters-name，于2015年5月访问。

第十一章

163页　根据杰弗里·斯万森博士的说法……

Jeffrey Swanson, et al., “Violence and Psychiatric Disorder in the Community: Evidence from the Epidemiologic Catchment Area Surveys”, Psychiatric Services, vol. 41, no. 7 (1990): 761– 70, dx.doi.org/10.1176/ps.41.7.761.

164页　“大多数袭击者在过往都表现出过某些自杀企图”。

Bryan Vosse kuil, et al., “The Final Report and Findings of the Safe School Initiative: Implications for the Prevention of School Attacks in the United States”, www2.ed.gov/admins/lead/safety/preventingattacksreport.pdf, p. 21，于2015年5月访问。

163页　我和杰瑞米·雷切曼博士一次对话的结论。

我与雷切曼博士在2015年3月13日有过一次对话。欲了解更多信息或支持艾维尔基金会，请访问www.aviellefoundation.org。此基金会致力于“通过研究和社区教育从而预防暴力”。

166页　我开始读莎伦给我带来的那些书。

这些书里面有一些文章，我现在向每一位自杀失踪幸存者都会推荐。

包括：凯·雷德菲尔德·杰米森所著的《夜，骤然而降：了解自杀》（*Night Falls Fast New York: Vintage,* 2000）；卡拉·费因所著的《来不及告别：自杀遗留亲人生存指南》（*No Time to Say Goodbye: Surviving the Suicide of a Loved One New York: Harmony,* 1999）；艾瑞斯·博尔顿和柯蒂斯·米切尔所

著的《我的儿子……我的儿子……：死亡，失踪或自杀后的治愈指南》（*My Son...My Son...: A Guide to Healing After Death, Loss, or Suicide Atlanta: Bolton Press,* 1983）。

167页　在美国，每13分钟就有人死于自杀，www.afsp.org/understanding-suicide/facts-and-figures，于2015年5月访问。

事实上，自杀问题以及我们中间到底每年有多少人因此丧命，都可能会比我们认为的更糟糕。许多研究者相信，大量的死亡被归类为事故，而实际上是自杀。

自杀身亡的人之中，只有一小部分人（18%~37%）会留下遗言。Valerie J. Callanan and Mark S. Davis, "A Comparison of Suicide Note Writers with Suicides Who Did Not Leave Notes", *Suicide and Life-Threatening Behavior,* vol.39, no.5 [October 2009]: 558–568, doi:0.1521/suli.2009.39.5.558.

大多数警察局没有足够人员或资金对诸多可疑的死亡进行彻底调查。哪怕在这些死亡事件中，发现或是当事人没有踩刹车，或是有经验的远足者犯低级错误而导致事故。

167页　自杀是第三大死因。

"自杀预防"，www.cdc.gov/violenceprevention/pub/youth_suicide.html，于2015年5月访问。

167页　2013年的一项研究对近6500名青少年进行了调查。

M. K. Nock, J. Green, I. Hwang, et al., "Prevalence, Correlates, and Treatment of Lifetime Suicidal Behavior Among Adolescents: Results from the National Comorbidity Survey Replication Adolescent Supplement", *JAMA Psychiatry,* vol.70, no.3 (2013): 300–310, doi:0.1001/2013.jamapsychiatry.55.

168页　绝大多数（90%～95%）……

"Understanding Suicide: Key Research Findings", www.afsp.org/

understanding-suicide/key-research-findings，于2015年5月访问。

168页　生理上以及可能基因上的诱因是存在的。

与维多利亚·阿朗戈的对话，于2015年3月12日。

168页　维恩图。

Thomas Joiner, *Why People Die by Suicide,* Cambridge, MA: Harvard University Press, 2005.

171页　电子邮件来自彼得·兰曼，于2015年2月9日通信。

经彼得·兰曼许可使用。

172页　经彼得·兰曼许可使用，首先注意到迪伦的措辞。

兰曼博士的网站，www.schoolshooters.info，包含与此话题有关的许多资源，包括他就迪伦一些文字所做的笔记注释。schoolshooters.info/sites/default/files/klebold_journal_1.1_2.pdf。

172页　兰曼博士告诉我，起初他根本不想在书里提及迪伦。

与兰曼博士对话，于2015年1月21日。

172页　可能意味着他患有轻度回避型人格障碍。

Peter Langman, PhD, *Why Kids Kill: Inside the Minds of School Shooters,* New York: St. Martin' s Press, 2009, Kindle locations 259–260.

174页　在10个校园枪手中有9个患有抑郁症，并且有自杀倾向。

同上。

174页　“我们的‘知’与‘行’之间的缺口才是致命的”。

Kay Redfield Jamison, *Night Falls Fast: Understanding Suicide,* New York: Knopf, 1999.

174页　“即使一个人不提及自杀的意图，常常也是有征兆的。”

CDC列出了年轻人的以下（自杀）风险因素：曾经试图自杀，家族自杀史，抑郁症或精神方面病史，酗酒或吸毒；增加压力的生活事件或损失；

能够轻易获取致命手段和途径；接触他人实施自杀行为；被监禁。所有能想到的自杀的预警标志的完整列表，可以在美国自杀预防基金会网站上找到。www.afsp.org/preventing-suicide/suicide-warning-signs，于2015年5月访问。注意到的预警越多，一个人自杀的危险性就越大。

174页　爱德华·科菲，亨利福特医院的医生兼副总裁。

C. Edward Coffey, "Building a System of Perfect Depression Care in Behavioral Health", *The Joint Commission Journal on Quality and Patient Safety,* vol.33, no.4 (April 2007): 193–199.

第十二章

180页　"精神病的特征通常是缺乏同情心和带有挑衅的行为"。

对精神疾病感兴趣的人，可以阅读罗伯特·黑尔的《毫无知觉：身边的精神病患者的不宁世界》（*Without Conscience: The Disturbing World of the Psychopaths Among Us,* New York: Guilford Press, 1999, 2011.）。

181页　2001年对青少年校园枪手的研究报告。

J. R. Meloy, A. G. Hempel, K. Mohandie, A. A. Shiva, and B. T. Gray, "Offender and Offense Characteristics of a Nonrandom Sample of Adolescent Mass Murderers", Journal of the American Academy of Child and Adolescent Psychiatry, vol.40, no.6 (2001): 719–728, forensisorg/PDF/published/2001_OffenderandOffe.pdf.

梅洛博士是一位法医心理学家，加利福尼亚大学圣地亚哥分校精神病学教授。针对精神病、犯罪、精神障碍和有针对性的暴力，梅洛博士共发表了论文200多篇，出版了11本书。他是位于弗吉尼亚州匡蒂科市的联邦调查局行为分析部门的顾问。

梅洛博士的网站forensis.org为暴力预防、威胁评估、恐怖主义和大规模谋杀动机以及相关主题感兴趣的人提供了丰富的文献。

181 ~ 182页　致命的“对子”模式。

里德·梅洛博士，于2015年1月26日。

183页　犯罪专家亚当·兰克福德博士。

与兰克福德博士对话，于2015年2月5日。

183页　“残忍的杀手，诸如人肉炸弹，有三项共性”。

Adam Lankford, *The Myth of Martyrdom: What Really Drives Suicide Bombers, Rampage Shooters, and Other Self-Destructive Killers,* New York: St. Martin's Press, 2013.

183页　“近一半的凶手最终死于自杀”。

48%：38%死在自己手下，10%“被警察打死”。Adam Lankford, “A Comparative Analysis of Suicide Terrorists and Rampage, Workplace, and School Shooters in the United States from 1990–2010”, *Homicide Studies,* vol.17, no.3 (2013): 255– 274, doi:10.1177/1088767912462033.

183页　“大部分枪手往往会遵循一条清晰的路线”。

Bryan Vossekuil, et al., “The Final Report and Findings of the Safe School Initiative: Implications for the Prevention of School Attacks in the United States”, www2.ed.gov/admins/lead/safety/preventingattacksreport.pdf, p.21，2015年5月访问。

184页　“一旦证实自杀是谋杀式自杀事件的根本原因，那么防范自杀就成了关键”。

Thomas Joiner, *The Perversion of Virtue: Understanding Murder- Suicide,* New York: Oxford University Press, 2014, p.11.

184~185页　迪伦与埃里克共同谋划暴行。

与托马斯·乔伊纳的对话，于2014年12月3日。

185页　两者的区别在于，埃里克想法的本质（想的是什么）与迪伦的思维方式（怎么思考）。

兰曼，Kindle版本位置：947-949。

186页 “他们看不到其他选项，也毫不关心”。

与玛莉莎·兰达佐的对话，于2015年2月19日。

186页 “迪伦是去寻死的，他只求一死”。

与德韦恩·福斯勒博士的对话，于2015年1月29日。

第十三章

188页 据估计，大约5个孩子或是青少年中就有1个患有可诊断的精神健康异常状况……

K. R. Merikangas, J. He, M. Burstein, et al., “Lifetime Prevalence of Mental Disorders in US Adolescents: Results from the National Comorbidity Study–Adolescent Supplement (NCS- A)”, *Journal of the American Academy of Child and Adolescent Psychiatry,* vol.49, no.10 (2010): 980– 989, doi:10.1016/j.jaac.2010.05.017.

188页 只有20%的孩子会被确诊。

US Public Health Service, “Report of the Surgeon General’s Conference on Children’s Mental Health: A National Action Agenda”, US Department of Health and Human Services, Washington, DC (2000).

US Department of Health and Human Services, “Mental Health: A Report of the Surgeon General”, US Department of Health and Human Services, Substance Abuse and Mental Health Services Administration, Center for Mental Health Services, National Institutes of Health, National Institute of Mental Health, Rockville, MD (1999).

189页 抑郁症之类的疾病还会导致更严重的后果。

B. Maughan, S. Collishaw, and A. Stringaris, “Depression in Childhood and Adolescence”, *Journal of the Canadian Academy of Child and Adolescent Psychiatry,* vol.22, no.1 (2013): 35– 40.

189页　近20%的青少年经历过抑郁症发作……

US Preventive Services Task Force, "Screening and Treatment for Major Depressive Disorder in Children and Adolescents", *Pediatrics,* vol.123, no.4 (April 2009):1223–1228.

189页　美国疾病控制和预防中心最近发布的一份报告显示……

"Youth Risk Behavior Surveillance—United States, 2011", *Morbidity and Mortality Weekly Report, Surveillance Summaries,* vol.61, no.SS-4 (2012), www.cdc.gov/mmwr/pdf/ss/ss6104.pdf.

189页　青少年（特别是男孩）则会更倾向于沉默寡言、易怒、自我批评、沮丧和愤怒。

美国国家儿童和青少年心理健康抑郁症研究所（实情资料），www.nimh.nih.gov/health/topics/depression/depression-in-children-and-adolescents.shtml，于2015年5月访问。

195页　类似的烦扰（特别是经济问题和父母的身体状况），是青少年抑郁症发作和自杀的风险因素。而几样结合在一起，更是提升了风险。

www.suicidology.org/ncpys/warning-signs-risk-factors，于2015年5月访问。

196页　身体上没来由的疼痛……

约翰·坎坡博士及其同事对患有不明原因复发性腹痛的儿童进行了研究，于2001年在《儿医学》上发表了研究结果：他们研究的儿童中有44.4%符合严重抑郁症（MDD）的标准。他们指出，患有反复腹痛的儿童可能会对生活中感受到的压力产生身体反应。John V. Campo, et al., "Recurrent Abdominal Pain, Anxiety, and Depression in Primary Care", *Pediatrics,* vol.113, no.4 (2004): 817–824.

201页　字迹潦草地写着"弯仔"（指男同性恋）。

Dave Cullen, *Columbine,* New York: Grand Central Publishing, 2010, p.200.

202页　雷吉纳·许尔特，丹佛地区检察官办公室青少年"归改"项目的主任。

戴夫·科伦与我分享了他的副本，但报告没有公开。惠伦在哥伦比亚审查委员会的证词被广泛报道于extras.denverpost.com/news/col1202.htm，于2015年5月访问。

202页　拉尔夫·拉金在报告中提到……

Ralph W. Larkin, *Comprehending Columbine,* Philadelphia: Temple University Press, 2007.

203页　记载了48名枪手……

Peter Langman, *School Shooters: Understanding High School, College, and Adult Perpetrators,* Lanham, MD: Rowman & Littlefield, 2015.

204页　看来，这样的情形发生得很频繁。

拉金，第90页。

205页　拉金报告说，开着车朝不起眼的学生扔垃圾是司空见惯的……

拉金，第91页。

206页　美国疾病控制与预防中心在2011年的一项研究……

Centers for Disease Control and Prevention, “Youth Risk Behavior Surveillance—United States, 2011”, *Morbidity and Mortality Weekly Report, Surveillance Summaries,* vol.61, no.SS- 4 (2012), www.cdc.gov/mmwr/pdf/ss/ss6104.pdf.

206页　这个数字可能接近30%……

National Center for Education Statistics and Bureau of Justice Statistics, “Indicators of School Crime and Safety” (2011), ces.ed.gov/pubsearch/pubsinfo.asp?pubid=2012002rev.

206页　比反社会人格障碍的风险高4倍……

W. E. Copeland, D. Wolke, A. Angold, and E. Costello, “Adult Psychiatric Outcomes of Bullying and Being Bullied by Peers in Childhood and Adolescence”,

JAMA Psychiatry, vol.70, no.4 (2013): 419–426, doi:10.1001/jamapsychiatry.2013.504. 杜克大学的一项研究发现，遭受欺凌的孩子成年后，环境恐怖症、广泛性焦虑症、恐慌症的患病率是从未被欺凌过的孩子的4倍。而对于欺凌者自己来说，发展成反社会人格障碍的可能性也同样增加了4倍。

206页　抑郁和自杀与欺凌有着密切的关联。

B. Klomek, F. Marrocco, M. Kleinman, I. S. Schonfeld, and M. S. Gould, “Bullying, Depression, and Suicidality in Adolescents”, *Journal of the American Academy of Child and Adolescent Psychiatry,* vol. 6, no.1 (2007): 40– 49.

Y. S. Kim and B. Leventhal, “Bullying and Suicide”, *International Journal of Adolescent Medicine and Health,* vol.20, no.2 (April– June 2008):133–154.

206页　欺凌与暴力之间的联系……

T. R. Nansel, M. D. Overpeck, D. L. Haynie, W. J. Ruan, and P. C. Scheidt, “Relationships Between Bullying and Violence Among US Youth”, *Archives of Pediatric and Adolescent Medicine,* vol. 157, no. 4 (2003): 348–353, doi:10.1001/archpedi.157.4.348.

206页　欺凌受害者在很大程度上会有心理问题……

T. E. Moffitt, A. Caspi, H. Harrington, and B. J. Milne, “Males on the Life-Course-Persistent and Adolescence-Limited Antisocial Pathways: Follow-Up at Age 26 Years”, *Development and Psychopathology,* vol.14 (2002):179–207.

D. Pepler, D. Jiang, W. Craig, and J. Connolly, “Developing Trajectories of Bullying and Associated Factors”, *Child Development,* vol. 79, no. 2 (2008): 325– 338.

M. K. Holt, et al., “Bullying and Suicidal Ideation and Behaviors: A Meta-Analysis”, *Journal of the American Academy of Pediatrics,* (January 2015), doi:10.1542 peds. 2014–1864.

W. E. Copeland, D. Wolke, A. Angold, and E. Costello, “Adult Psychiatric

Outcomes of Bullying and Being Bullied by Peers in Childhood and Adolescence", *JAMA Psychiatry,* vol. 70, no. 4 (2013): 419– 426, doi:10.1001/jamapsychiatry. 2013.504.

P. R. Smokowski and K. H. Kopasz, "Bullying in School: An Overview of Types, Effects, Family Characteristics, and Intervention Strategies, Children and Schools", vol. 27 (2005):101–9.

207页 "当事人在自杀前的一年之内都去看过医生……"

J. Pirkis and P. Burgess, "Suicide and Recency of Health Care Contacts: A Systematic Review", *The British Journal of Psychiatry: The Journal of Mental Science,* vol.173, no.6 (December 1998):462–474.

207页 有近一半的自杀者……

同上。

208页 迪伦的被捕。

近期曾经被捕和被监禁的人群，自杀风险系数更高。Thomas B. Cook, "Recent Criminal Offending and Suicide Attempts: A National Sample", *Social Psychiatry and Psychiatric Epidemiology,* vol.48, no.5 (May 2013): 767–774.

221页 玛丽·艾伦·奥图尔，前联邦调查局行为分析师。

Mary Ellen O' Toole, "The School Shooter: A Threat Assessment Perspective", Quantico, VA: FBI Academy, 2000, www.fbi.gov/stats-services/publications/school-shooter，于2015年5月访问。

221页 "她在报告中做出警示，不能只凭借孩子的自述来做判断……"

与玛丽·艾伦·奥图尔的对话，于2015年2月23日。

第十四章

235页 阿德里安·雷恩在著作中引用了一项研究。

Adrian Raine, *The Anatomy of Violence: The Biological Roots of Crime,* New

York: Knopf, 2013, p.171.

第十六章

268页 “在这个团体中，人们不需要装腔作势……”

Patrick O’Malley, “Getting Grief Right”, *New York Times,* January 10, 2015, opinionator.blogs.nytimes.com/2015/01/10/getting-grief-right/?_r=0，于2015年5月访问。

270页 有些干预获得了成功，有些失败了。

“看来，从精神病院出院后几周内，病人自杀的风险很高。” A. Owen- Smith, et al., “‘When you’re in the hospital, you’re in a sort of bubble’: Understanding the High Risk of Self- Harm and Suicide Following Psychiatric Discharge: A Qualitative Study”, *Crisis: The Journal of Crisis Intervention and Suicide Prevention,* vol.35, no.3 (2014): 154– 160, dx.doi.org/10.1027/0227- 5910/a000246.

H. Bickley, et al., “Suicide Within Two Weeks of Discharge from Psychiatric Inpatient Care: A Case-Control Study”, *Psychiatric Services,* vol.64, no.7 (July 1, 2013): 653–9, doi:10.1176/appi.ps.201200026.

第十七章

284页 实施谋杀的凶手，其大脑与普通人存在差异。

K. Kiehl, et al., “Abnormal Brain Structure in Youth Who Commit Homicide”, *NeuroImage: Clinical,* vol. 4 (May 2014): 800–7.

284页 迪伦是否有暴力倾向。

Adrian Raine,*The Anatomy of Violence* , New York: Knopf, 2013.

阿德里安·雷恩博士已经对导致暴力的生物倾向进行了识别。我们在2015年3月24日的谈话中，他甚至连我们家如何吃鱼都做了追问，原因在于，人体内若是omega-3的值低的话，也与实施暴力相关。这点实在令人印象深刻。然而，我们家至少每周会吃一次鱼。

263页 父母常常不得不向刑事司法系统求助，让他们介入以控制有严重障碍的孩子。

莉莎·龙的儿子患有躁郁症。她引起关注的博客文章《我是亚当·兰扎的母亲》（*I Am Adam Lanza's Mother*）飞速传播开来。2012年，她的后续著作《沉默的代价：一个妈妈对精神健康的看法》（*The Price of Silence: A Mom's Perspective on Mental Illness,* New York: Hudson Street Press, 2014.）对当前教育、少年司法和心理健康系统对待患有大脑疾病的孩子的方式，提出了尖锐的控诉。

288页 "抽一支烟不会让你得肺癌……"

与杜威·康奈尔博士的对话，于2015年3月5日。

289页 "暴力的公开展现"。

Mark Juergensmeyer, *Terror in the Mind of God: The Global Rise of Religious Violence,* third edition,Berkeley, CA: University of California Press, 2003.

289页 "扭转形象"。

与凯瑟琳·纽曼博士的对话，于2015年3月16日。

289页 青少年脑部尚未成熟阶段。

就青少年大脑发育的未成熟性和运行，弗朗西斯·詹森写过一本非常棒的书：*The Teenage Brain: A Neuroscientist's Survival Guide to Raising Adolescents and Young Adults,* New York: HarperCollins, 2015.

第十八章

298页 "幸福的状态"。

"a state of well- being" World Health Organization, "Mental Health: A State of Well- Being" (2014), www.who.int/features/factfiles/mental_health/en/.

资源

若是列出所有优秀的资源，可能需要上千页的篇幅。在此，我仅列举出个人最为推荐的资源。

关于自杀预防

假如你本人或是你所爱的人身处危机之中（无论有没有不可遏制的自杀念头都算），请务必致电全国自杀预防热线寻求帮助。

全国自杀预防热线：1-800-273-TALK（8255）

（网址：www.suicidepreventionlifeline.org）

电话接通后，会自动转接给经过专业训练的解决危机问题的工作人员。对方会倾听你的诉说，并且会向你提供你所居住地区的精神健康服务机构的信息。这项免费服务每周7天，每天24小时开通，绝对保护隐私。每个人都该记住这个号码。

美国自杀预防基金会：www.afsp.org

自杀预防资源中心：www.sprc.org/Suicide

这两个组织提供了非常棒的资源，覆盖多项话题，包括：如何识别自杀的预警信号；哪些人可能会有自杀的危险；有人自杀之后，你可以如何帮助其家人走出悲伤；如何跟孩子谈论家中的自杀事件；等等。对于自杀幸存者、教育工作者、预防活动家、自杀高危人员，以及任何关注这个议题的人群，这些资源可谓价值非凡。

面对众多有关自杀预防与精神健康的项目，怎样判断该参加哪个呢？可以从自杀预防资源中心（SPRC）网站上的《最佳操作一览表（BPR）》开始。此列表的项目可以满足“最佳操作”的标准（网址：www.sprc.org/bpr）。

关于心理健康急救（针对青少年和成年人）

心理健康急救是一个全国性组织，提供了非常实用的培训，以帮助人们识别上瘾和精神健康异常。我反复上过三次课程，建议所有人也应该抽出一个周六去听听，或许可以拯救一条性命，这是非常了不起的。

网址：www.mentalhealthfirstaid.org/cs

关于欺凌/霸凌

欺凌/霸凌有可能发生在任何年纪的人群之间，父母和学校都是可以予以帮助的。

网址：www.stopbullying.gov

关于同伴的压力

相对于成人，孩子们更愿意跟朋友谈心。因而，如果你的朋友有自杀的念头，你需要知道该如何干预。“拯救朋友”小贴士单页是由全国学校心理咨询导师协会编写的，为孩子们概括了就此该了解的信息（其中特别指出，能够寻求到有责任心的成人或是危机应对团队成员是至关重要的。应对危机团队的成员都受过训练，熟知如何合理地应对各种状况）。

“拯救朋友”——防止青少年自杀小贴士单页。

网址：www.nasponline.org/resources/crisis_safety/savefriend_general.aspx

关于校方如何应对自杀事件

发生自杀事件之后，其他学生的安全取决于校方处理悲剧的方式。美国自杀预防基金会和自杀预防资源中心出版了一份《自杀发生之后：校方工具包》手册，里面提供了在艰难时刻校方可以采用和遵循的线路图。和上面提到的自杀预防热线一样，这份手册也是我强力推荐的。

《自杀发生之后：校方工具包》

网址：www.sprc.org/library_resources/items/after-suicide-toolkit-schools

关于暴力预防

美国疾病控制与预防中心下属的暴力预防署承担着重要的工作。在此，我特别推荐他们的“全国暴力死亡报告系统”，这个系统对预防暴力行为的发生有着不可估量的价值。

网址：www.cdc.gov/violenceprevention/nvdrs

这个系统连接到数据库，提供综合性的因暴力导致的死亡报告，报告里面的人名都是化名。将数据中的人物、时间、事件、地点前后联系起来分析，可以帮助我们更好地了解来龙去脉。各式各样预防暴力的努力是否起了作用？我想，假以时日，这份数据库可以给我们答案。目前，全美国只有三分之二的州有资金得以参与这个项目。

关于枪支安全

无论你支持枪支管理，还是维护枪支拥有权，有一点无可争议，那就是：获取武器的渠道与自杀危险性增高之间是有着关联的。哈佛大学的公众健康学院设立了名为“途径，至关重要”的项目。此项目提供了宣传枪支安全的方法，独特新颖，引人注目。其中首创项目之一“新罕布什尔枪支店”

课题，可以作为在不产生利益冲突的情况下，预防枪支危险的合作模式。

网址：www.hsph.harvard.edu/means-matter/means-matter

关于媒体报道的准则

在自杀的悲剧发生之后，媒体对此类事件的报道，会对公众健康和安全产生影响。为以下提供了一些准则信息：

www.afsp.org/news-events/for-the-media/reporting-on-suicide

www.sprc.org/sites/sprc.org/files/library/sreporting.pdf

我希望能开发出与自杀数据库类似的系统，提供“谋杀式自杀事件”的数据。任何我们能做的努力——增加民众在这方面的知识、揭开迷雾的面纱、将惨烈的悲剧减少到最小、使社区更加安全——都应当去做。

关于威胁评估

针对学生表现出的具有暴力含义的威胁，《弗吉尼亚学生威胁评估准则》为校方提供了安全、系统化、有效的方法来予以应对。这份准则威胁评估的模式，强调在诸如霸凌、取笑以及学生之间其他形式的矛盾上升到暴力行为之前，便进行干预。这个项目在一天之内就可以对跨领域的团队进行培训，目前已在18个州的超过3000所学校里实施。

curry.virginia.edu/research/projects/threat-assessment

威胁评估项目远不止减少学生的暴力行为，还可以帮助老师和工作人员识别各种高危状态的孩子，包括自杀、暴力，以及虐待儿童行为等。